edition lichtland

edition Lichtland
Stadtplatz 4, 94078 Freyung
Deutschland

Umschlagfoto: Foto Sepp Eder
Grafische Gestaltung: Edith Döringer

1. Auflage 2013

ISBN: 978-3-942509-22-0
www.lichtland.eu

Barbara Kreuß

SCHATTENGRENZEN

Geschäfte mit dem Leben

Kriminalroman

edition LichtLand

Dies ist ein Roman.
Handlung und Personen sind frei erfunden.

Danke
dem Verlag für sein Vertrauen,
meinem Mann für seinen Rückhalt, und
meiner Tochter Heidi fürs Korrekturlesen.

Wer Grenzen überschreitet,
ist einen Schritt zu weit gegangen.
Resi Schandra

I.

Sommer 2000
Die beiden Männer mit den Sturmhauben liefen die kaum beleuchtete Treppe hinunter.
Nichts wie weg!
Da flammte unten am Gang Licht auf.
Es kommt jemand!
Am Treppenabsatz war eine Türe. Sie rissen sie auf und verbargen sich dahinter.
Es war dunkel und roch intensiv nach Putzmitteln.
Sie hielten den Atem an und horchten.

II.

15. März 2011
Es ist sonnig und der Boden duftet. Der Föhn lässt es wunderbar warm werden.
Die Vögel pfeifen, der Frühling kommt.
An einem frischen Grab, auf dem Friedhof von Freyung, steht ein Schulkind, das alle diese Zeichen nicht hört und sieht.
Es ist wie versteinert, will nicht begreifen, dass es die geliebte Oma nun nie wieder sehen wird.
Erde hat man auf ihren Sarg geschüttet, sie eingegraben, ganz tief.
Sie ist hier, aber ich kann sie nie, nie mehr erreichen.
Amelie weint nicht.
Sie starrt auf die verblühten Kränze wie an den vergangenen Tagen.
Seit der Beerdigung war sie jeden Tag hier am Grab. Sprachlos, tränenlos.
Aber heute ist es irgendwie anders.

Es drängt sie mit der Toten zu sprechen, wie sie es sonst mit der Lebendigen tat.
Denn zu Hause ist auch heute niemand, der auf sie wartet, und der mit ihr spricht.
Amelie räuspert sich, fast ein wenig verlegen.
„Frierst du nicht, Oma?“
Was ist mir da nur für eine blöde Frage entschlüpft.
„Aber nein“, lacht da die Oma plötzlich mit ihrem vertrauten kleinen Lachen.
„Du, du – kannst mir antworten?“, stottert Amelie.
Dabei freut sie sich so sehr, dass es sie nicht weiter erstaunt.
„Na klar.“
Und nun redet Amelie drauf los, ohne Punkt und Komma. Alles sprudelt aus ihr heraus.
Was sie bedrückt, was los war in der Schule und, dass sie nun sehr alleine ist.
Die Oma tröstet sie wie zu ihren Lebzeiten.
Plötzlich beginnt der Frühling auch für Amelie. Sie hört die Vögel singen und spürt die wärmenden Sonnenstrahlen.

III.

Anfang April 2011
Als sich die Gefängnistür hinter ihm schließt, atmet er erst einmal tief durch.
Er streckt sich.
Die Luft heraußen ist einfach anders!
Er nimmt seine Plastiktasche mit der wenigen Kleidung wieder auf, und macht sich zu Fuß auf den Weg in die Freiheit. In der Innentasche seines Anoraks bauscht sich ein Kuvert mit dem Geld, das er in all den Jahren in der Druckerei verdient hat.

Mit Hilfe des Psychologen hat er es durchgesetzt, dass er es zum Ende der Haftzeit bar ausbezahlt bekommt. Es war ein kleiner, aber hart erkämpfter Sieg über die Justiz.
Nun hatten sie ihm geraten, es gleich auf die Bank zu bringen.
Aber von sofort an hat *mir niemand mehr etwas zu sagen!*
Endlich bin ich wieder mein eigener Herr.

Nach längerem Fußmarsch hatte er den Stadtrand erreicht. Erste kleine Geschäfte tauchten auf, hässliche Betriebshöfe, kleine schmierige Autowerkstätten. Eine Bäckerei verführte ihn zuerst mit dem betörenden Duft frisch gebackenen Hefeteiges. Etwas unsicher betrat er den modernen Verkaufsraum.
Sieht man mir nicht sofort an, woher ich komme?
Rieche ich nicht für alle Leute nach Gefängnis?
Doch die adrette Verkäuferin bediente ihn mit einem Lächeln, das er sofort breit grinsend erwiderte.
Noch in der Tür verschlang er gierig eine köstlich schmeckende, saftige Nußecke. Ein nach Marzipan duftendes Mandelhörnchen folgte. Dann erst konnte er langsam kauen und genießen.
Um die Ecke lag eine kleine Kneipe.
Der Tag war noch jung. Eine verschlafene Kellnerin legte gerade frische Tischdecken auf.
Er bestellte Kaffee, hinterher ein frisch gezapftes Bier und einen ganz kleinen Korn.
Die wieder gewonnene Freiheit muss ich doch begießen!

Gegen Mittag leistete er sich in aller Ruhe ein großes Essen. Er genoss es, einfach hier zu sitzen, so lange er wollte. Zufrieden döste er über seinem Bier in den Nachmittag.
Er verbrachte ihn heiter in der Gesellschaft von ein paar Karten spielenden Frührentnern. Sie hielten mit ihm aus bis gegen Elf.
Am Tisch gegenüber hatte schon vor einiger Zeit eine junge Dame Platz genommen. Sie war vielleicht ein bisschen stark geschminkt, der Rock kürzer als normal, aber sie gefiel ihm.
Er winkte, und sofort kam sie zu ihm.

Die Nacht verbrachten sie in einem kleinen, schäbigen Zimmer im oberen Stock.
Als er am nächsten Morgen ein wenig verkatert erwachte, war sie fort, mit ihr sein Geldkuvert und die Brieftasche. Bis auf ein paar kleine Scheine und Münzen in der Hosentasche, war er pleite.
Fluchend stieg er in seine Hosen. Er hielt den verkaterten Kopf unters kalte Wasser, und als er wieder klar denken konnte, beschloss er, seinen Plan sofort umzusetzen.
...und dann werde ich reich sein!

1.

„Na, na. Etzat, endlich!“ Schnaufend drückte Kriminalassistent Staudinger die Entertaste.
Er sah aus dem Fenster und seufzte noch tiefer.
„A so a Sauwetta!“
Draußen hatte es in dicken Flocken zu schneien begonnen und das nach den schönen warmen Tagen. Aber, es war ja erst April, und da ist im Bayerischen Wald noch immer mit heftigen Winterrückfällen zu rechnen.
Aus der Wachstube brachte Mundl mit dem Bündel neuer Meldungen einen Schwall frischer Luft mit ins Büro.
Staudinger sah ungnädig auf, sagte aber nichts.
Mundl hielt Hauptkommissar Langer die Türe auf, der pfeifend hereinkam.
„Ja, was ist denn mit dir?“, fragte er mitfühlend seinen Kollegen.
„Du schaugst ja gar so trübsinnig.“
„Na, immer diese blöden Bulldog. Iatz san scho wieda zwoa vaschwunden, mit de Anhänger, und koana hot wos gseng!“
Ganz leise fügte er hinzu: „Mei, a so a ganz a kloane Leich war zua Abwechslung scho recht.“
„Na, na! Sei froh, dass die Welt bei uns no a bissel in Ordnung is!“
Langer schälte sich aus seinem dicken Mantel und verstaute seine langen Beine unter dem Schreibtisch.
Seine Finger glitten langsam über den Aktenstapel mit ungelösten alten Fällen. Dann zog er entschlossen eine schmale Mappe aus der Mitte des Stoßes und vertiefte sich darin.

Die Luft im Büro war fad. Die Heizkörperwärme machte sie dick und zäh. Irgendwie schien sogar die Zeit darin festzustecken. Sie lief entschieden langsamer ab.
Draußen kam Wind auf und kurzfristig wurde es heller.

Die sattgelben Forsythien vor dem Fenster tauchten wieder auf und die Kastanien, die schon dicke Knospen trugen.
Staudinger begann in seiner Schublade zu wühlen und kramte eine Hand voll Lakritze heraus, in Bayern besser bekannt als „Bärendreck“. Genüsslich kaute er drauf herum, und sofort war die Büroluft von dem markanten Duft erfüllt.
Langer verzog das Gesicht.
„Ah, ah, des stinkt!“
Er stand auf und öffnete das Fenster.
Beleidigt verzog Staudinger das Gesicht und schluckte heftig.
„Steht auf Bärndreck iatz d Todesstraf? Machs Fensta zua, bei dera Käitn!“
Langers Telefon begann zu läuten. Schnell schloss er das Fenster wieder.
„Langer.“
Sein Blick suchte Staudinger, der ihn nicht aus den Augen ließ.
Dann nickte er ihm zu und legte auf.
„Komm, zieh dich an. Wir müssen was nachschaun.“
Staudinger lief eilig um seinen Mantel, knotete kunstvoll einen Schal um seinen kurzen Hals und dann fuhren sie los. Der Himmel bezog sich schon wieder mit bedrohlich dunklen Wolken.

An einem kleinen Waldstück, am nördlichen Stadtrand von Freyung, wartete ein Streifenwagen auf sie. Dem heftigen Wind ausgesetzt, stellten die beiden ihre Mantelkrägen hoch. Langer bedauerte es sofort, nicht wenigstens einen Hut aufgesetzt zu haben. Staudinger zog eine dunkle Wollmütze aus der Manteltasche und stülpte sie über sein breites Haupt. Er sah damit aus wie ein Frühstücksei mit Wärmer und er wusste es. Aber heute war es einfach zu frisch für Eitelkeiten.
Langer hob das Absperrband hoch und Staudinger tänzelte elegant an ihm vorbei.
Der Wachtmeister machte Meldung: „Männlicher Toter in Schachtelverhau!“
„Wer hat ihn gefunden?“

„Zwei Buben. Da sind immer so Aufräumaktionen in der Natur, Ramadama heißens und da…“
Langer nickte.
„Und wo sind die jetzt?“
„Die kommen gleich direkt zu Ihnen ins Büro. Wegen des schlechten Wetters haben wir gedacht…!“, stotterte der Wachtmeister. „Passt scho.“
Wie aufs Stichwort begann es wieder heftig zu schneien. Sie zogen die Köpfe ein.
Der Wachtmeister ging voran und umrundete eine dichte Buschgruppe.
Dahinter fanden sie, gut gedeckt mit breiten Reisigästen, eine Notbehausung aus großen Schachteln. Durch die Nässe war allerdings ein Teil der Pappe aufgeweicht und hatte nachgegeben und so den Mann unter sich begraben.
Der Wachtmeister hatte den Auffindeort bereits dokumentiert und zeigte auf dem Handy die Bilder.
Er zog vorsichtig das größte Stück Karton zur Seite.
Der Tote lag auf einer alten Luftmatratze, dick aufgepolstert mit Zeitungen, und war um die Fünfzig. Er trug offenbar mehrere Kleiderschichten übereinander und schäbige Turnschuhe. Neben ihm fanden sich ein abgewetzter, brauner Kunstlederkoffer und zwei bunte Einkaufstüten.
Staudinger verzog das Gesicht.
„Na pfiade God!“, war sein einziger Kommentar.
„Was hältst du davon?“, fragte Langer.
„Zkoid werds eam worn sei!“
„Nicht nur.“ Langer deutete auf rote Verfärbungen auf den Zeitungen unter dem Kopf.
„Es scheint, da hat jemand nachgeholfen.“
„Owa wer hätt denn a Interesse, so eppan umzbringa?“, warf Staudinger ein.
„Keine Ahnung. Aber einfach so, schlägt man keinen tot.“
Die Streife wartete auf die Kollegen der Spurensicherung und die beiden fuhren wieder zurück.

„Ah so a Käitn!“ Staudinger rieb sich die Hände warm.
„I hoi uns an hoaßn Kaffee!“
Langer nickte.
Er sah auf dem Bildschirm die Vermisstenanzeigen durch, hatte aber wenig Hoffnung, den Toten dabei zu finden.
Unglaublich, wie viele Leute verloren gingen: Kinder, junge Mädchen, Alte…
Staudinger brachte den dampfenden Kaffee.
„Hmm.“ Genussvoll trank Langer davon und wärmte sich die Hände an der heißen Tasse.
Es klopfte.
„Herein!“
Mundl aus der Wachstube öffnete die Tür und führte eine rundliche Frau mittleren Alters und zwei etwa zwölfjährige Buben herein.
„Das ist die Frau Landl, die das Ramadama geleitet hat, und die zwei haben den Toten gefunden.“
„Bitte setzen Sie sich.“
Staudinger brachte noch zwei Hocker und dann sahen alle erwartungsvoll auf Langer. Die beiden Buben blickten sich aufmerksam um.
Langer notierte ihre Namen und startete das Aufnahmegerät.
„Jetzt erzählt einmal!“
Auffordernd sah er den Größeren der beiden an. Aufgeregt wetzte der ein wenig auf dem Hocker hin und her.
„Warum seid ihr gerade da ins Gebüsch gegangen, da war es doch so unwegsam?“
„Na, gar net!“, platzte er heraus.
„Da is ein Wegerl abzweigt und dem samma nachganga.“
„Wie hats denn da ausgschaugt? Was habt ihr zuerst gsehen?“
„Üwaroi sand leere Dosen umanandagleng und Papierl und Plastiktüten. Und ums Eck war dann so a Schachtelburg mit Plastikplanen und Äst drauf.“
„Echt geil war des!“, half der andere dem Freund erzählen.
„Mia woitn uns vaziang, bis de bläde Auframerei endlich um war.“

„Owa dann hob i gseng, dass do oana liegt. Ham ja nua d Fiaß außagschaugt.
I bin aso daschrocka, dass i an Schroa do hob und dann samma umdraht und davo!"
Sein Freund nickte bekräftigend.

„Frau Landl?"
„Naja", sie hustete ein wenig verlegen.
„Wir sind ja schon seit ein paar Nachmittagen unterwegs. Und heute konnten wir ausnahmsweise schon vormittags anfangen. Die Schule hat die Aktion damit auch unterstützt. Es ist ja so wichtig, dass die jungen Leute lernen, dass man nicht einfach alles in die Gegend werfen kann. Wo kämen wir denn da hin? Und da haben wir uns heute diesen Waldrand vorgenommen. Sie glauben ja nicht, was die Leute alles wegwerfen, und dabei haben wir doch eine regelmäßige Müllabfuhr!" Sie redete sich sichtlich in Rage.
Langer nickte geduldig, Staudinger verdrehte die Augen und die beiden Buben grinsten.
Als Frau Landl doch einmal Luft holen musste, fragte Langer, wie es weitergegangen war.
„Na ja, die zwei da sind immer schon voraus gelaufen, die haben mehr Indianer gespielt als mitgeholfen!", bemerkte sie giftig.
Die Buben zogen schuldbewusst die Köpfe ein.
„Jedenfalls waren sie plötzlich im Gebüsch verschwunden und auf einmal haben sie geschrien und da bin ich ihnen nachgelaufen. Man hat ja schließlich eine Verantwortung für die Kinder.
Wir sind dann gemeinsam hingegangen. Da lag der Penner und hat sich nicht mehr gerührt", meinte sie abschätzig.
„Ich hab ihn mir näher angesehen. Da war nichts mehr zu machen. Ich war ja schließlich lange genug Krankenschwester. Ich kenne mich da aus. Wir haben dann noch alles in unsere Säcke getan und haben dann aufgehört."
„Sie haben was?!"

„Na, wir haben den Saustall aufgeräumt. Sie glauben ja nicht, was da alles herumlag! Da kann man doch die Polizei nicht holen, wenn's so ausschaut!"
„I brich zam!", Staudinger schluchzte fast.
Langer schüttelte den Kopf.
„Sie haben die Kinder neben der Leiche noch aufräumen lassen?"
Langer war fassungslos.
„Na, gesehen haben die ja nichts. Ich hab ja den Karton wieder hingelegt. Außerdem durften nur die Größeren mitmachen, die fanden das cool."
Langer blickte auf die Buben, die eifrig nickten.
„Mia hamma oiß, wos umanandagleng is, in Müllsäck packt. Und dann hot d Frau Landl d Polizei ogruafa, und wias dann spannend worn war, hamma geh miaßn!"

„Und was war mit den anderen Kindern?"
„Die hab ich natürlich sofort heim geschickt."
„Werden die betreut? Es muss doch ein Schock für sie gewesen sein."
„Ach, so zart besaitet sind die sowieso nicht. Wenn man sich anschaut, was die für Computerspiele machen, mit Rumballern und so, da bekäm' ja unsereins eine Gänsehaut."

„Ist Ihnen klar, dass Sie eine Menge Spuren kaputt gemacht haben, Frau Landl?"
Sie schüttelte den Kopf.
„Spuren, Spuren. Da war nichts als Müll und Papier."
„Papier?"
„Naja, Zeitungen, eine Tüte mit Prospekten, aber das alles brauchte der doch jetzt nicht mehr!"
„Ja Sie haben vielleicht Nerven! Wo sind die Säcke?"
„Die haben die Stadtarbeiter schon abgefahren."
„Was?"
„Wissen Sie wohin?"
„Keine Ahnung." Frau Landl kümmerte das nicht. Es war wieder aufgeräumt, das war die Hauptsache.

„Es war a Unimog vo da Stood“, wussten die Buben.
„Der is gestern scho owei mitgfahrn mit uns. Aber wo der dann hi is?“

Frau Landl war mit ihren beiden Schützlingen wieder abgerauscht. Völlig uneinsichtig, was ihr Vorgehen anbetraf. Ihr oberster Grundsatz war: Ordnung muss sein! Dann kam erst alles andere.

Staudinger begann heftig zu telefonieren. Geduldig wartete er, wählte erneut. Wartete wieder. Das Spielchen wiederholte sich.
Schließlich meinte er seufzend: „Iatz is ganz aus, iatz machans Mittog!“

In den Mittagsnachrichten kamen neue Meldungen aus Japan. Erst das Erdbeben, dann der Tsunami und nun Schwierigkeiten und Gräuelnachrichten vom Reaktor Fukushima.
Langer drehte das kleine Gerät wieder ab.
Staudinger kam mit zwei dicken Leberkäsesemmeln und Langer holte Kaffee.
Der Stadtverwaltung hatten sie noch eine E-Mail geschickt, vielleicht meldete sich ja einer, der über die Reinigungsaktion Bescheid wusste.
Langer fand noch zwei Äpfel in seiner Schublade, und als beide den Mund so richtig voll hatten, läutete das Telefon. Langer kaute und schluckte heftig und schaffte es noch vor Staudinger, den Mund wieder frei zu bekommen. Er hob ab.
Es war die Stadtverwaltung. Die Müllsäcke waren in den großen Wertstoffhof gefahren worden. Dort könne man ja nachschauen, wenn man etwas suche.
„De redn se leicht!“, schnaufte Staudinger.
„Wenn ma wenigstens genau wissatn, wos dem Landstreicher oiß ghärt hot!“
Das war das Problem.
„Komm.“ Langer stand schon auf.
„Wir müssens wenigstens versuchen.“
Seufzend erhob sich auch Staudinger und dachte sehnsüchtig an seine gestohlenen Traktoren. Bei denen wäre er jetzt lieber geblieben, schön im Warmen.

Im großen Wertstoffhof wurde von einer Rampe aus Müll in verschiedene Container geleert. Da türmte sich, was nicht mehr gebraucht wurde. In einer Mulde waren es alte Möbel, in der anderen Elektroschrott und schließlich Restmüll in blauen und schwarzen Säcken.
„Da sind wir richtig."
Die beiden besahen sich besorgt den oberen Berg des Containers.
„Wie soll man da eingrenzen, was wann gebracht wurde?"
„Bei unserm Glück wars die unterst Fuhr", stöhnte Staudinger.
Aber so war es nicht.
Der vollbeladene Unimog der Stadtverwaltung parkte um die Ecke. Der Fahrer kam eben aus dem Gebäude neben der Waage.
„Wo haben Sie denn heute die letzten Säcke aufgeladen?", wollte Langer wissen.
„Ja mei", der Gefragte kratzte sich nachdenklich am Kopf.
„Des woas i nimmer! Om draf hoid, wo Blootz war."
„Und wissens wenigstens no, wie vui des waren?", hakte Staudinger nach.
„Pfffff", war die ratlose Antwort.
Langer schüttelte den Kopf über soviel Hilfe.
„Wia mach mas iatz am Dümmern?"
„Ja, wir müssen die ganze obere Lage sichten."
„Mia zwoa, ganz alloa?" Staudinger schnappte nach Luft
„Nein."
Langer wies den Fahrer an, den vollen Unimog zurück und zur Polizei zu bringen.
„Owa der wird heit Namidog braucht!", rief er.
„Es dauert nicht lang."

„A so a bläds Weiwerleit, fangt nos Auframma o!", maulte Staudinger bei der Rückfahrt. Er war stocksauer, weil ihm klar war, was auf ihn und die Kollegen in den nächsten Tagen zukam.
„Wenn wir zusammenhelfen, haben wir das bald", tröstete ihn Langer.

In der Wachstube war bereits der Koffer des Ermordeten gelandet, auch die restlichen Plastiktüten.

„Is ja direkt a Wunder, dass des net a no weggworfa hot, d Madam! Jetzt braucht er's ja nimmer!" Staudinger äffte dabei eine hohe Frauenstimme nach.
„Beruhig dich wieder."
„Weils wahr is", maulte Staudinger.

Im Koffer lag zusammengeknüllte gebrauchte Kleidung. Alles war feucht und muffelte. In einer Schachtel, sorgfältig verpackt, fanden sie eine große Mundharmonika.
„Mei genau die gleiche hot mei Vater a ghobt", schwärmte Staudinger.
„Möchtest sie vielleicht ausprobieren?", neckte Langer.
„Na, bloß net!"
Unter der Wäsche lag ein alter Schnellhefter. Langer legte die feuchten Papiere auf den Schreibtisch.
„I glaub, die muaßt erst bügeln!", feixte Staudinger.
Die Papiere wellten sich deutlich. Einige waren bräunlich verfärbt, andere mit Flecken übersät. Und doch war dies alles für den Ermordeten einmal sehr wichtig gewesen.
Es fanden sich seine Geburtsurkunde und Schulzeugnisse bis zu seiner Entlassung, Bewerbungsunterlagen, Fotos, eine Heiratsurkunde, Mahnungen, Zahlungsbefehle, eine Räumungsklage, Gerichtsvorladungen, Entlassungspapiere aus einer Haftanstalt, Unterlagen einer Entziehungskur, Papiere einer karitativen Einrichtung.
„Da schau her, ein ganzes Leben", stellte Langer fest.

Der Tote hieß Otto Würfl, geboren in Grillaberg.
„Mei des is ja glei in der Näh!", rief Staudinger.
„Vielleicht gibts do ja no Angehörige!"
Staudingers Laune hob sich sichtlich. Die Müllsäcke, die sich draußen im Kellerflur stapelten, waren nun wohl überflüssig.

In den Tüten lagen Lebensmittel.
Langer studierte die Verfallsdaten auf den Verpackungen.
„Arg lange kann er noch nicht tot sein", schau dir das Datum an.
Staudinger nickte.

Da wurde nach kurzem Anklopfen die Türe aufgerissen.
Kriminalrat Koller kam in seiner ganzen Pracht. Er stellte etwas dar, mit seinen 1,95 Metern. Bei der Kleidung legte er großen Wert darauf bodenständig aufzutreten, und das war für ihn der Trachtenanzug. Koller stammte aus Oberbayern und konnte überhaupt nicht verstehen, dass man im Bayerischen Wald nicht ein wenig mehr Wert auf trachtlerische Kleidung legte.
Langer und Staudinger hatten sich seinen Bemühungen in dieser Richtung bisher erfolgreich widersetzt.
Wenn Kriminalrat Koller den Mund aufmachte, wurde der imposante Gesamteindruck etwas gestört. Koller gagerzte.
Er fügte so viele „ähs“ in seine Sätze ein, dass es schon lachhaft wurde.
In letzter Zeit hatte er allerdings ärztliche Hilfe in Anspruch genommen, mit Erfolg.
Nur bei besonderer Aufregung, kam das alte Leiden wieder voll durch.
Und momentan war er erheblich aufgeregt.
„Guten äh Tag, meine äh Herrn. Wie ist das äh mit dem Toten äh vom Stadtrand?“
Die beiden Beamten erstatteten Bericht.
„Äh ja. Da möchte ich äh schon noch äh einen äh schriftlichen Bericht äh von Ihnen!
Und schauns äh, dass das äh Müllzeugs, da draußen äh bald äh weiterbringen.“
„Natürlich.“
Die Türe schloss sich wieder.
„I glaub, der gagerzt a beim Denga“, meinte Staudinger respektlos.
„Wos moanst, äh, brauch ma des Zeugs do draußn no?“
Langer schüttelte den Kopf.
„Wir wissen, wie der Tote heißt, haben seinen ganzen Lebenslauf. Lass alles abholen.“

Draußen war strahlend die Sonne wieder erschienen und der Himmel leuchtete in unschuldigem Blau. Nur der steife Wind machte alles ein wenig ungemütlich.

Staudinger hatte es sich hinter seinem Computer bequem gemacht. Er konnte sehr liebevoll mit ihm umgehen, wenn „Maximilian" parierte. Im Melderegister suchte er nach dem Familiennamen Würfl und wurde schnell fündig. Er druckte die Adresse aus und sie machten sich sofort auf den Weg.

Hilde Würfl wohnte in einer der Neubausiedlungen aus den 70er Jahren. Nach dreimaligem Klingeln öffnete sie die Tür nur einen schmalen Spalt. Sie war klein und grauhaarig und blickte ängstlich auf die beiden Männer.
„Frau Würfl?"
Sie nickte.
„Kriminalpolizei, dürften wir einmal kurz hereinkommen?"
Sie zeigten ihre Ausweise und zögernd ließ sie Frau Würfl ein.
Die Tür führte in eine bedrückend enge Diele. Sie kamen in ein winziges Wohnzimmer, das vollgestellt war mit Schränkchen. Darauf fand sich auf Spitzendeckchen eine ganze Sammlung bunter Figuren, vom blassen kleinen Engel bis zu rosengeschmückten Vasen und Schälchen.
„Schöne Sammlung", meinte Staudinger.
Langer sah ihn irritiert an.
Staudinger verdrehte wie entschuldigend die Augen.
„Setzen Sie sich doch", wurden sie mit kleiner Stimme aufgefordert.
Die gepolsterte Eckbank ächzte unter Staudingers barocker Gestalt. Er war beileibe nicht dick, vielleicht ein wenig zu kurz geraten. „Stumpert", wie man im Bairischen sagt.
Der etwas staksige Langer hatte auf einem Stuhl Platz genommen und betrachtete Fotos, die in kleinen Rahmen auf einem Bord standen.
„Frau Würfl", begann Langer vorsichtig.
„Wir hätten da ein paar Fragen an Sie."
Die zierliche Frau schien noch kleiner zu werden.
„Leben Sie schon länger hier in der Siedlung?"
Sie nickte.
Wie gebannt saß sie vor Langer, wie das Mäuschen vor der Schlange.
Und dann kam die Frage, vor der sie sich offensichtlich gefürchtet hatte.
„Kennen Sie einen Otto Würfl, geboren in Grillaberg?"

Sie schüttelte heftig den Kopf und senkte ihn dann schnell.
Langer ließ ihr Zeit.
Nach einer kleinen Weile hob sie den zierlichen Kopf. Tränen schimmerten in ihren Augen.
„Was quälens mich. Sie wissen doch sowieso Bescheid", stieß sie hervor.
„Sie sind die Ehefrau von Otto Würfl", stellte Langer sachlich fest.
„Mia samma gschieden, scho a ganze Zeit", stellte sie richtig.
„Wos woins denn überhaupts?
I mog mit eam nix mehr zdoa ham!", rief sie heftig.
„Frau Würfl. Es tut uns leid, Ihr Mann ist tot."
„Wos? Owa wia…?", stotterte sie erschrocken.
„Er wurde getötet."
„Umbrocht moanans?" Sie flüsterte es nur.
Langer nickte.
„Wir müssen Sie bitten mitzukommen."
„Bin i iatz vahaft?", kam es ängstlich.
„Aber nein", beruhigte er sie.
„Wir brauchen jemanden, der ihn identifizieren kann. Ziehen Sie sich etwas über, es ist kalt."
Mit eckigen Bewegungen, wie eine Aufziehpuppe, folgte sie den beiden in die Diele. Kurz darauf sperrte sie sorgfältig die Tür ab.

Als sie nach längerer Fahrt zur Gerichtsmedizin kamen, wollte sie nicht mit hinein kommen.
„I kann des ned!"
Langer redete mit Engelszungen auf sie ein.
„Es geht ganz schnell. Sie müssen den Toten nur kurz anschauen.
Wir kommen ja auch mit", schloss er schließlich.
Langsam stieg sie aus dem Wagen.
„ Es ist gleich vorbei", ermunterte er sie.
Widerstrebend setzte sie sich in Bewegung, bis sie schließlich zur verhüllten Gestalt auf der Nirostaliege kamen.
Der Geruch des Raumes setzte ihr sichtlich zu.
Der Mediziner hob das Laken vom Gesicht des Toten.

Hilde Würfl trat erschrocken zurück.
„Wer isn des?“, fragte sie.
„Aber Frau Würfl, erkennen Sie ihn nicht?“
„Na.“ Sie schüttelte den Kopf.
„Aufn ersten Blick schaugt er meim Mo vielleicht a bissl gleich, owa sa duat as ned.“
„Sind Sie sicher?“
„Ja freili. Im Gfängnis hot eam do oana dNosn brocha, und des hams net gscheit gricht, und der do“, sie zeigte auf den Toten.
„Schaunsn oo, der hot a ganz a grode Nosn!“
Das stimmte allerdings.
„Vielen Dank Frau Würfl, wir nehmen Sie gleich wieder mit nach Hause. Warten Sie bitte noch einen Moment draußen.“
Sie nickte erleichtert und ging rasch hinaus, froh diesem beängstigenden Raum zu entkommen.
Staudinger folgte ihr nur zu gerne.

Langer schüttelte den Kopf.
Wenn das nicht Würfl ist, wer ist es dann?
Entschlossen drehte er sich um.
„Können Sie schon etwas über die Todesursache sagen?“
Der Gerichtsmediziner gab ihm kurz einen vorläufigen Bericht, wonach der Mann durch eine Gehirnblutung gestorben war, ausgelöst durch Schädelknochentrümmer. Die stammten von einer Verletzung am Hinterkopf.
Näheres würde er in den nächsten Tagen in seinem schriftlichen Bericht erläutern.

Auf der Heimfahrt hing jeder seinen Gedanken nach.
Sie brachten Hilde Würfl nach Hause, die die Fahrt nun zu genießen schien.
Vor dem Polizeigebäude stand der bekannte Unimog der Stadtverwaltung, beladen mit blauen Müllsäcken. Der Fahrer stieg gerade ein.
„Halt, halt!“ Langer war aus dem Wagen gesprungen und stellte sich vor das Fahrzeug.

„Alles wieder abladen!"
„Des is iatz net Ihr Ernst!"
„Doch, doch!", beharrte Langer.
„Ihr wissts wirklich net, wos woits!" Brummend stieg der Fahrer wieder aus.
Staudinger seufzte ergeben und half mit, die Säcke wieder ins Haus zu tragen.
Wachtmeister Mundl riss die Augen auf, sagte aber vorsichtshalber nichts. Praktisch begabt, holte er ein Wachstischtuch und breitete es auf die leergeräumte Fläche zweier zusammengestellter Schreibtische. Dort leerte er den ersten Müllsack aus.
„So, was suchen wir?"
„Es geht um den Toten, den wir heute Vormittag gefunden haben", holte Langer aus.
„Der Mann hauste da zwischen Schachteln und beim Ramadama habens noch aufgeräumt, bevors uns verständigt haben."
„Ja san de narrisch!"
„Ja, aber jetzt is zspät. Wir suchen Papiere, Briefe oder sonst was Persönliches, das dem Mann gehört haben könnte."
„Na Mahlzeit!"
Die Begeisterung der Kollegen war überwältigend. Mit Handschuhen machten sie sich zu dritt an die Arbeit. Anfangs musterte auch Staudinger einträchtig mit ihnen den spannenden Inhalt, der dann wieder in den Säcken verschwand.
Die übrigen diensthabenden Kollegen grinsten und gingen besonders eifrig ihren unabkömmlichen Tätigkeiten nach.
Eine Stunde und sechs Müllsäcke später, war Dienstschluss. Die Wachstube hatte das unnachahmliche Aroma eines unverschlossenen Müllkübels angenommen, der seit drei Tagen in der Sonne stand.
Persönliches hatten sie bisher nicht gefunden, wenn man von der halben Zahnprothese absah, die aber sicher nicht vom Toten stammte.

Staudinger saß längst wieder an seinem Maximilian und ließ das Bild des Toten durch verschiedene Dateien laufen. Es könnte sich ja um einen bereits polizeilich Bekannten handeln.
Dabei bekamen die beiden wieder einmal Schwierigkeiten miteinander. „Maxi" wollte nicht gleich so wie Staudinger und der sagte ihm deutlich die Meinung.
Langer schrieb am Bericht.
Wachtmeister Mundl schaute zur Türe herein.
„Machts ihr heit Überminuten?"
Schnell zog er den Kopf wieder ein, denn Staudingers Radiergummi verfehlte ihn nur um Haaresbreite.
„Hör auf für heut", meinte Langer.
Staudinger ließ sich nicht lange bitten und fuhr Maximilian herunter. Er tätschelte ihn zum Abschied noch ein wenig und meinte dann „nix für unguat, bis moang!"

Draußen waren die Schneeflocken längst geschmolzen und der Erdboden duftete verheißungsvoll nach Frühling. Es war halt doch schon April.
Langer wohnte ein Stück außerhalb. Wenn man es näher betrachtete, eigentlich oberhalb der Kreisstadt, gut um die 200 m höher. Seine Frau Gesine führte die bekannte „Pension am Wald" mit einem beliebten Ausflugsrestaurant.
Der Wetterbericht war gut. Langer träumte ein wenig mit offenen Augen.
Vielleicht können wir doch schon die Tische in den Garten stellen. Wenn die Sonne ein wenig scheint, wird es schon angenehm warm.
In der Kolonne die B 12 aufwärts schweiften seine Gedanken wieder ab. Er bekam den Fall nicht aus dem Kopf.
Es ist schon verrückt. Erst kommen schnelle Ergebnisse und dann ist wieder alles nichts.
Verflixt. Wer ist dieser Tote?

Staudinger war längst zu Hause. Die Kinder hatten ihn lautstark begrüßt: „D Oma kimmt auf Ostern, d Oma kimmt auf Ostern!", riefen sie ihm entgegen.
Er tat sehr erschrocken und seine Pantomime erheiterte die ganze Familie.
Der Abend zog schnell herauf. *Im Garten ist heut nichts mehr möglich. Auch nicht schlecht.* Staudinger spürte sein Kreuz noch vom Wochenende.
Fukushima beherrschte wieder die Nachrichten und bedrückt betrachteten sie die Überreste der Reaktorgebäude.

2.

14. April
Der neue Tag war hellblau. Nach der klaren kalten Nacht verharrte das Thermometer knapp um Null °.

Kriminalassistent Staudinger betrachtete besorgt seine überwinterten Topfpflanzen, die er vor Tagen schon an geschützter Stelle ins Freie gestellt hatte.
„Ja wia gehts eich denn?", begrüßte er sie.
Prüfend musterte er seine beiden Oleander. „Na ja, des bissel Schnee vakrafts ihr scho."
Aber wie hatte es sein geliebter Zitrus, ein Orangenbäumchen, überstanden?
Der Zitrus sagte aber auf seine besorgten Fragen nichts, sondern hielt nur tapfer seine neuen hellgrünen Blättchen hoch.
„Vielleicht hots deine Spinnmilben dawischt, zumindest ham sa se vakäit", stellte Staudinger befriedigt fest und fuhr zum Dienst.

Kommissar Langer kämpfte auch an diesem Morgen noch mit der Umstellung auf die Sommerzeit.

„Als Energieeinsparung habens uns die mal verkauft", grummelte er wie die Tage davor.
„Kaum ists in da Früh a bissel heller, schon drehns uns d Uhr wieder zurück und wir brauchen wieder Licht. Stromeinsparung, dass ich nicht lach! Und heimlich still und leise habens den Schmarrn auch noch bis Ende Oktober verlängert!"
Gesine lachte nur und machte ihm einen extra starken Kaffee. Verwöhnt mit frischen Semmeln, heimischer Marmelade und weichem Löffelei wurde Langer wieder friedlich und kam dann doch sehr schnell auf die langen Beine.

Am Waldrand rüttelte der Morgenwind leicht an den Polizeiabsperrbändern und ein Hase machte sich aus dem Staub, weil er etwas bemerkt hatte.
Ein Jogger in dunkler Kleidung trabte mit pfeifendem Atem heran. Am Waldrand verhielt er und sah sich prüfend um. Dann schlüpfte er unter der Absperrung durch und begann sorgfältig den Tatort abzusuchen. Schließlich kehrte er zum Wanderweg zurück, nahm seine sportliche Haltung wieder ein und trabte davon.
Der Verschluss einer Kamera klickte ein letztes Mal und ein Mann verschwand wie ein Schatten hinter den Bäumen.

Kommissar Langer holte seine Notizziehharmonika aus der Schublade. Es war dies ein Stoß Computer-Endlospapier, das er vor Jahren in einer größeren Menge bezogen hatte. Gerne notierte er sich hier den Verlauf einer ganzen Ermittlung, lückenlos, zum Nachschauen.
Er spitzte seinen Bleistift und schrieb zuerst das Auffindedatum, den 13. April auf.
Das ist die erste unantastbare Tatsache. Er grinste. Daran war nicht zu rütteln.
Wie lange der Tote schon da liegt, das wissen wir noch nicht.
Was hatten sie?
Einen toten Obdachlosen in einem Schachtelverhau am Stadtrand, mit Papieren von Otto Würfl, geboren in Grillaberg.
Es ist aber nicht Otto Würfl, der da ermordet wurde.

Der Tote hatte keinerlei Ausweise bei sich, keine Geldbörse. Hatte ihm sein Mörder alles abgenommen?

Staudinger kam mit einem Schwall kalter Luft herein.
„Gu‘ Moing!“, krähte er fröhlich und warf seine Aktentasche auf den Schreibtisch.
„Wenigstens hots zum Schneim aufghört.“
„Gu‘ Moing!“, antwortete Langer und sah ihn belustigt an.
„Bist ja in aller Früh scho ganz sche munter“, stellte er anerkennend fest.
„Ich bin eine Lerche, weißt du das nicht?“
„Eine Mordstrumm Lerchan“, meinte Langer trocken.
Die „Lerche“ schlug vor, ein Bild des Toten in der Zeitung zu veröffentlichen. Aber Langer wollte vorher noch einen Fingerabdruckvergleich.
„Vielleicht hamma Glück.“
Staudinger nickte und weckte gefühlvoll Maximilian aus seinem Tiefschlaf.
Das alles ist interessanter als die verschwundenen Traktoren.

Langer kehrte zu seinen Notizen zurück.
Es war nicht anzunehmen, dass Würfl seine persönlichen Papiere freiwillig herausgegeben hatte. Sie mussten Verbindung mit ihm aufnehmen.
Langer holte sich seine Kriminalakte auf den Bildschirm.
Tatsächlich, da war eine flüchtige Ähnlichkeit mit dem Toten. Aber die Nase des echten Otto Würfl war deutlich krumm. Vermerkt war in der Akte eine Schlägerei zu Beginn seiner letzten Haftzeit. Näheres stand da nicht.
Würfls Strafregister hatte beträchtliche Länge. Zuletzt hatte er eine längere Freiheitsstrafe wegen bewaffneten Bankraubes verbüßt.

Das Wetter hatte sich soweit gebessert, dass die „Abfallbrigade“ nun im Freien arbeiten konnte. Man hatte rotiert, um die „schöne Arbeit“ gleichmäßig zu verteilen. Der Berg mit den noch zu durchsuchenden Müllsäcken war deutlich geschrumpft.

Passanten schüttelten die Köpfe über diese „Polizeiarbeit“ und der Sender Wasching, das Stadtgespräch, begann bereits heftig zu trommeln. Im vorletzten Müllsack fand sich schließlich eine Plastiktüte, vollgestopft mit Papieren.
Wachtmeister Mundl durfte sie wie eine frohe Botschaft überbringen. Er stürmte ins Büro und legte sie freudestrahlend vor Langer auf den Tisch.
Der bedankte sich mit einem größeren Schein für die Kaffeekasse.

„Wos hamma denn do Scheens?“
Langer leerte die Tüte kurzerhand auf seinen Schreibtisch.
Staudinger zog auch Handschuhe über und gemeinsam machten sie sich an die Arbeit.
„Urlaub auf den Malediven“, las Staudinger vor.
„Entdecken sie Mexiko.“
Langer schüttelte den Kopf.
„Meinst wirklich, diese Tütn ko ma unsam Mo zuordnen?“, fragte Staudinger befremdet.
„Warum ned?“
„Richtig, d Frau Landl hot a wos vo Prospekte gsogt.“
Vielleicht wollt er ja in nächster Zeit verreisen.“
„Ohne Geld und Ausweis? Und warum haust a dann in Schachteln?“
„Vielleicht hat man ihm ja alles gstohlen.“
Neben vielen Reiseprospekten gab es nur noch alte Tageszeitungen. Die letzte stammte vom 11. April.
„Um die z kaufa, muaß er ja no glebt hom“, stellte Staudinger tiefsinnig fest.
„Und flüssig muaß er a gwesn sei“, schob er nach.
„Oder er hat sie von jemandem bekommen.“
„Ja, auch möglich.“
Seufzend ging Staudinger wieder an seinen Computer.

Langer beschäftigte noch eine andere Frage. Wo kam der Mann her und wo hauste er, bevor er in den Wald zog? Irgendjemand musste ihn doch gesehen haben. Anwohnern am Beginn des Wanderweges war angeblich nichts aufgefallen.

Der Vormittag verging. Die Sonne kam hinter der dichten Wolkendecke hervor. Alles war wieder hell und freundlich. Strahlend weiß öffneten sich die ersten Kirschblüten und die ganze Welt sah aus, wie frisch gewaschen.
Langer und Staudinger gingen in einer uralten Wirtschaft am Stadtplatz essen.
„Wie wars mit am Beamtenschnitzel?“, fragte Staudinger.
Langer hatte nichts gegen Leberkäs mit Spiegelei. Zum Kaffee verdrückten die beiden mit gutem Appetit noch einen Apfelstrudel.
„Weast seng, auf wos Siaß ka ma einfach besser denga!“, behauptete Staudinger mit vollem Mund.

Langer musste nachmittags kurz zum Gut hinaus. Gesine wollte die Wohnräume neu vermieten, nachdem der bisherige Mieter verstorben war. Und dazu wollte sie sein Urteil über die Bewerber.
Gegen 13 Uhr kam er an. Eine dicke schwarze Limousine stand auf dem Parkplatz vor dem alten Viereckhof neben der Brauerei.
Ein norddeutsches Ehepaar wollte im Gut einziehen. Es war mit Gesine schon im Wohnhaus unterwegs.
Langer schlenderte hinein und dachte daran, dass er hier vor Jahren angeschossen worden war. Immer wenn er sich daran erinnerte, überlief ihn eine kleine Gänsehaut. *Ich habe damals unheimliches Glück gehabt. Alles wär beinahe aus gewesen. Keine Zukunft mit Gesine, nichts mehr.*
Die Haushälterin gab es noch, sie wurde quasi als „lebendes Inventar mitvermietet.“ Das war für sie die beste Lösung. Außerdem hatte man dann ein Auge auf die Mieter.
Sie begrüßte ihn freudestrahlend.
„Ja der Herr Kommissar. Sands a wieder amoi do? Hams heit an Revolver dabei?“, zwinkerte sie.
„Nein, aber Sie haben ja sicher ein großes, scharfes Messer für mich, wenn's gefährlich werden sollte!“, lachte er.

Gesine stellte ihn den Bewerbern vor.
Prüfend betrachtete er das alte Ehepaar. Die beiden machten einen guten Eindruck und waren sympathisch, wenn sie auch noch solvent waren, dann konnten sie einziehen.
Gesine nickte ihm zu. Er blinzelte. Sie war wohl zum selben Entschluss gekommen.

Auf der Rückfahrt sann Langer wieder über den neuen Fall nach.
Wer tötet einen Obdachlosen und warum?

Als er ins Büro kam, hatte Staudinger endlich eine erste Spur.
„Da schau her, die Fingerabdrücke passen", zeigte er ihm stolz sein Ergebnis.
„Sie gehören einem Eugen Berger. Und jetzt halt dich fest. Er war wegen bewaffneten Bankraubes rechtskräftig verurteilt und saß diese Strafe bis 15. März dieses Jahres ab."
„Gibt es einen Querverweis auf einen Komplizen?"
„Moment." Staudingers Finger flogen nur so über die Tastatur.
„Als Mittäter wurde Otto Würfl verurteilt!"
Staudinger war momentan sprachlos, und das wollte etwas heißen.
Dann stieß er hervor: „Woher host du des gwusst?"
Langer grinste.
Ich habe doch Würfls Polizeiakte gelesen und da stand dasselbe Delikt. Lag doch nahe.
Aber das musste er ja Staudinger nicht unbedingt auf die Nase binden.
Staudinger betrachtete ihn forschend.
Was grinst er denn gar so hinterhältig?
„Also?"
„Ich hab nur 1 + 1 zusammengezählt", wimmelte Langer ab.
„Wir haben zwei Bankräuber, einer von ihnen ist tot und hat die persönlichen Papiere des anderen."
„Darum müssen wir jetzt schnellsten schauen, was mit Würfl los ist!"
„Richtig."

„Er wurde ja schon früher entlassen. Soweit ich mich erinnere, Ende des letzten Jahres. Der Schein war ja in seinem Koffer, erinnerst du dich?“
„Wo ist denn der?“
„Den hat die Spurensicherung noch.“
„Von Würfl haben wir keine aktuelle Adresse. Weißt du was, wir werden noch einmal seine Frau befragen. Die muss uns da einiges erklären.
Übrigens, Kompliment an deinen Max und an dich natürlich auch!“
Staudinger grinste stolz.
„Das sind halt so Tag‘, die könnt ma öfter haben“, meinte er zufrieden.

Frau Würfl war nicht da.
Als sie zum Wagen zurückgingen, kam sie mit einer Einkaufstasche um die Ecke. Sie schien nicht sehr begeistert, als sie die beiden sah, aber umkehren konnte sie schlecht.
„Frau Würfl, wir haben noch ein paar Fragen an Sie.“
Sie nickte wortlos, und Staudinger nahm ihr die volle Einkaufstasche ab.
Wieder saßen sie im vollgestellten Wohnzimmer. Heute roch es intensiv nach Möbelpolitur.
„Warum ist Ihre Ehe zerbrochen?“
Die zierliche Frau knetete erst ein Taschentuch weich und dann begann sie stockend zu erzählen.
Sie hatten früh geheiratet und kurze Zeit ging es auch gut mit ihnen. Dann gab es da plötzlich eine andere Frau, die Würfls Leben beherrschte, sie und immer mehr der Alkohol. Er kam wiederholt betrunken zur Arbeit und verlor schließlich seine Stelle. Danach verübte er kleinere Einbrüche in Bauhütten und leerstehenden Häusern. Und dann erwischten sie ihn nach einem größeren Bruch in einem Supermarkt und sperrten ihn ein. Er machte eine Entziehungskur, und als er wieder herauskam, war er einige Zeit auch trocken. Die andere Frau war irgendwo in der Versenkung verschwunden, jedenfalls kam er zu *ihr* zurück. Er wollte ein neues Leben anfangen. Im Gefängnis hatte er das Schneiderhandwerk erlernt, und nun war sein Plan, eine kleine

Änderungsschneiderei anzufangen, um auf eigenen Füßen zu stehen. Aber er hatte kein Geld für eine ordentliche Nähmaschine und die Bank lieh ihm auch nichts. Ja und dann schnappten sie ihn nach dem Bankeinbruch. Das war eigentlich alles. Ein verpfuschtes Leben.
Sie hatte ihn einmal im Gefängnis besucht und war über seine gebrochene Nase erschrocken. Es ging um die Scheidung. Er hatte sie noch bekniet, doch auf ihn zu warten, alles würde gut werden. Aber sie wollte nicht mehr.
Das Häuschen in Grillaberg konnte sie trotz zweier Putzstellen nicht mehr halten. Das Dach war undicht, neue Öfen standen an. Sie hatte das Geld nicht dafür und verkaufte das kleine Haus. Vom Erlös richtete sie sich ihr neues, einsames Leben ein.
Hilde Würfl schwieg und sah zu Boden. Sie schämte sich für ihren Mann und diese Vergangenheit.

„Ihr Mann wurde letztes Jahr aus der Haft entlassen. Hat er sich bei Ihnen gemeldet?"
Sie schüttelte den Kopf. Zu heftig und zu schnell nach Langers Meinung.
„Haben Sie eine Ahnung wo er sein könnte?"
Wieder heftiges Kopfschütteln.
„Frau Würfl, wenn Sie etwas wissen, müssen Sie uns das sagen. Ihr Mann ist in Gefahr!", beschwor sie Langer.
Hilde Würfl sah erschrocken auf.
„Meinens wirklich?" Forschend sah sie ihn an.
Langer nickte.
„Also", begann sie entschlossen.
„Er hat angrufen."
„Wann?"
„Ja mei, des wird so ungefähr vier Wochen her sein."
„Und was hat er gesagt?"
„Er war recht besorgt. Ein Mann könnte auftauchen bei mir, hat er gsagt. Ich soll ihm die Tür nicht aufmachen, sondern gleich die Polizei holen."
„Und was sollte das für ein Mann sein? Hat er ihn beschrieben?"

„Mei, beschrieben hot an net groß, ein Preiß‘ wär es, hot er gsagt."
„Namen hat er keinen genannt?"
„Na."
„Und wo Sie ihn erreichen können, hat er da was gsagt?"
„A Telefonnummer hat er mir geben. Wartens."
Sie stand auf und begann in einer der kleinen Schrankschubladen zu kramen. Schließlich kam sie mit einem Zettelchen zurück.
„Da schauns her."
Langer notierte sich die Nummer.
„Haben Sie ihn angerufen?"
„Na. Warum?"
„Ist der Mann nicht bei Ihnen aufgetaucht?"
„Na."
„Gut. Das wär's vorerst. Frau Würfl, falls dieser Mann auftaucht, rufen Sie uns sofort an."
Langer gab ihr seine Karte.
Sie nickte eifrig.

Staudinger ließ sofort über die Telefonnummer die Adresse ausfindig machen. Es handelte sich um einen Münchner Vorort.
Langer wählte in der Zwischenzeit die Nummer an. Mehrmals. Erfolglos.
Dann bat er die Münchener Kollegen um Amtshilfe.

Die Tür wurde aufgerissen, Kriminalrat Koller in einem feschen neuen Trachtenanzug trat ein.
„Meine äh Herren. Gibt's was Neues? Die äh Presse ruft ständig an!"
Langer brachte ihn auf den neuesten Stand.
„Das ist noch nicht allzuviel, vielleicht könnten wir die Presse noch ein wenig heraushalten", schlug er vor.
„Das äh müssen sie äh schon äh mir äh überlassen!", fauchte Koller.
Langer zog verärgert den Kopf ein und stellte sich den Chef in Unterhosen vor, in trachtlerischen.
Koller erging sich noch in zahlreichen, aufgeregten Ähs und stürmte dann wieder hinaus.

„Ist auch schon gar nichts äh los momentan", imitierte ihn Staudinger mitfühlend.
„Und da ist die Presse äh voll auf unseren Toten eingestiegen!
Was hast denn?"
Langer begann glucksend zu lachen und dann erzählte er ihm, wie er sich Koller in Folklore-Unterwäsche vorgestellt hatte, mit gestickten Edelweiß links und rechts und Hirschhornknöpfen.
Staudinger kicherte sofort mit.
„Dees is wos für unsern Sender Wasching!"
„Untersteh dich!"

Die Münchener Kollegen meldeten sich schon bald.
Unter der angegebenen Adresse hatten sie Otto Würfl gefunden, mehr tot als lebendig. Ein Bild wollten sie noch schicken.
Die Kollegen hatten die Wohnungstüre aufbrechen müssen. Otto Würfl war offensichtlich zusammengeschlagen worden. Der Notarzt hatte zahlreiche Knochenbrüche festgestellt und vermutete auch innere Verletzungen. Würfl müsse schon ein paar Tage hilflos in der Wohnung gelegen haben und wirke verwirrt. Die Wohnung war verwüstet, als hätte man sie durchsucht. Die Spurensuche lief noch.
Langer bedankte sich für die schnelle Hilfe und wies auf Eugen Berger als mutmaßlichen Täter hin.

3.

15. April
Kommissar Langer spitzte wieder einmal seinen Bleistift.
Was wussten sie schon?
Ein Toter im Gebüsch – Eugen Berger.
Hat sämtliche persönliche Papiere von Otto Würfl.
Aber keinerlei eigenen Ausweis oder Geldbörse, mittellos – ausgeraubt?

Otto Würfl wird in seiner Münchener Wohnung übel zugerichtet – Krankenhaus.
Beide waren wegen Bankraubes inhaftiert, hier ansetzen.
Würfl kam wegen guter Führung früher frei (Ende 2010)
Berger erst vor 4 Wochen (15. März)

Mit einem „Rumms" warf Staudinger die Bürotür zu.
Langer schrak auf.
„Gu Moing!"
„Ja, a!"
„Ja, was is denn heit mit da Lerche?"
„Oh, de is no net ausgschlafa", gähnte Staudinger.
„Ich sog da, mir ham do in da Siedlung an Hund. Vollmond is boid und der Misthund singt und singt. Do machst koa Augn zua! Do muaß a mi heit mehr am Büroschlaf widmen, woaßt!"
Langer lachte.
„Ja, ja die Liebe!"
„Na ja, du woaßt ja wovost redst, so glücklich vaheirat wiast du bist!"
„Ja, aber i setz mich net hin und sing!", lachte Langer verschmitzt.
Staudinger hat Recht. Seit ich mit Gesine verheiratet bin, habe ich ein neues, schöneres Leben.
Das hieß nicht, dass es immer einfach war. Seine Frau führte eine gut gehende Pension. Im Restaurant war viel zu tun und auch er war dienstlich eingespannt.
Aber sie verbrachten soviel Zeit wie möglich zusammen. Sie erwachten gemeinsam und lachten viel. *Was habe ich in all den Jahren vorher versäumt. Aber es hat sich gelohnt zu Gesine zurückzufinden.*
Still vergnügt saß er da und dachte lächelnd an seine Frau.
„Bist schon noch da?"
Staudinger wedelte vor Langers Gesicht hin und her.
„Vom Krankenhaus in München ist eine Nachricht gekommen. Otto Würfl wurde wegen seiner schweren Verletzungen ins künstliche Koma versetzt. Es ist nicht sicher, ob er durchkommt. "
„Hat man die Frau Würfl schon benachrichtigt?"
Staudinger nickte.

„Die Frau macht a wos mit.“

Sie hatten einen neuen Ansatz für ihre Ermittlungen, den gemeinsamen Bankraub von Würfl und Berger und so etwas bringt immer Schwung in den Laden.
Staudinger vertiefte sich in die alten Vernehmungsprotokolle, Langer machte sich mit den Prozessakten vertraut.
Es war so still im Zimmer, dass man die Vögel draußen lauthals singen hörte. Der Tag war strahlend, der Himmel so blau wie er es nur im Frühling sein kann und die Sonne schien wärmer als in den letzten Tagen.

Tom und Marlene saßen noch beim Frühstück, waren aber schon bei der Zeitung. Marlene trank bereits ihre dritte Tasse Kaffee, um munter zu werden. Sie hatte schlecht geschlafen. Der helle Mond hatte sie immer wieder geweckt. In drei Tagen war Vollmond und davor hatte sie immer Schlafprobleme.
Am Abend zuvor hatte der Mond den Garten in ein magisches Licht getaucht. Die Bäume wirkten wie versilbert, ein unwirklicher, zauberhafter Anblick.
Wenn Marlene nicht schlafen konnte, begannen ihre Gedanken zu kreisen. Alles, was sie bedrückte, fiel ihr dann ein. Momentan war es die eigene Trinkwasserquelle, die ihr Denken beherrschte. Die Quellneufassung, die für den nächsten Tag geplant war. Was konnte dabei nicht alles schief gehen? Das Schlimmste wäre, wenn beim Aufbaggern das Wasser nach unten davonliefe, in unerreichbare Tiefen. Die nächste Wasserleitung war über einen Kilometer entfernt.
Solche Gedanken förderten nicht unbedingt den Schlaf. Angestrengt dachte sie an ein anderes Thema. Da war der Garten immer gut. Längst gehörten die Stauden durchgeputzt und ausgeschnitten. Und die Gemüsebeete begannen bereits zu vergrasen. Mit der Neugestaltung eines Blumenbeetes kehrte immerhin soviel innerer Frieden ein, dass auch der Schlaf wieder kam. Trotzdem stand sie am Morgen ein wenig daneben.

Der Vormittag verging schnell mit Post erledigen und dem üblichen Kram. Schließlich zapfte Marlene mehrere Liter Trinkwasser auf Vorrat, die Sache würde zwei Tage dauern.
Tom hatte alles gut organisiert. Gegen 13 Uhr würde der Kleinbagger kommen. Der Fahrer arbeitete seit Jahren gut mit dem Brunnenbauer zusammen. Mit schwerem Gerät musste der benötigte Kies und Beton gebracht werden, weil die Quelle gut 200 m weiter oben in einer Fichten-Dickung lag. Auch Tom war ein wenig nervös, aber er ließ es sich nicht anmerken. Mit gemischten Gefühlen gingen sie hinauf.
Am Rande der kleinen Lichtung in der hochgewachsenen Fichtendickung, ragte der Beton-Konus der Quelle etwa einen Meter aus dem Boden. Im Innern sammelte sich das Wasser und lief von da in die Leitung zum Haus hinunter. Die eigentliche Quelle lag ein paar Meter weiter oben. Dort, wo es in einer flachen Mulde ziemlich nass war und wo vor Tagen ein paar Bäume gefällt werden mussten.
Der kleine, aber kräftige Bagger auf Gummiketten zog drei mächtige Wurzelstrünke aus dem Boden, wie ein überdimensionierter Zahnarzt Backenzähne. Das Erdreich dort war glänzend nass und schmatzte. Der Bagger selbst stand auf dem Trockenen. Diese Baumwurzeln waren in die alte Quellfassung eingewachsen und hatten den Zulauf zum Konus nahezu verschlossen. Luftpolster in der Leitung blockierten den wenigen Ablauf zusätzlich, so dass das Wasser aus dem Überlauf des Konus abfloss und unten im Haus fast nichts mehr ankam.
Der Bagger grub nun nach Anweisung des Brunnenbauers zuerst einmal einen Abfluss neben dem Konus.
Er senkte den schmalen Löffel ins Erdreich und hob zügig einen Graben aus. Die nasse Erde häufte sich auf der anderen Seite langsam zu einem kleinen Wall.
Plötzlich tauchte etwas Blaues im braunen Erdreich auf.
„Halt!“, schrie der Brunnenbauer und kam mit seiner Schaufel.
Er arbeitete damit an dem Blauen entlang, das sich als großer Müllsack entpuppte und legte ihn frei.
„Jessas na, wos issn des?“, rief er erschrocken.
Der Baggerfahrer war ausgestiegen.

„Schaut aus wiar a verpackte Leich, dat i song!“, stellte er sachkundig fest und zündete sich erst einmal eine Zigarette an.
Tom schüttelte den Kopf.
„Ich muss schon sagen, eine lebhafte Phantasie habt‘s ihr. Erst müssen wir einmal den Sack aufmachen und nachsehen!“
Er holte seinen Knicker aus der Bundhose und schlitzte ein schmales Ende des großen Sackes auf.
Schwarze Herrenslipper tauchten auf, die offenbar noch an Füßen steckten.
„Marlene, ruf die Polizei!“, befahl er.
„Unsere Quellfasserei werden wir wohl verschieben müssen“, meinte er zum Brunnenbauer.
Der, bleich geworden, nickte.
Marlene lief, so schnell sie konnte, zum Haus zurück.
Atemlos wählte sie den Polizeinotruf und ging dann zur Straße hinunter.

Mundl aus der Wachstube riss die Bürotür auf.
„Da ist gerade ein Leichenfund gemeldet worden!“
Mit diesen Worten legte er Kommissar Langer seinen Telefonzettel auf den Schreibtisch.
„Ja wird denn des jetzt zur Gwohnheit?“, moserte Staudinger.
„War da vorgestern nicht einer, der ganz sehnsüchtig sowas erwartet hat?“
„Na dann pack mas hoit“, meinte Staudinger etwas kleinlaut. A bissel frische Luft wird uns scho net umbringa.“

Rasch fuhren sie die WOS 1 hinunter und bogen an der Mühle ab, ein Streifenwagen folgte ihnen.
„Do wennst di net auskenna datst!“, stellte Staudinger fest, kurz bevor sie ankamen.
„A Navi dat di glatt ewig kreiseln lossen. Vo oam End vom Dorf zum andern und wieder zruck. Und dauernd dats song: „Sie sind angekommen!“

Do schau her, nummeriert hams seit der Rodung nimma. Oiß kreuz und quer, da wennst eppan suachst!“

Sie sahen Marlene am Straßenrand warten und hielten.
Langer, Gesine und Marlene kannten sich schon seit der gemeinsamen Schulzeit.
„Hallo Klaus“, begrüßte sie den Kommissar.
„Stellt die Wagen am Straßenrand ab. Wir sind da oben!“
Sie zeigte hinauf zum Waldrand.
„Wir müssen gehen!“
Rasch schritt sie entlang einer Hecke voran und die beiden Kriminalbeamten und die Polizisten hinterher.
„Was ist denn genau passiert?“, wollte Langer wissen.
Staudinger keuchte heran.
Marlene wurde langsamer und drehte sich um.
„Wir müssen unsere Hauswasserquelle neu fassen. Und beim Aufgraben“, sie holte tief Atem um ihre Fassung zu bewahren, „da haben wir einen großen blauen Sack gefunden!“
Sie musste schlucken.
„Und weiter?“
„Tom hat den Sack aufgeschnitten und da sah man dann schon schwarze Schuhe…“
„Das reicht.“
Sie kamen an den Dickungsrand.
Tom kam ihnen entgegen.

Die Anwesenden wurden befragt, der Sack ganz geöffnet.
„Schau nicht hin, das willst du nicht sehen“, sagte Tom zu Marlene, konnte aber selbst den Blick nicht abwenden.
Der Mann musste schon längere Zeit hier gelegen haben. Der Leichnam war ziemlich verrottet. Der Anzug hatte sich fast aufgelöst.
„Den hätt koa Mensch net gfunden, wenns ihr do net grobn hätts!“, stellte Staudinger fest.
Langer bückte sich, um den Mann näher zu betrachten. Die Kollegen machten Fotos.

Wie erwartet, mussten die Arbeiten an der Quelle nun ruhen, bis die Polizei die Stelle wieder freigeben würde und das konnte ein paar Tage dauern.
Wie nach einer verlorenen Schlacht, kehrten Tom und Marlene mit den beiden Kriminalbeamten zum Haus zurück.
Marlene kochte wie in Trance Kaffee und suchte mit fliegenden Fingern nach Gebäck.
„Da denkst an nix Böses und dann sowas!"
Staudinger probierte die Waffeln auf ihre Genusstauglichkeit und fragte dann: „Habts ihr nie was bemerkt da droben?"
Tom schüttelte den Kopf.
„Wir waren öfters zum Saubermachen oben, aber aufgefallen ist uns nichts."
„Wenn ich mir vorstelle, dass wir ahnungslos direkt auf dem Mann herum getrampelt sind!", murmelte Marlene betroffen.
Tom legte tröstend seine Hand auf ihre Schulter und zog sie an sich.
„Ihr könnt froh sein, dass die Leiche nicht direkt an der Quelle vergraben wurde, sondern weit genug unterhalb", stellte Langer fest.
„Ja, das hätten wir dann schon früher gemerkt!", meinte Tom sarkastisch.
„Wie lange wohnts ihr jetzt schon da?"
„Das werden jetzt gut zehn Jahre sein. Aber das Haus steht schon länger."
„Und wer hat vorher da gewohnt?"
„Ein Antiquitätenhändler aus Wiesbaden. Kieler hieß er. In der Stadt drinnen hatte er ein kleines Geschäft. Seine Frau war nicht ganz gesund, und als es ihr schlechter ging, zogen sie zurück in die Großstadt."

Kriminalrat Koller glich dem alten HB-Männchen aus der Werbung, als er vom neuerlichen Toten erfuhr. „Ja was äh, ist denn äh los?
Wo äh leben wir äh denn?
Wie äh sollen wir äh das den äh Leuten äh erklären?"
Er tat gerade so, als hätten sie persönlich die Männer auf dem Gewissen.

Staudinger betrachtete ihn interessiert, und wartete darauf, dass er abheben, und an die Decke gehen würde. Aber den Gefallen tat ihnen Koller nicht.
Er knallte nur wieder einmal die Tür zu und verschwand.
„Iatz hot as uns oba äh wieda gsogt!", meinte Staudinger respektlos.
„So", sagte Langer.
„A kleine Leich wolltest, jetzt hama zwei. Ich würd' sagen, des reicht jetzt!"
„Mei, ma wui hoit gfordert sei", verteidigte sich Staudinger.

Wachtmeister Mundl brachte den Bericht der Gerichtsmedizin über Eugen Berger, ihren ersten Toten:
„Todesursache: Blutungen im Gehirn, ausgelöst durch Schädelknochentrümmer, diese wiederum stammen von einem schweren Schlag auf den Hinterkopf. Leichte Spuren von Erde in der Wunde. Tatwaffe möglicherweise ein Feldstein.
Todeszeitpunkt: Wahrscheinlich am Tag vor dem Auffinden. (Niedrige Temperaturen herrschten). Eine Obduktion wurde nicht angeordnet."

„Kurz und bündig und alles drin, was wir wissen wollten!", lobte Langer.
„Jetzt müsst ma nur no wissen, wer und warum man erschlagen hot", meinte Staudinger lapidar.
„Ja, dann wäre *der* Fall gelöst.".
„Warum erschlägt man einen Landstreicher?", fragte Staudinger.
„Landstreicher gibt es nicht mehr, das heißt heute Obdachlose", verbesserte ihn Langer.
„Er hatte Streit", schlug Staudinger vor.
„Richtig. Fragt sich nur mit wem?"

Staudinger sah auf die Uhr.
„Oh je, is scho so spät?
Du, ich muss heit früher weg, weil i unbedingt im Garten no was herrichten muss. Mei Mutter kommt zu Besuch!" Staudinger schlüpfte in seinen Mantel und weg war er.

Langer begann Ringerl auf seiner Ziehharmonika zu zeichnen, die dann zu kleinen Blumen wurden. Seine Gedanken schweiften ab.
Zuhause haben wir doch auch einen Garten. Naja, Garten ist vielleicht zu viel gesagt, mehr Grünflächen. Da könnte man ja auch ein paar Blumen einbauen.
Kurz entschlossen machte er auch Schluss.
An seinem Heimweg lag eine Gärtnerei. Zögernd betrat er das große Gewächshaus gleich neben der Straße und sofort umgab ihn ein herrlich erdiger Duft.
Er war in eine völlig andere Welt eingetreten, beherrscht von Erde und Blumen, Gleichklang und Zeitlosigkeit. Überwältigt blieb er stehen und ließ den großen Raum auf sich wirken.
Da gab es große blühende Topfpflanzen, dahinter ganze Regimente von Polsterpflanzen, erste knospige Blumen und und und.
Wie benommen schritt er an den Pflanzentischen entlang. Unschlüssig stand er schließlich vor den ersten Tomatenpflanzen.
„Kann ich Ihnen helfen?" Ein drahtiger Mann in seinem Alter war plötzlich aufgetaucht. Er wischte sich die erdigen Hände an einer speckigen Cordhose ab und sah ihn fragend an.
„Wissen Sie", begann Langer stockend, „wir haben nur Grünflächen und ich möchte gerne etwas Blühendes da hinein."
„Ja, da ham ja ein bissel was da", meinte der Gärtner grinsend.
„Wir wohnen aber ein wenig höher als die Kreisstadt liegt", gab Langer zu bedenken, „so um die 800 m."
„Kein Problem. Ich hätte da den Pfennigstrauch. Schauns her, der blüht schön gelb, fast den ganzen Sommer und ist robust und dann vielleicht einen Tuff Phlox, den gibts in mehrer Farben, der is auch recht schön, und vielleicht a paar Iris. Des is alles frosthart und kommt im nächsten Jahr wieder."
Langer holte sich noch ein paar Pflanztipps und glücklich belud er dann seinen Kofferraum mit den schwarzen Plastiktöpfen und einem Ballen Pflanzerde. In der Eisenwarenhandlung erstand er knapp vor Ladenschluss noch rasch einen Spaten und Handschuhe. Hochbefriedigt fuhr er die B 12 hinauf.
Gesine staunte nicht schlecht.

Mit den Worten „ich hab dir ein paar Blümchen mitgebracht!“, hatte er sie zum Auto geholt.
„Na, da hast du dir ja allerhand vorgenommen!“, stellte sie fest. Aber sie freute sich. Selber hatte sie keine Zeit und auch nicht unbedingt Lust zum Gärtnern und den Grünflächen würden ein paar blühende Sträucher und Stauden gut tun.
„Aber vorher würde ich noch etwas essen“, schlug sie vor und servierte ihrem Blumenkavalier frischen Heringssalat mit Äpfeln, Zwiebeln und Gürkchen an neuen Salzkartoffeln.

4.

16. April
Wieder zog ein wunderschöner Morgen herauf. Die Obstbäume entfalteten rosa und weiße Blüten, die von einer schönen Ernte träumen ließen. Die ganze Welt duftete nach Frühling.
Aber Langer kam an diesem Morgen nicht so schwungvoll wie sonst ins Büro.
„Nanu, hast garbeit gestern, weilst gar aso daherschleichst?“, fragte Staudinger mitleidlos.
„Iaa und nein.“
„Dazeii scho, da Sender Wasching braucht a wieder Material“, drängte Staudinger.
Der Sender Wasching war das Stadtgespräch, das lebhaften Anteil an Befindlichkeiten von allerlei bekannten Leuten nahm.
„Na ja, ich hab doch gestern noch beim Gärtner vorbeigschaut und hab a bissel was kauft, Phlox und Pfennigsträucher und so was.“
„Hört, hört, des is ja ganz was Neus! Da hast da ja allerhand vorgnumma, du Supergärtner“, lästerte Staudinger.
„Ja und nachm Abendessen hab ich mit der Gesine noch die Plätz für die Pflanzen ausgsucht. Und da gings schon los. Das Ehepaar aus Hamburg meinte „na da würde ich das nicht hinpflanzen, eher da!“

und die aus Wuppertal meinten: „Was haben Sie denn da für Kroppszeug gekauft “
Da hielten sich die aus Berlin ja noch zurück. Die mischten sich erst ein, als ich anfing.“
„Da muss erst der Boden ausgetauscht werden und der pH-Wert gemessen und die Sonnenscheinhäufigkeit!“
„Da is mir die Freude dann schön langsam vergangen. Ich hab das Handtuch gworfen und die ganze Pflanzerei auf an späteren Termin verschoben. Es hat mir dann aber doch keine Ruhe lassen. Heimlich, im Finstern, sind wir zwei nausgeschlichen. D Gesine hat gleucht und ich hab des ganze Zeug so schnell wies gangen is, vergraben. Und des geht ins Kreuz, man möchts nicht für möglich halten.“ Dabei stützte er leidend seine Lendenwirbel ab.
„Na ja, bist hoit koa Arbat gwohnt!“, stellte Staudinger sachlich fest.
„Von mir aus können sich d Gäst jetzt den ganzen Tag s Maul zerreißen, ich bin ja net da“, meinte Langer aufatmend.
„Ja, da machst was mit, wenn die oiß besser wissen.“ Staudinger bedauerte ihn ein wenig, und das tat ihm gut.
„Hast wenigstens oiß richtig eipflanzt und fest gewassert?“
„Na ja, d Wurzeln nach unt! Und für die schwierigen Lichtverhältnisse gar net schlecht, dat i sagen. Obwohl, gossen hab i nimmer.“
„Des muaßt aber heit auf d Nacht unbedingt no doa, des is wichtig!“, erklärte Obergärtner Staudinger ernsthaft.
Langer nickte. Er war mit sich zufrieden. Ob er allerdings so schnell wieder etwas vom Gärtner mitbringen würde, das stand in den Sternen.

Die beiden vertieften sich wieder in die alten Akten des Bankraubes, den Würfl und sein Komplize Berger verübt hatten.
Langer war bei der Schilderung des Überfalles angekommen und las Staudinger die interessantesten Passagen vor.
„Hör einmal zu: Es ging um einen höheren Betrag. Die genaue Summe nannte die Bank gar nicht. Sie erscheint nicht in den Akten.“
„Dann muaß wirklich vui gwesen sei“, vermutete Staudinger.
„Also“, fuhr Langer fort.

„Die beiden Bankräuber waren kurz vor Ende der Öffnungszeit ganz offen in die Bank gekommen. Zielsicher gingen sie die große Treppe hinauf, so harmlos, als hätten sie da oben irgendwo einen Termin. Und den hatten sie ja auch. Oben setzten sie ihre Sturmhauben auf und Würfl betrat mit der Waffe in der Hand das Büro von Willi Metzler und Berger bedrohte Sabine Schleich gleich nebenan. Die beiden wurden so überrascht, dass sie nicht einmal Alarm schlagen konnten. In aller Ruhe verschlossen sie ihnen den Mund mit einem mitgebrachten Klebeband und dann warteten sie ab, bis sich die Halle unten leerte und die Geschäftsräume abgeschlossen wurden. Würfl forderte sie auf, die Tresorschlüssel an sich zu nehmen und hielt sie mit der Waffe in Schach. Berger schlich wieder hinunter in den großen Schalterraum.
Dort bedrohte er die beiden noch anwesenden Damen, fesselte sie mit Klebeband an zwei Bürostühle und bewachte sie. Würfl scheuchte die beiden Angestellten vom oberen Stock zum Tresorraum. Im Vorraum öffneten sie die Spezialtür. Weil sie gerade noch im Zeitfenster waren, konnten sie auch ohne automatischen Alarm auszulösen, das Gitter zum Tresorraum öffnen. Hier gaben sie ihre beiden Zahlenkombinationen ein und öffneten schließlich ohne Probleme die Tür.
Der Räuber fesselte die beiden Angestellten an die Gittertür und leerte dann Scheine und Goldkleinbarren in den mitgebrachten dichten Leinensack. Danach verschwanden die Diebe durch den Personalausgang. Der ganze Überfall hat nur wenige Minuten gedauert.
Alarm geschlagen wurde erst kurz darauf, als Direktor Demlak von einem Termin zurück kam. Knapp danach war auch die Putzkolonne da."

„Einerseits raffiniert, andrerseits scho a bissl deppert, dat i song!", war Staudingers Kommentar.
„Außerdem ganz schee ortskundig, findst net?"
„Ja, deutet alles auf einen Mitwisser in der Bank hin, vor allem weil ihnen ja auch die Putzkolonne noch im Nacken saß. Das Zeitfenster war nicht besonders groß."

„Und über d Überwachungskameras hams ses dann gfasst?", wollte Staudinger wissen.
„Ja, besonders durch die Auswertung der Kameras im Schalterraum und im Tresorbereich.
„Is ja klar, beim Einakemma warns ja no net maskiert."
„Kannst du dich an den Fall nicht erinnern?"
„Doch, doch, aber nur aus da Zeitung. Da war i nämlich no net fertig. I bin doch vom Zoll umagwechselt und zu dera Zeit hob i grod mei landespolizeiliche Ausbildung gmacht."
„Ach so!"

Am späten Vormittag schob sich plötzlich eine bedrohlich graue Wand über den Westhimmel und dann blitzte es auch schon und ein paar Tropfen fielen. Genauso schnell wie es begonnen hatte, hörte es auch wieder auf.
Staudinger öffnete das Fenster.
„Wenns nur a paar Doog an scheena Schnürlregn gab, oiß is bröserltrucka!"
Die paar Regentropfen hatten Muster in die dicken gelben Blütenstaubteppiche gestanzt, die alles bedeckten. Zu den Obstbäumen, hatte eine heftige Fichtenblüte eingesetzt und in dichten gelben Schleiern wogten die Pollen durch die Landschaft und lagerten sich überall ab. Wachtmeister Mundl hatte rote Augen bekommen und eine dicke Nase, die beständig lief.
„Setz da hoit sowos wiar a Gasmaskn auf, dann gehts da glei besser!", meinte Staudinger mitfühlend.
„Ja, dumm daher reden kann i selber", brummte der Wachtmeister, allergisch auch gegen die weisen Sprüche vom Staudinger.

Der Nachmittag war sonnig und warm. Auf dem Friedhof wurde gegossen und das erste Unkraut gezupft. In einer ruhigen Ecke saß ein Schulkind auf den sonnenwarmen Platten eines Grabes und schrieb eifrig in ein Heft. Dann unterhielt es sich mit Jemandem den man nicht sah. Trat man näher, war es genau zu hören:

„Ach Oma, ich glaub es war doch keine so gute Idee Tschechisch zu nehmen! Das ist so ganz anders als Deutsch. Die haben mich nur überredet, weil sonst kein Kurs zusammen gekommen wäre."
Erstaunlicherweise antwortete leise eine warme erwachsene Stimme:
„Gib nicht gleich auf, ich helfe dir!"
„Wirklich?"
„Na klar."
„Also gut Oma, heute haben wir unregelmäßige Verben auf. Die lern' ich nie! Gibt's da keinen Trick?"
„Oh doch, such' nach Gemeinsamkeiten. Dann wird es einfacher!"
„Was haben Tschechisch und Deutsch gemeinsam?" Das Mädchen schüttelte den Kopf.
„Nimm die Formen von haben. Was heißt haben?"
„Haben heißt „mít".
„Gut."
„Ich habe?"
„Wart' einen Augenblick, da muss ich nachsehen." Eifrig blätterte das Kind in seinem Buch.
„Ich habe – mám".
„Gut. Und du hast?"
„Du hast heißt – maš"
„Jetzt schau dir das an. Ich habe, du hast. Lass dir Zeit und überlege."
Das Mädchen zog die Stirn in Falten und dachte heftig nach.
„Ich hab's ! Du meinst das „s"!
„Richtig. So kannst du dir das besser merken."
„Prima Oma!"

Eine alte Frau aus der Nachbarschaft, die gerade fleißig ihren Mann begoss, schüttelte den Kopf. Als sie am Ausgang eine Bekannte traf, sagte sie: „Die Kleine sitzt schon wieder am Grab und spricht mit ihrer Oma."
„Ja redest du denn nicht mit deinem Mann?"
„Doch, doch."
„Also, was willst du?"
„Ja, aber das ist doch noch ein Kind!"

„Na ja, zu Hause ist es den ganzen Tag allein, die Mutter arbeitet. Und sonst hat es anscheinend niemanden!"
„Trotzdem, für mich ist das Mädel verrückt!"

Langer warf beim Nachhause kommen einen flüchtigen Blick auf seine Pflanzen und war zufrieden. Er suchte im Schuppen nach einer Gießkanne und goss alles kräftig, wie Staudinger es geraten hatte. Pfeifend kam er zu Gesine in die Küche.
„Was gibt's denn heute Schönes?"
„Frischen Spargel und später wüsste ich auch noch was!", antwortete Gesine neckend.
„Mmmm, da freu ich mich schon!", grinste Langer übers ganze Gesicht.
„Übrigens, die Gäste waren ganz begeistert von unserem flotten Gärtner!"
„Nanu und gestern konnte ich ihnen gar nichts recht machen?"
„Ja, das warst ja auch du. Jetzt sind sie der Meinung da war ein Profi am Werk, so genau passt alles.""Nicht zu glauben, was sich die Leute alles einbilden".
„Da hast du recht!", lachte Gesine. „Komm zum Essen."

Die Karwoche war warm und sonnig. Die anhaltende Fichtenblüte erregte die Gemüter und verärgerte sauberkeitsfanatische Hausfrauen genauso wie Autobesitzer, denen diese „Patina" auf den Wagen gar nicht gefiel.
Die Kriminaltechnik schickte endlich das vorläufige Untersuchungsergebnis des Toten von der Quelle.
Der Tote war ursprünglich vollständig bekleidet.
Es fanden sich Textilreste, die erst noch genauer untersucht werden müssen.
Ein Ehering, Weißgold mit dem eingravierten Datum 4.1.1991.
Schuhe, schwarze Herrenslipper, Leder, in Größe 46.

„Der hot ja auf ganz sche großem Fuß glebt", bemerkte Staudinger.
„Haben wir schon eine Todesursache?"

„Nur die nach der ersten Beschau am Fundort. Schädelverletzung am Hinterkopf.“

Langer widmete sich wieder einmal seiner Gedankenziehharmonika.
Sie hatten einen toten Obdachlosen namens Eugen Berger mit allen Papieren von Otto Würfl.
Beide hatten vor Jahren eine Bank ausgeraubt, mit größerer Beute.
Verdacht: Bankmitarbeiter hat ihnen geholfen, aber wer?
Bankräuber wurden gefasst, Beute nicht aufgefunden.
Sie verbüßten verschieden lange Gefängnisstrafen (wegen einiger Vorstrafen).
Würfl kommt früher frei, nimmt von München Verbindung zu seiner geschiedenen Frau auf.
„Nimm dich vor Norddeutschem in Acht!“
Würfl wird in München überfallen und zusammengeschlagen, nicht vernehmungsfähig.
Höchstwahrscheinlich ging es um die Beute.

Sie mussten bei Eugen Berger, dem toten Obdachlosen ansetzen.
Die Münchener Kollegen bearbeiteten den Überfall auf Würfl.
Und dann war der Bankraub von damals noch einmal neu aufzurollen.
Ja, und wenn sie das alles gelöst hatten, war da noch der Tote von der Quelle.
Es war eine Menge Arbeit, die da auf sie wartete.
Aber immer schön der Reihe nach.

Am Gründonnerstag erschien ein Aufruf der Polizei in der örtlichen Presse.
„Wer kennt diesen Mann oder hat ihn gesehen?“ Daneben ein Bild von Eugen Berger.
Hinweise bitte an ihre örtliche Polizei.
„Na, da bin i aber neugierig, wos des bringt!“
Staudinger setzte mehr auf den Sender Wasching und streckte seine Fühler aus.
Mittagessen gingen sie diesmal zum Italiener.

„Heit musst wos Grünes essen, ohne Fleisch, es is Fasttag!"
Langer wusste das und wählte Brokkoli-Lasagne.
Staudinger hielt sich an Blattspinat-Pizza.
Die Nachspeise beschränkte sich auf einen nackten Espresso.

Nach der Mittagspause brachte Wachtmeister Mundl die ersten telefonischen Hinweise.
Der interessanteste war der von der örtlichen Tafel.
Weil die am Karfreitag wegen des Feiertages geschlossen sein würde, machten sie sich sofort auf den Weg.
Als sie ankamen, war der Raum im Generationenhaus schon voller Kunden.
Welche Schicksale sind hier versammelt?
Langer betrachtete die Leute unauffällig. Man sah ihnen ihre Notlage nicht unbedingt an. Viele waren dabei, denen es sichtlich unangenehm war, hier einkaufen zu müssen. Sie verließen den Raum auch sehr schnell wieder.
Die Idee der Tafel fand Langer prima. Seiner Meinung nach wurde immer noch viel zu viel weggeworfen. Und bevor man diese guten Lebensmittel auf den Abfall kippte, half man Leuten mit schmaler Geldbörse.
Langer wandte sich an eine der ausgebenden Damen und zeigte ihr ein Foto des Mordopfers.
„Haben Sie angerufen?"
„Ja. Der Mann ist da gewesen."
„Wann war das?"
„Ja mei, da muss ich erst nachschauen. Könnens ein Momenterl warten?"
„Aber ja."
Geschäftig gab sie noch übrig gebliebenes Brot aus und ging dann zum Eingang zur Kollegin. Die erledigte auch den Papierkram. Ihr wurden die von der Stadt ausgegebenen Bezugsscheine vorgelegt und sie führte auch die Nachweisliste.
Danach war „Otto Würfl" zweimal da. Erstmals am 8. April und dann am 12. April.

Berger hatte sich also mit Würfls Papieren hier Lebensmittel erschlichen.
„Ist Ihnen sonst noch etwas aufgefallen?“
„Ja, unsere Leute sind eigentlich sehr zurückhaltend und nett und höflich. Aber der“, sagte sie geringschätzig, „der ist ein unfreundlicher Mensch, na ja ein Preiß.“
Erschrocken hielt sie die Hand vor den Mund.
Langer grinste.
„Ist schon in Ordnung. War sonst noch etwas?“
„Na, eigentlich nicht. Was ist mit ihm?“
„Er ist tot“.
„Na! Wie des? Ah ja, da war doch was mit einem Obdachlosen.“
Er nickte.
„Hat er hier mit jemandem Kontakt gehabt?“
„Nicht dass ich wüsst.“ Sie schüttelte den Kopf.
Staudinger befragte die Kunden.
Der Erfolg war eher mäßig. Einige erkannten den Mann auf dem Bild. Sie hatten ihn hier gesehen, mehr aber auch nicht.
„Da hamma aber viel erfahren!“, raunzte Staudinger.
„Immerhin wissen wir jetzt, dass wir es bei Berger mit einem – Norddeutschen zu tun haben, wie lange er schon da war und wofür er Würfls Papiere brauchte.“

Als sie ins Büro zurückkamen, gab es weitere Informationen aus München.
Berger hatte bei seiner Entlassung eine ungünstige Sozialprognose, darum war ihm ein Bewährungshelfer als Führungsaufsicht zugeteilt worden. Wöchentlich musste er sich bei ihm melden. Zuletzt war er am 22. März bei ihm im Büro gewesen. Die Woche darauf, am 29., kam er nicht mehr. Und die Wohngemeinschaft verließ er nachweislich schon am 26. Danach erschien er auch an seiner Arbeitsstelle, einer Putzkolonne, nicht mehr. Er war untergetaucht und sollte zur Fahndung ausgeschrieben werden. Die zuständige Staatsanwältin war aber erkrankt.
„Aha!“, war Staudingers wortreicher Kommentar.

Bergers Bewährungshelfer berichtete auch von Otto Würfl. Ihm hatte er nach der Haftentlassung bei der Wohnungssuche geholfen und dann eine Anstellung in einer Reinigung vermittelt.

„Warum ist der Würfl in München blieben?", wollte Staudinger wissen.
„Er hat sich doch mit seiner geschiedenen Frau ausgesöhnt."
„Ich schätze aus Angst vor Berger. Wahrscheinlich ist er der Norddeutsche vor dem er seine Frau warnte. Er dachte wohl in der Großstadt kann er sich besser vor ihm verstecken."
„Es hat ihm aber nichts genützt."
„Nein."
„Aber wie hat er ihn gefunden?" Staudinger gab nicht auf.
„Vielleicht über den Bewährungshelfer, der hatte doch mit beiden zu tun."
„Glaubst du, der hat den Würfl hingehängt, einem Schläger wie Berger?"
„Nein. Aber er war doch bei ihm im Büro. Vielleicht hatte er kurz Gelegenheit in den Akten zu kramen. Da kann er an die Adresse gekommen sein und der Bewährungshelfer hat es gar nicht gemerkt."
„Blöd glaufa."
„Das kann man wohl sagen."

Unter den Telefonzetteln gab es noch einen weiterführenden Hinweis. Passanten hatten Berger dabei beobachtet, wie er Papiertonnen durchwühlte und mit großen Kartons verschwand.
„Wann war das?", wollte Langer wissen.
„Am 7. April."
„Also hat er sich da seine Behausung gebaut."
„Auf die Idee musst auch erst kommen. Wer schlaft um diese Jahreszeit scho draußen."
„Vielleicht hat er ja in München mit anderen unter Brücken geschlafen?"

„Ja, richtig, und so kalt wars ja gar nimma. Ich hab ja sogar scho meine großen Töpf aussigstellt. Da waren es um die 8 ° in der Früh!", fiel Staudinger ein.
„Kühl worden is ja erst am 13., das passt!"

Kurz vor Dienstschluss kam noch ein Anruf von den Münchner Kollegen. Berger war gesehen worden, am 6. April im Treppenhaus von Würfls Wohnung.
„Mein Gott, wenn wirklich *er* es war, der Würfl so zugerichtet hat, dann ist der schwer verletzt eine Woche hilflos in seiner Wohnung gelegen!", entfuhr es Langer.

„Aber wer hat nun den Berger erschlagen?
Da simma no gar net weiter!", bohrte Staudinger.
„Nach Zufall sieht es nicht aus. Gehen wir davon aus, es ist jemand, der vom Banküberfall weiß und auch an das Geld möchte."
„Also rollen wir den Überfall die nächsten Tage weiter auf."
„Genau."

Der Sender Wasching hatte längst genüsslich den nächtlichen gärtnerischen Höhenflug des Kommissars ausgeschlachtet und dabei heftig übertrieben. Mittlerweile hieß es schon, er wolle einen „Park" gestalten.
Gesine amüsierte sich über die neuen Kaffeegäste, die nach den Plänen für die Parkanlage fragten.
„Du tust unserem Umsatz gut!", lachte sie glucksend, als wieder ein paar Gäste nach der Neugestaltung fragten.
„Was tut man nicht alles!", grinste Langer.
„In nächster Zeit hole ich uns noch ein paar Blümchen."
„Nur zu, vielleicht wirst doch noch ein Fürst Pückler, was unseren „Park" angeht", lachte Gesine.
„Der hat übrigens sogar ausgewachsene Bäume mit Ochsenkarren geholt und eingepflanzt."
„Keine schlechte Idee, da sieht man gleich etwas Ordentliches, aber mit den Ochsenkarren könnt es Schwierigkeiten geben!"

„Lass das bloß den Staudinger nicht hören, das wär ein gfundnes Fressen für den Sender Wasching!“, drohte er mit dem Finger.

Karfreitag gibt es traditionell Fisch zum Mittagessen. Der Renner in der Pension am Wald war heuer gebackene Forelle in mehreren Varianten. Langer hatte es schnell festgestellt, er war wieder als Kellner unterwegs.

Sie hatten auch schon draußen gedeckt, weil der Wetterbericht gut war. Aber erst die Kaffeegäste würden dort Platz nehmen, wenn am Nachmittag auf der Südseite die Sonne schien. Das kümmerte Langer aber nicht weiter, da hatte er längst Dienst.

Gesine möchte dort am Terrassenrand einen kleinen Streifen Blümchen. Vielleicht hat ja der Staudinger eine Idee. Die Rasenkante abziehen, kann ja der Hausmeister. Das werde ich mir nicht antun.

Gesine hatte Wiedemann, einen pensionierten Feldwebel, als Hausmeister mit in die Ehe gebracht. Der Mann war fabelhaft, handwerklich geschickt und fleißig. Er hatte sich einst auch Chancen bei Gesine ausgerechnet und dann heiratete sie diesen Kriminaler. Es war ihm nicht leicht gefallen nur der Hausmeister zu bleiben, aber er wollte auf diese Einnahme nicht verzichten.

Langer hatte ihm gegenüber immer ein wenig Komplexe. Er war überhaupt nicht sonderlich praktisch begabt und darum blieb es auch bei Wiedemann als Hausmeister, obwohl er ihn nicht mochte. Die beiden Männer gingen sich geflissentlich aus dem Weg und die Arbeitsaufträge liefen immer über Gesine.

Auf der B 12 war es heute ruhiger. Kein Lkw verirrte sich wegen des Feiertages auf die Straße. Zahlreiche Pkws schnurrten in flottem Tempo durch den sonnigen Frühlingstag.

Staudingers Mutter war nach längerer Zeit wieder einmal zu Besuch gekommen und spazierte mit ihm durch den Garten. Sie lebte in der Dreiflüssestadt in einem Hochhaus und vermisste schmerzlich ihr kleines Haus am Stadtrand. Es war dem Autobahnbau zum Opfer gefallen. Weil sie nun jede Menge Zeit hatte, pflegte sie ihre Bekannt-

schaften in der Stadt und war eifrig von Kränzchen zu Kränzchen unterwegs.
„Na, was sagst?" Erwartungsvoll sah er sie an.
„Das hast gut gemacht!"
Staudinger lächelte stolz.
„Aber du immer mit deinen Buchsbäumen! Machen sie dir nicht eine Menge Arbeit?"
Staudinger hatte sie sauber zu kantigen Einfassungen getrimmt oder kugelig geschnitten und so den kleinen Siedlungsgarten streng gegliedert.
„Gell, die magst nicht besonders!", grinste er.
„Nein, das ist mir zu streng. Ich hätt das alles viel lockerer gestaltet, heiterer. Dort in der Ecke wär ein Sitzplatz zwischen Blumenrabatten hübscher. Außerdem hättest ohne deine Buchs mehr Fläche zur Verfügung und die machen ja auch a Menge Schatten. Es ist ja der reinste Klostergarten. Aber mei, Hauptsach dir gfoits!", meinte sie achselzuckend.
„Hättst vielleicht doch Gärtner werden sollen."
Sie sah ihn nachdenklich an.
„Hast as nicht bereut, so als Polizist?"
Staudingers „na!", kam energisch.
„A wenn i heit zum Dienst muass. Servus Mama."
Staudinger liebte seine Mutter, aber er war froh, dass sie doch ein Stück weiter weg wohnte und mit ihren Damen so beschäftigt war, dass sie selten zu Besuch kam.

Die beiden Kollegen trafen sich auf dem Parkplatz.
„Na, hams dich wieder fest auf Trab ghalten, eure Gäst?"
Langer nickte.
„Und du, bist den mütterlichen Ermahnungen entkommen?"
„Ja, ja."
Der „Klostergarten" wurmte Staudinger noch immer, obzwar es eigentlich ein Kompliment gewesen war.

„Was ist eigentlich mit dem Sender Wasching? Gibt's denn da gar nichts über unseren toten Obdachlosen?"
„Jo, jo! Den hot ma in der Stood laufa seng. Und auf da großen Bruck. Er is aber net gsprunga. Des hams nämlich vermutet, dass er do vielleicht obe mecht. Is ja scho so was passiert do. Ja und Oana hot sogar gmoant bei Aigenstadl hätt an gseng."
„Na, na, na! Das ist ja schon ein Stück weit zu Fuß.
Wie zuverlässig sind denn diese Angaben?"
„Keine Beleidigungen bitte!" Staudinger stellte gleich sämtliche Haare auf.
„Das sind ganz zuverlässige Aussagen."
„Und wann hat man ihn da gesehen?"
Staudinger blätterte in seinem kleinen Notizbuch, das er sein „Gedächtnis" nannte.
„Am 8. hamsn da beobachtet, am Nachmittag. Es war auffallend, weil ja sonst koa Mensch ohne Not auf der B 12 z Fuaß geht."
„Allerdings."
Langer war nachdenklich geworden.
Diese Angabe ist so verrückt, dass sie wirklich wahr sein könnte.
„Nehmen wir einmal an, es stimmt."
Staudinger riss schon den Mund zu einer saftigen Entgegnung auf.
„Wart doch", beschwichtigte ihn Langer.
„Wenn es stimmt, dann muss er doch ein Ziel gehabt haben. Wo wollte er hin?
Oder besser, zu wem?
Ist er eigentlich zurück auch wieder gegangen?"
„Na. Jedenfalls hotn koana gseng."
„Er hat also jemanden besucht und angetroffen, sonst hätte er doch wieder zu Fuß zurück gehen müssen. Es sei denn, er hat einen anderen Weg genommen."
„Richtig."
„Und das war am 8. Da ist er nachweislich auch bei der Tafel gewesen."
„Hm."
„Am 12. ist er auch noch gseng worn", berichtete Staudinger.

„Mit a na Einkaufstütn war a in der Stood unterwegs, nachmittags gegen Viere."
„Ja, da kam er wohl von der Tafel.
Und später?"
„Nix mehr." Staudinger klappte sein Gedächtnis wieder zu.
„Am 13. wurde er tot aufgefunden, wahrscheinlich ist es also am 12. passiert."
Staudinger nickte eifrig.

Sie vertieften sich wieder in die alten Akten des Banküberfalles. Bankdirektor Demlak war kurze Zeit nach dem Bankraub verschwunden. Die Großfahndung damals hatte nichts erbracht, auch nicht über Interpol. Die Innenrevision der Bank brachte für ihn kein negatives Ergebnis. Aber Demlak wurde trotzdem verdächtigt mit dem Überfall zu tun zu haben, noch dazu, weil die Beute verschwunden blieb.

„Wennst mich fragst, hot si der über Tschechien irgendwohin in die weite Welt abgsetzt.
Der Fluchtweg is wohl a bissl umständlich, erst in Prag in a Flugzeug zsteign, owa aso is a wahrscheinlich auskemma."
„In der Richtung hat man damals nicht nachgeforscht", stellte Langer fest.
„Der eiserne Vorhang war zu lange noch in unseren Köpfen dicht, vielleicht war das der Grund.
Aber andrerseits, warum sollte er sich als Bankdirektor an einem Überfall beteiligen?", gab Langer zu bedenken.
„In seiner Position fänden sich doch Mittel und Wege eleganter ans Geld zu kommen und es dann irgendwo, vielleicht in der Schweiz, zu deponieren und dann abzuholen. Ganz ohne Mittäter und Ansehensverlust."
„Da hast auch wieder recht.
Was schlogst vor?", fragte Staudinger.
„Wir werden der Reihe nach alle Beteiligten von damals noch einmal durchleuchten. Dazu brauchen wir Auskünfte aus der JVA Stadelheim. Vielleicht gab es da engere Kontakte."

Staudinger sauste voller Arbeitseifer um Kaffee. Von zu Hause hatte er frisches Osterbrot mitgebracht, geflochtenes süß-saures Hefegebäck.
„Das schmeckt super!"
Staudinger lächelte stolz.
„Ja, mei Frau bocht des olle Jahr mit de Kinder. Am Ostersonntag wird für jeden in a runds Kranzerl a gefabts Oa glegt und mit Soiz und Gräuchertm zur Speisenweihe bracht. Des is dann d Vorspeis fürs Osteressen."
„Kannst mir einmal ein Rezept mitbringen? Das wär vielleicht auch was für unsere Gäste."
„I frog amoi."

Der Kollege aus der Wachstube kaute auch an einem Osterbrot, als er ihnen eine Mitteilung brachte.
Das Münchner Krankenhaus meldete, dass Otto Würfl seinen schweren Verletzungen erlegen war. Er war nicht mehr zu Bewusstsein gekommen, hatte nichts mehr gesagt.
Die beiden Beamten waren betroffen.
Staudinger meinte schließlich:
„Verflixt, iatz kinna ma den a nix mehr frong!"

In der Pension am Wald vergingen die Osterfeiertage ein wenig hektisch. Die Gäste kamen zu den unmöglichsten Zeiten, um noch zu frühstücken, oder erst gegen Drei zum Mittagessen.
Aber Gesine meisterte das alles mit einem freundlichen Lächeln. Schließlich war ihr Gast der König und im Urlaub sollte man niemanden groß drängeln, das war Gesines Devise und sie war immer gut damit gefahren. Langer konnte seine Frau nur bewundern.
„Wie du das aushältst?"
Aber sie lachte nur. „Dauert ja nur gut 14 Tage!", tröstete sie ihn.
„Und dann schieben wir wieder eine ruhige Kugel, wir zwei."
Der Blütenstaub in der Luft wehte nun auch in den höheren Lagen als gelbe Wolke von Wald zu Wald. Die Fichtenblüte wanderte langsam in die Hochlagen hinauf. Alles war mit diesem Gelbschleier bedeckt.

Der Boden war trocken und an manchen Stellen rissig. Es hatte schon längere Zeit nicht mehr richtig geregnet.
„Wennst jäten megst, muasst schon a Sprengung macha!“, jammerte Staudinger.
„Oba d Obstbam blühn wie scho lang nimmer. Vielleicht gibts heuer doch wieder a paar Äpfel und Birn‘, voriges Johr hots ja überhaupts nix gebn.“

Staudinger war wirklich ein leidenschaftlicher Gärtner. Zum Beweis brachte er immer wieder einmal knackige Radieserl oder frische Rettiche mit, die in der kleinen Kaffeeküche hinter der Wachstube gerne verzehrt wurden.
„Wenns di als Kriminaler amoi nimma braucha kinnand, dann kannst di ja als Gärtner immer no gut über Wasser halten und a aufn Wochamarkt geh!“, stellte Wachtmeister Mundl fest.
Nach solchen Lobreden wurde Staudinger immer eine ganze Nummer größer. Daraufhin wälzte er Gartenkataloge und baute neue bunte Radieserl an und ausgefallene Gemüsesorten.

In den letzten Tagen hatte er telefoniert, bis seine kleinen schönen Ohren glühten. Die Kollegen in München hatten Mithäftlinge der beiden Toten befragt, waren aber zu keinem Ergebnis gekommen. Würfl und Berger, natürlich getrennt inhaftiert, waren zu Beginn ihrer Haftzeit einmal heftig aneinander geraten. Dabei hatte Berger Würfls Nase bearbeitet, dass der auf die Krankenstation musste. Über die Ursache der Auseinandersetzung wusste natürlich niemand etwas Genaues. Aber gemunkelt wurde, dass es um die Beute des Überfalles ging. Würfl und Berger waren im Übrigen sehr zurückhaltend. Sie hatten offensichtlich keine Freundschaften geschlossen und hielten sich auch sonst zurück. Lediglich beim Sport waren sie etwas aufgetaut. Das war aber auch alles.
Staudinger seufzte und fuhr sich durch den dichten schwarzen Haarschopf als er seine Notizen durchlas.

Kommissar Langer hatte ebenso erfolglos die letzten Verhandlungsprotokolle durchgearbeitet. Das alles führte sie nicht weiter.
Sie hatten keine neuen Erkenntnisse gewonnen.
Auffallend war nur gewesen, dass das Personal beim Überfall unterbesetzt war und die Geldmenge außerordentlich hoch.
Langer suchte die Personalliste heraus. Normalerweise waren um die fragliche Zeit noch zehn Mitarbeiter in der Bank. Davon hatten jedoch zum Zeitpunkt des Überfalles vier Urlaub.
Die übrigen sechs waren: Andreas Kulz, Martina Steiner, Anna Degner, Angela Wagner, Willi Metzler und Sabine Schleich.
Anna Degner war zur fraglichen Zeit seit einer Woche krank gemeldet und Andreas Kulz hatte sich kurzfristig Urlaub genommen. Beim Überfall anwesend waren: Martina Steiner, Angela Wagner, Willi Metzler und Sabine Schleich.
Die Adressen aller Beteiligten waren erfasst.
Anna Degner arbeitete noch immer in der Bank.
Langer machte sich auf den Weg.
Es war nicht viel los in der großen Halle. Frau Degner beriet gerade eine Kundin und Langer wartete geduldig. Sie trug ihr Haar kurz und modisch geschnitten und unter einer dunkelroten Blazerjacke eine fesche weiße Bluse. Mehr war von ihr hinter der hohen Theke nicht zu sehen. Sie sah kurz zu ihm und lächelte. Dann beendete sie ihr Kundengespräch.
„Langer, Kriminalpolizei“, stellte er sich vor.
„Ja?“ Sie hatte eine tiefe angenehme Stimme.
„Es geht um den Überfall, Sie erinnern sich?“
„Ja, was wollen Sie wissen?“
„Sie waren damals krank gemeldet?“
„Ja, das habe ich aber schon damals Ihren Kollegen gesagt, eine lästige heftige Grippe. Ich glaube es waren fast drei Wochen bis ich wieder zur Arbeit kommen konnte.“
„Vier ihrer Kollegen waren damals in Urlaub. Ist es üblich, dass so viele gleichzeitig frei nehmen können?“
„Ja, maximal vier.“
„Warum war eigentlich soviel Geld im Tresor?“

„Da war unsere Transportfirma schuld. Wie war das noch?"
Sie runzelte kurz die Stirn und dachte nach.
„Ach ja, die Spezialfirma sollte ein neues gepanzertes Fahrzeug bekommen. Soweit ich mich erinnere, gab es plötzlich einen Streik, und dadurch verzögerte sich die Auslieferung. Wenn ich mich nicht irre, waren es acht bis zehn Wochen. Deshalb hatten wir außerordentlich viel Bargeld da. Wir mussten deswegen sogar kurzfristig unsere Versicherung erhöhen."
„Wer wusste davon?"
„Alle, die hier arbeiteten."
„Von der hohen Bargeldmenge auch?"
„Nein, was denken Sie denn? Das mit dem neuen Fahrzeug, mehr aber nicht."
„Das war's auch schon, ich danke Ihnen." Langer verabschiedete sich.

Beim Hinausgehen sah er sich noch einmal genauer um. Über diese Treppe waren die Räuber in den oberen Stock gelangt. Dort erst zogen sie Hauben über und brachten Willi Metzler und Sabine Schleich in ihre Gewalt. Die beiden Damen im Büro dort neben der Halle, wurden ebenfalls gefesselt und geknebelt. Willi Metzler und Sabine Schleich mussten mit in den Tresorraum. Sie waren deshalb überwältigt worden, weil nur sie beide die Schlüsselgewalt hatten. Mit nur einem Schlüssel und den richtigen Zahlen war der Tresor nämlich nicht zu öffnen. Weil das Zeitfenster stimmte, wurde kein Alarm beim Betreten des Vorraumes ausgelöst. Der Überfall war in kürzester Zeit über die Bühne gegangen. Es war niemand verletzt worden. Die Täter flüchteten ungehindert durch den Personalausgang, dort über die Treppe ins Untergeschoß.
Alarm wurde von Direktor Demlak ausgelöst, der verspätet von einem Termin zurück kam. Kurz nach ihm traf die tägliche Putzkolonne ein. Gefasst wurden die Diebe rasch. Hilfreich waren die Aufnahmen der Überwachungskameras.
Langer sah zur Decke.
Die Einzelheiten des Überfalles kamen aus Sicherheitsgründen nicht in die Presse.

Langer hatte genug gesehen und verließ die Bank.

Auch Martina Steiner war beim Überfall in der Bank. Sie hatte in der Zwischenzeit geheiratet, hieß nun Feuchter und war in den Nachbarlandkreis gezogen und derzeit in Urlaub.
Ebenso hatte Angela Wagner den Bankraub hautnah miterlebt. Den Unterlagen nach hatte sie danach so starke psychische Probleme, dass sie sich in Behandlung begeben musste. Unter der angegebenen Adresse und Telefonnummer war sie nicht zu erreichen.
Andreas Kulz war zur Konkurrenz gewechselt.
Langer ging zu Fuß über den Stadtplatz.

Eine Autoschlange verstopfte die Engstelle vor der Kirche.
Vor kurzem hatte man einen Teil des alten Veicht Gasthauses abgerissen, das in den Platz ragte. Dummerweise nur das hintere Gebäude. Der vordere Rest wurde nun aufwändig entkernt und restauriert. Der Sender Wasching hatte für den Totalabriss gestimmt, aber leider keine Mehrheit gefunden. Der Stadtplatz würde auch in Zukunft mehr einem abgeschnürten Darm gleichen.

Kulz hatte Karriere gemacht, sein elegantes Büro bewies das.
„Herr Kulz, warum haben Sie damals kurzfristig Urlaub genommen?"
„Meine Mutter ist plötzlich verstorben und ich musste mich um alles kümmern."
„Sagen Sie, wissen Sie etwas über Ihre ehemalige Kollegin Angela Wagner?"
„Die Wagner war ab dem Zeitpunkt plemplem! Entschuldigen Sie, aber es war so. Sie hatte plötzlich Angst vor den Kunden, glaubte jeder würde ihr gleich einen Revolver unter die Nase halten. Na ja, sie war ja schon um die sechzig und da legte man ihr nahe aufzuhören. Soviel ich weiß, bekam sie noch eine gute Prämie, weil sie über 40 Jahre dem Betrieb angehörte. "
„Und wo ist sie hingezogen?"
„Keine Ahnung."
„Was ist mit Willi Metzler?"

„Herr Metzler ist voriges Jahr verstorben."
„ Und Sabine Schleich, wissen Sie etwas über sie?"
„Ja, sie ging zur Entwicklungshilfe, schon vor ein paar Jahren. Nach Afrika glaube ich, aber wohin genau, weiß ich nicht."
„Ach, noch etwas, wie viel wurde damals eigentlich geraubt?"
„Wenn Sie es nicht weitersagen, knapp 3,5 Millionen. Die Beutehöhe kam absichtlich nicht in die Presse."
„Und wer wusste noch von der großen Geldmenge?"
„Keine Ahnung, von mir niemand! Aber es wird immer soviel getratscht, angefangen von den Putzfrauen..."
Langer horchte auf. Von denen war in ihren Unterlagen bisher nicht die Rede.
„Wissen Sie noch, wer damals für die Gebäudereinigung zuständig war?"
„Prr, da fragen Sie mich zu viel. Ich war gerade in der Ausbildung und hatte andere Sorgen.
Aber die Geschäftsleitung kann das sicher noch feststellen."
„Gut, ich danke Ihnen!", Langer verabschiedete sich.

5.

2. Mai
Die Spurensicherung hatte die Quellenbaustelle wieder freigegeben. Zuletzt war mit einem Metalldetektor sogar noch die nähere Umgebung abgesucht worden. Gefunden wurden aber nur die abgebrochene Zinke eines Heuwenders und ein aufgeklapptes Taschenmesser.

„Wennst mich fragst, hat des Messer a Schwammerlsucher verlorn", sagte Staudinger entschieden.
„Könntest Recht haben."

Marlene und Tom starteten also den zweiten Versuch der Quell-Neufassung. Wieder begann der Kleinbagger einen Abfluss zu graben. Diesmal kam außer Steinen und Erde nichts Verdächtiges mehr zum Vorschein. Zügig arbeitete sich die wendige Maschine dann der alten Fassung zu, zertrümmerte die Betonsohle und grub tiefer. Marlene und Tom waren nervös.
Der Brunnenbauer ging sorgfältig vor, gab dem Bagger seine Anweisungen und die Grube wurde tiefer. Dann stießen sie auf Felsen. In der Zwischenzeit hatte sich das Erdloch mit milchkaffeefarbenem Wasser gefüllt. Rundum tröpfelte es, das Erdreich war so richtig vollgesogen. Nach kurzer Zeit schon sah man klare Strudel, die durch die milchige Brühe nach oben drückten.
„Des iss!“, verkündete der Fachmann bestimmt. Dann fuhren sie Kies auf und ließen die Baustelle nachts ruhen. Am nächsten Morgen waren die Ränder der Grube abgetrocknet, das Wasser kam nur noch von unten. Sie spülten den Kies mit einer Chlorlauge, legten das Fassungsrohr ein, betonierten, deckten mit einer Teichfolie gegen das Oberflächenwasser ab, bauten eine Drainage und verfüllten Fassung und Ableitung wieder.
Das Wasser lief und es war mehr als vorher. Außerdem legte der Baggerfahrer mit viel Gefühl einen Teil der Leitung zum Haus frei. Sie fanden, wie vermutet, eine Unregelmäßigkeit. Deshalb entstand hier eine Luftblase, die dann die Leitung blockierte. Mit vereinten Kräften legten sie Steine auf die „Guggn“ und beschwerten sie, dass die Leitung gleichmäßig tief lag.
Alle atmeten auf und Leiche hatten sie auch keine mehr gefunden.
„Wos d net ois findtst, wannst grobst!“, bemerkte der Baggerfahrer zum Schluss tiefsinnig.
„Wißts iatz scho, wer der Mo war?“, wollte der Brunnenbauer beim Abschied wissen.
„Keine Ahnung.“

3. Mai

In den Nachrichten war der gewaltsame Tod Bin Ladens das Hauptthema und die Presse war restlos damit beschäftigt.

Gesines Ostergäste waren endlich alle abgereist und nun begann es auch zu regnen.

„Jetzt wern d Schnecken wieda munter, wirst as segn!“, verkündete Staudinger an diesem regnerischen Morgen.

„Is ja scho wia gmatzt, wenn da Flieder s Blühen anfangt, nacha rengts!“, schob er nach.

„Bei uns hat es geschneit“, berichtete Langer.

„Wos, ja mia gangst! Do obn, da lebt ma a net, des habts davo“, grinste Staudinger.

„Jetzt sei nicht gar so schadenfroh! Übrigens, ich bräuchte deinen gärtnerischen Rat. Welche Blumen halten es bei uns oben wohl an der Terrasse aus?“

„Mei, iatz kannt ma no Primeln einpflanzen und Narzissen und wenns bei enk wirkli a amoi warm werden sollt, Petunien und sowas.“

„Man dankt.“

Eine zähe Lkw-Kolonne wälzte sich den Pass von Philippsreut herunter. Angeführt wurde die Schlange von einem überlangen Transporter, der erst beim beginnenden Gefälle bemerkt hatte, dass die Bremsen nicht richtig funktionierten. Dazu kam die Reifglätte. In der ersten großen Kurve schlitterte der Maschinenwagen geradeaus, wurde kurz am Seitenstreifen langsamer und dann vom Anhänger überholt. Der Koloss blockierte sofort die drei Spuren der Bundesstraße. Sekunden später krachte schon ein zu schnell bergwärts fahrender Pkw in das Hindernis. Zwei talwärts fahrende Lkw konnten nicht mehr rechtzeitig abbremsen und schoben sich in das große Unfallfahrzeug. Es entstand ein unpassierbarer Lkw-Knäuel.

Bei der Polizei ging Notruf um Notruf ein und dann fuhren Rettungswagen und Polizei im Konvoi die B 12 hinauf.

Der tschechische Unfallverursacher suchte im allgemeinen Durcheinander unauffällig das Weite. Sicher war von gestern Abend noch mehr Alkohol im Blut als für eine Kontrolle gut war. Für die defekten

Bremsen konnte er allerdings nichts. Er überquerte gebückt und in Deckung der anderen Fahrzeuge die drei Fahrbahnen, überstieg die talseitige Leitplanke und verschwand über die Böschung hinunter bis weit unter das Straßenniveau. Zu Fuß ging er unbemerkt den Pass zurück.
Am Parkplatz Wasserscheide telefonierte er kurz und kaum eine Viertelstunde später hielt ein Golf mit tschechischem Nummernschild und nahm ihn mit.
In der Zwischenzeit hatte man sein Fehlen bemerkt und die Ladung des Wagens untersucht.
Verborgen zwischen Maschinenteilen fanden sich zerlegte Schnellfeuerwaffen und die passende Munition.
„Kein Wunder dass sich der Fahrer aus dem Staub gemacht hat!“, meinte Polizeimeister Gruber, „mit der Zuladung!“
„Ja ja, das sind die Segnungen des Schengener Abkommens“, meinte ein Kollege.
„An der alten Grenze hätten wir ihn längst wegen der defekten Bremsen aufgehalten und gefilzt“, stimmte ihm Gruber zu.
Die Grenze war ja nun offen, für den Reiseverkehr und für Leute, die das offensichtlich ausnutzten. Da hatte man noch eine großartige Abfertigungshalle gebaut, die von Tschechen und Deutschen gemeinsam genutzt wurde, und nun war der Schlagbaum verschwunden.
„Sämtliche Fahrzeug- und Ladepapiere fehlen auch“, stellte der Kollege fest.
„Na ja, da steht ja eine Adresse auf der Fahrertüre und über die tschechische Zulassung bekommen wir den Halter und dann haben wir ihn“, meinte Gruber.
Die Zusammenarbeit mit der tschechischen Polizei klappte gut. Seit einiger Zeit war es sogar möglich, Delinquenten ein gutes Stück über die Grenze ins Nachbarland zu verfolgen.

Langer hatte in den alten Akten vergeblich nach Vernehmungsprotokollen der Putzkolonne gesucht. Es gab nur einen Vermerk, dass das Reinigungspersonal und Direktor Demlak die Überfallenen befreite und sie sonst nichts bemerkt hatten.

Namen waren nicht vermerkt.
Langer fragte in der Bank nach. Man würde ihn zurückrufen.
Es stimmte schon, die Raumpflegerinnen oder wie hießen sie damals, Fußbodenkosmetikerinnen, kannten so einen Betrieb sehr genau und für ihre Mitteilsamkeit waren sie auch berühmt.
Das Telefon klingelte. Eine geschäftsmäßige Stimme verkündete, dass Emilie Zorn damals geputzt hatte, zusammen mit ihrer Schwester Edith. Die Adresse bekam er auch gleich.
Von wegen – Putzkolonne. Aber das hörte sich natürlich besser an.
Das würde er gleich nach dem Mittagessen in Angriff nehmen.

Er sah auf die Uhr und rief in der Gerichtsmedizin an. Aber über den Toten von der Quelle gab es noch nichts Neues. Man vertröstete ihn auf die angeforderten zahnärztlichen Befunde, das konnte aber noch dauern.

Staudinger saß wieder über einer neuen Diebstahlsmeldung.
„Iatz hams scho wieder an Bulldog mit Anhänger gstoihn und kein Mensch hot wos gseng. Langsam kemmand ma de im Traam unter!“
„Hast keinen Hunger heute?“
„Aber wie.“
„Dann komm.“
Nach Schinkennudeln mit Salat wollte Staudinger noch ein ganz kleines Eis zum Kaffee. Langer begnügte sich mit einem Espresso.
„Weißt, bei diesen Landmaschinendiebstählen is eins immer gleich“, begann Staudinger.
„Immer sands neuwertige zugelassene Geräte, die scho a bissl Patina haben.“
„Deshalb fallens a net auf.“
„Richtig.“
„Und vor den Diebstählen, hat man da keine Fremden bemerkt?“, wollte Langer wissen.
„Mei, Fremde laufen überoi umanand. Vor allem die vielen Steckerlhupfer.“
„Steckerlhupfer?“

„Na ja die, die alle Straßen löchern mit ihre Stöck, weils ohne nimma geh kinnand."
Staudinger hielt nicht viel vom Sport und von den neuen Sportarten schon rein gar nichts.
Langer lachte.

Am Nachmittag führte Kriminalrat Koller eine Besuchergruppe aus Tschechien durchs Haus.
In seiner bekannt flüssigen Sprechweise erläuterte er den Kollegen aus dem Nachbarland den Aufbau und die Möglichkeiten der weiteren Zusammenarbeit mit der deutschen Polizei. Trotz der guten Sprachkenntnisse der tschechischen Kollegen, hatte man eine hübsche junge Dolmetscherin engagiert.
„Ob die seine „ähs" mit übersetzt?", flüsterte Staudinger und sah brav nach vorne.
Der kurzfristig angesetzte Besuch hatte alle ihre Nachmittagspläne zunichte gemacht, weil es auch noch eine große Schlussdiskussion geben sollte.
Angesprochen wurden auch der kürzere und direkte Austausch bei grenzübergreifenden Delikten.
Staudinger meldete sich sofort und sprach die Landmaschinendiebstähle an, die sich in der letzten Zeit häuften.
Koller nickte wohlwollend und der Chef der tschechischen Delegation machte sich eifrig Notizen. Zum Ausklang gab es warmen bayerischen Leberkäse mit Senf und frischen Semmeln und alkoholfreies Bier.
Danach tippte Langer noch eine Weile an seinem Bericht, Staudinger war längst gegangen.

4. Mai
Der Mittwochmorgen war sonnig, klar und eiskalt. Minusgrade.
Staudinger kam mit tropfender Nase ins Büro.
„Host des gseng? Weiß is, owa wia! Ah, so a Reif! Meine Blumen lassen d Köpf hängen, d Erdbeeren hob i gestern auf d Nacht no fest mit der Passauer Zeitung zuadeckt, weils scho so schee bliahn. Iatz trau

a me gar net nochschau. Und d Gipfel von de Obstbam lassen a oiß hängen. Des is ja fuarchtbar!"
„Wird schon nicht so schlimm sein", tröstete ihn Langer.
„Dafür hat's bei uns oben gestern wieder geschneit."
„Mach Sachen!"
„Ja, mit der Schaufel haben wir heute Morgen die Terrasse und die Einfahrt räumen müssen, soviel war's. Alles was es herunten geregnet hat, war bei uns oben Schnee."
„Na mir gangst! Aber der Nachtfrost!
Ja, ja, der Florian noch einen Schneehut bauen kann. Recht hams ghabt, die Altvordern.
Geh, dreh den Heizkörper weiter auf, dass i wieder auftau!"

Langer spitzte seinen Bleistift.
Was hatten sie bis jetzt?
Zwei tote Bankräuber (einer davon in München).
Wahrscheinlich ist Eugen Berger schuld am Tod von Otto Würfl in München.
Aber wer hat Berger am Stadtrand erschlagen?
Gesehen wurde er u. a. Richtung Aigenstadl.
Keine Spur vom Bankdirektor.
Keine Spur von der Beute.
Eine Bankangestellte, die krank war zum fraglichen Zeitpunkt.
Eine die dabei war, jetzt aber im Urlaub ist.
Eine die dabei war, und erst gefunden werden muss.
Einer, der damals kurzfristig Urlaub nahm.
Einer ist verstorben.
Eine ist irgendwo in Afrika im Entwicklungsdienst.
Hinweis auf zwei Reinigungsfrauen, Geschwister Zorn, die erst befragt werden müssen.
(Und einen weiteren unbekannten Toten, gefunden an einer Quelle).

Für drei Tote waren das sehr wenige Erkenntnisse. Kein Wunder, dass Kriminalrat Koller schon Gift und – äh Galle spuckte.
Langer dehnte sich gründlich wie ein gut ausgeschlafener Kater.

Die Sonne kam über das Dach des Nachbarhauses und in den Strahlen tanzten Staubpartikel völlig unbelastet von Mordfällen und ungelösten Fragen.

Staudinger brachte wieder einmal das Telefon zum Glühen und befragte noch einmal gründlich diebstahlgeschädigte Land- und Forstwirte. Und er bekam ein übereinstimmendes Ergebnis. In fast allen Fällen war in den Tagen vorher ein dunkler Geländewagen in der Gegend gesehen worden.
„Da schau her!"
Zufrieden machte er sich Notizen.
Langer fand heraus, dass Angela Wagner, die ehemalige Bankangestellte, nun in einer psychiatrischen Anstalt lebte und kaum ansprechbar war.

Zum Essen gingen sie zum Italiener.
Die Sonne brachte fast etwas wie Wärme zustande. Der Wind war aber immer noch sehr kühl. Der Italiener war gut besucht. Während sie auf Pizza und Pasta warteten, erzählte Langer von seinen Befragungen der Bankangestellten.
Staudinger war nicht recht bei der Sache. Seine Aufmerksamkeit galt den Blumen vor dem Fenster und dem Weinstock draußen.
„Schau, dem Stock hats die ganzen Austrieb abgfroren."
Langer drehte sich etwas befremdet um. Traurig und braun hingen die neuen Austriebe an der Rebe, sie sahen aus wie künstlich.
„Schade."
„Bei mir hots sogar an Farn kischt", erzählte Staudinger „und da Nussbam vom Nachbarn loßt a olle Spitzl hängen. D Kiwitriebe sand hi und sogar d Azaleenblüten hots dawischt", berichtete er traurig.
„Was so a Spätfrost oiß orichten kann."
Das Essen kam und hob die Stimmung gewaltig.
„Kocha kinnands, d Italiener", schwärmte er dann.
„Aber des mit de Putzfrauen is gar koa schlechte Idee. An dee hot damois koana denkt", kam er zu ihrem Fall zurück.
Langer nickte kauend.

Nach einem Espresso brachen sie wieder auf.

Die Schwestern Zorn, die ehemalige „Putzkolonne“, wohnten in einer der Siedlungen am Hammerberg. Der Gang des alten Mietshauses war erfüllt von verschiedensten Essensdüften. Im Erdgeschoss gab es wohl Pfannkuchen, im ersten Stock roch es durchdringend nach Sauerkraut und im 2. Stock waren offenbar die Kartoffeln angebrannt. Dieser Duft dominierte.
Langer läutete ein paar Mal bis sich jemand mit Stock der Türe näherte. Dann wurde er offensichtlich durch den Spion eingehend beäugt, bis vorsichtig die abgenutzte Türe einen Spalt weit geöffnet wurde. Eine Sperrkette begrenzte den Winkel. Durch den Türspalt lugte eine alte Frau . Sie trug eine dicke, schwarze Brille und das graue Haar streng nach hinten gebunden.
„Ja, was wollens?“, fragte sie halblaut.
„Langer, Kriminalpolizei. Könnte ich Sie kurz sprechen?“
Sie erschrak sichtlich. „Polizei? Ja, was wollens denn?“
„Ich wollte Sie nur wegen des Bankraubs damals noch etwas fragen.“
„Ach so.“
Sie war sofort beruhigt. Umständlich begann sie die Kette auszufädeln und öffnete dann.
Langer trat in einen schmalen, dämmrigen Gang, der ihn sofort an seine Kindheit erinnerte. Auch der Geruch war derselbe, eine unnachahmliche Mischung aus Mottenkugeln, Parfüm und gekochter Suppe.
„Entschuldigen Sie, wenn ich Sie gerade beim Essen gestört habe“, sagte er fast schüchtern.
Er fühlte sich wieder als der kleine Junge, der die Klavierlehrerin in ihrer Wohnung aufsucht.
Die Türe zu einem Wohnraum öffnete sich und die andere Schwester erschien, rundlich und wesentlich jünger.
„Kommen Sie herein“, sagte sie.
Langer trat in eine kleine Wohnküche, in der es nach Kartoffelsuppe roch. Auf dem Tisch stand noch die Porzellanterrine, die Teller waren schon abgeräumt.

„Wollens nicht a Kleinigkeit essen?“, bot man ihm an. Aber er lehnte dankend ab. Die Küche war winzig und sehr sauber.
„Setzen Sie sich.“ Gehorsam nahm er auf einem der Stühle Platz.
„Sie haben doch damals in der Bank geputzt als der Überfall passierte.“
„Ja, aber wir haben damit nichts zu tun“, erklärte die ältere Schwester entschieden.
„Darum geht es auch gar nicht. Aber vielleicht haben Sie damals irgendetwas bemerkt, möglicherweise schon in den Tagen davor?“
„Mei, des is schon so lang her.“
Zweifelnd sahen sich die Schwestern an.
Nach einer Weile des Grübelns meinte Emilie Zorn, die Ältere: „Wenn ich mich recht erinnere, dann war der Demlak zu der Zeit recht nervös, scho vor dem Überfall. Er war überhaupt ein leicht aufgeregter Mensch. Ja und immer von oben herab. Öfter hat er getan, als ob wir gar nicht da wären. Zwei Lästige, die ma halt braucht um sauber z machen, weils net anders geht.
Ja und er hat noch öfter Leut empfangen, noch lang nach Geschäftsschluss und es hat ihm gar net passt, dass wir da waren. A paar Mal is ganz lautstark zugangen, dass ma gar net anders können hat als zuhören.“
„Um was ging es denn da?“
„Na um Leut die ihre Kredite nimmer zahlen ham können und vor der Versteigerung gstanden sind. Die ham sich gwehrt, dass des so net im Vertrag gstanden is und dass er no zuwarten sollt und sowas. A anderes Mal gings um Aktien, die verloren ham, und solche Sachen.
Wir ham aber nie was weitererzählt. Wir ham sogar was unterschreiben müssen, als wir angfangen ham, dass wir aus der Bank nix erzählen.“
Ihre Schwester nickte bekräftigend.
„Von dem Geldtransporter, der nicht rechtzeitig kam, haben Sie gehört?“
„Ja freilich, des war ja Stadtgespräch. Da Sender Wasching hot des scho lang unter d Leut bracht.“
„Und dass soviel Geld da war auch?“
„Na, von dem net. Aber d Leut san ja net blöd, des hat sich ja jeder zamreimen können, dass da mehr sein muss also sonst.“

Langer nickte.
„Haben Sie die Räuber eigentlich gesehen?“
„Na, nur in der Passauer Zeitung, wie sie s dann gefasst ham. Sonst net.“
„Überlegen Sie noch einmal gründlich, vielleicht fällt Ihnen noch etwas ein.“
Langer ließ seine Karte da und machte sich wieder auf den Weg.
Die Ausbeute war mager.
Warum Demlak nervös war, konnte viele Gründe haben. Eine anstehende Revision vielleicht?
In den Akten stand nichts davon.
Wenn er natürlich mit dem Überfall zu tun hatte, war seine Nervosität schnell erklärt.
Aber das musste erst bewiesen werden.

6.

9. Mai
Der Montagmorgen erwachte mit strahlendem Sonnenschein. Ein Star balzte heftig eine etwas verstörte Drossel an, die Stardamen waren offensichtlich schon alle vergeben. So sehr er auch mit den Flügeln schlug, sang und trillerte, sie flog beleidigt ab. *So eine Zumutung, ein Star und das mir!*

Ein etwas müder Langer kam ins Büro.
„Lerche“ Staudinger saß schon pfeifend vor Max, dem Computer.
„Na, du schaust ja aus, als hättest des Wochenende was tan!“, grinste er anzüglich.
„Das kannst du laut sagen. So ein Muttertag mit Großmüttern, Kindern und Enkeln und alle wollen‘s was Anderes essen und trinken, ganz schön anstrengend, sag ich dir!“
„Ja, ja, da hast da an Haufen Arbeit derheirat, das hast jetzt davon.

Wir waren gemütlich essen und daheim gabs später an Erdbeerkuchen, den d Kinder selber gmacht ham und am Abend hama grillt, a Wochenende nach meim Gschmack", schwärmte er.
„Dann ist es ja kein Wunder, dass du so unverschämt ausgeschlafen bist."

Langer holte sich ein Haferl frischen, dampfenden Kaffees, und überlegte.
Was ist damals genau passiert?
Wohin fuhren die beiden Räuber mit ihrer Beute?
Ob jetzt mit oder ohne Demlak, irgendwo mussten sie sie deponiert haben.

Wachtmeister Mundl brachte den Bericht von der Gerichtsmedizin.
„Was sagst du dazu!", stellte Langer erstaunt fest.
Staudinger stellte seine schönen Ohren auf.
„Was sage ich wozu?"
„Wer glaubst ist der Tote von der Quelle?"
„Keine Ahnung."
„Demlak."
„Na! Darum war die Fahndung erfolglos. Nichts mit Flucht über Prag."
„Aufgrund von Zahncharakteristika konnte die Identität von Kurt Demlak eindeutig festgestellt werden", las Langer vor.
„Die wahrscheinliche Todesursache war eine grobkantige Verletzung des Schädels am Hinterkopf. Möglicherweise verursacht durch einen harten Schlag. Die Verweildauer des Toten im Erdreich stimmt in etwa mit dem Zeitraum seit dem Zeitpunkt des Verschwindens überein."
„Jetzt wissen wir es ganz genau und so geschraubt, wie der das formuliert hat, umwerfend."

Langer und Staudinger fuhren noch einmal hinaus in den Wald. Am Fundort war alles wieder aufgeräumt, planiert. An Stelle der Quellfassung stand ein frischer Granitblock und aus dem verschlossenen Konus drang leises Plätschern.

Der Wind fuhr durch die Bäume und brachte den harzigen Duft des Waldbodens mit. Bis auf das Rauschen der Kronen war es ruhig. Spielerisch frisierte der Wind die blühenden Fuchsschwanzähren und trug wie eine Woge den Blütenstaub vor sich her.
Ein Moped kam lautstark die Dorfstraße herunter und verschwand über die Brücke im Tal.
„Was machen wir eigentlich noch da?", fragte Staudinger.
„Keine Ahnung, ich hatte gehofft, doch noch irgend etwas zu finden, das uns weiterbringt", gab Langer zu.
Ratlos sah er sich um. Es war nichts Besonderes zu sehen. Da waren die Bäume der durchgewachsenen Fichtendickung, die kleine Lichtung mit der Quelle, der Blick auf die Wiese und durch eine Schneise hinunter zum Haus von Tom und Marlene.
„Meinst sie haben mit der Sache zu tun?"
„Keine Ahnung, ich kann es mir aber nicht vorstellen.
Jedenfalls sieht man gut zum Haus hinunter", meinte er sinnend.
„Auf alle Fälle findt ma den Platz leicht", stellte Staudinger fest.
„Vielleicht is des da Grund."
Langer nickte.
„Und der oder die Täter konnten ja nicht ahnen, dass da in absehbarer Zeit aufgegraben wird.
Nein, ich glaube nicht, dass Tom und Marlene mit der Sache zu tun haben", meinte Langer bestimmt.
„Es war ein hilfreicher Zufall."
Staudinger nickte zustimmend.
„Vielleicht haben sie die Beute im Konus versteckt?"
„Aber wie soll das gehen?", warf Staudinger ein.
„Als man Demlak fand, war der Konus offen. Er ist ungefähr 3 m tief und es stand eine kleine Metallleiter drinnen. An die hätte man die Beute hängen können. Vielleicht in einen Plastiksack oder eine Tonne verpackt. Kein Mensch hätte sie da so schnell gefunden."
„Keine schlechte Idee", pflichtete ihm Staudinger bei.
„Und dann ham sie sich hier troffen um zu teilen, und es gab Streit und peng war Demlak tot!"

„Wenn es so gewesen wäre, hätten doch die beiden Diebe längst das Geld, zumindest Würfl hätte es gehabt!“, warf Langer ein.
„Das hieße Demlak hatte einen Deal mit Würfl und der hätte ihn, vielleicht im Streit, erschlagen.“
„Ja. Das würde auch erklären warum Berger ihn schon im Gefängnis angriff, weil er ihn verschaukelt hatte. Und als Berger wieder freikam, nahm er sich Würfl vor“, spann Langer den Faden weiter.
„Aber anscheinend hat er nichts erfahren, sonst hätte er nicht so armselig gehaust.“
„So könnte es gewesen sein“, pflichtete Langer ihm bei.
„Wir können aber nicht das Geringste beweisen.“
Staudinger nickte.
Sie machten sich wieder auf den Weg zur Straße hinunter.
„Da werdens raufgekommen sein. Aber irgendwo müssens doch die Autos abgstellt haben. Die Straße ist schmal.“
Langer nickte.
„Aber das ist lange her. Wen sollen wir fragen?“

Der Wind frischte auf, ein einsamer Traktor tuckerte aus einem Waldweg heraus.
„Dort könnten die Autos auch gestanden sein!“
„Und was, wenn beide, Opfer und Täter, mit demselben Wagen kamen?“
„Sakradie, des wär auch noch möglich!“
Staudinger kratzte sich nachdenklich am Hinterkopf.
„Komm“, sagte Langer. „Das bringt nichts mehr.“

Als sie am Haus von Tom und Marlene vorbeikamen, sahen sie die beiden im Garten stehen.
Staudinger hielt an und rief hinaus: „Na ihr könnt ses aushalten!“
„Kommts rein!“, lud Tom sie ein.
„Wollts a Haferl Kaffee?“
„Immer.“
Sie stiegen die vielen Treppenstufen hinauf.

„Mein lieber Mann, das artet ja schon in Sport aus!“, schnaufte Staudinger.
Marlene lachte.
„Der Kaffee kommt gleich. Ihr habts Glück, bis vorhin war der Strom abgschaltet.“
„Habts d Rechnung net zahlt?“, feixte Staudinger.
„Wartungsarbeiten habens gmacht bei der e.on. Da bist glatt aufgschmissn, gar nichts kannst machen, alles geht elektrisch!“
Sie setzten sich auf die sonnige Terrasse, genossen den Fliederduft und ratschten. Schnell kamen sie auf die polizeilichen Untersuchungen.
„Gell, euch ist damals da oben auch nichts aufgefallen?“, fragte Langer.
„Wir wohnen noch gar nicht so lang da“, sagte Tom.
„Wer hat denn da gewohnt?“
„Ich hab es ja schon erzählt, eine Familie Kieler aus Hessen. Er hat in der Kreisstadt ein Antiquitätengeschäft gehabt. Sie war kränklich und deshalb sind sie wieder in die Großstadt gezogen“, gab Tom Auskunft.
„Habt ihr vielleicht eine Adresse?“
„Na klar.“
Marlene stand auf und kam kurz darauf mit einem Zettelchen zurück.
„Könnens das lesen?“
„Passt scho!“ Staudinger steckte den Zettel ein.
„Wisst ihr jetzt schon, wer der Tote war?“, wollte Marlene wissen.
„Ja, heute haben wir es erfahren, es war Kurt Demlak, der verschwundene Bankdirektor.
„Ah, und wie kommt der bei unserer Quelle unter die Erde?“, wollte Tom wissen.
„Keine Ahnung, das müssen wir erst noch herausfinden.“
Langer stand auf und sie verabschiedeten sich.
„Wir müssen pünktlich Mittag machen!“, grinste Staudinger.
„Danke fürn Kaffee!“
„Servus.“

„Kommen wir doch nicht mit leeren Händen zurück“, stellte Langer zufrieden fest.

„Diese Familie Kieler, die vorher da wohnte, musst schnellstens überprüfen."
„Ja sowieso!"
„Vielleicht weiß auch dein Sender Wasching was."
Staudinger nickte eifrig.
Dann bog er so schwungvoll auf den Dienstparkplatz ein, dass er Kriminalrat Koller beinahe auf die äh Kühlerhaube bekam.
„Hoppala", grinste er nur, als er Kollers roten Kopf sah.
„Dem pressierts heut aber!"
Kriminalrat Koller hatte wirklich keine Zeit sich aufzuregen. Er sprang hinter das Steuer seines Wagens, schüttelte zornig den roten Kopf und brauste davon.
„Ob a beim Autofahren a gigerzt?", fragte Staudinger nachdenklich und Langer grinste.

Schon am Nachmittag wusste der Sender Wasching, warum es Kriminalrat Koller so pressiert hatte. Von seiner norddeutschen Frau war ein Notruf gekommen. Nach der Stromabschaltung war der Alarm der Gefriertruhe erwacht und ließ sich nicht mehr abstellen. Koller musste nach Hause, die Kühltruhe beruhigen. Das war eine Schlagzeile!

„Was der Sender Wasching so alles weiß!"
Langer grinste und Staudinger grinste geschmeichelt.
„Aber über die Familie Kieler hat er auch eine Menge gwusst. Die waren mit den Demlaks ganz dick befreundet. Erst kurz vor dem Wegziehen müssen sie sich verkracht haben und zwar so, dass sie sich nimmer angschaut ham!"
„So, so. Das ist ja interessant!"
„Den genauen Grund für den Krach hab ich leider nicht rausgfunden. Zumindest da waren sie sich einig, dass keiner was erzählt hat. Gmunkelt ist allerhand worden, dass der Kieler mit der Frau vom Demlak was angfangen hat. Die Andern haben behauptet, dass der Demlak bei einer Anlageberatung wohl a wengerl stark daneben glangt hat und der Kieler um einen Haufen Geld gekommen ist. Das sind aber alles Gerüchte."

„Na ja zumindest das mit der Geldanlage müssten wir über die Bank eruieren können."
Staudinger nickte.
„Wenn ma jetzt a wengerl spekuliert", meinte er dann.
„Könnt ja sein, dass der Kieler was vermutet hat und nach dem Überfall zum Demlak ging und sein Geld wieder verlangt hat, das der in den Sand gsetzt hat."
„Gar nicht dumm spekuliert. Ja, die Nähe zum Haus gibt einfach zu denken."
„Ja und der Kieler soll ein recht Gachzorniger sein", schob Staudinger nach.
„Da hätten wir ein Motiv und einen Täter und der Ort passt auch. Was ist aus dem Kieler geworden?"
„Das muss ich erst noch nachschaun."
Staudinger befasste sich intensiv mit seinem Max und Langer brach auf, um Demlaks Witwe aufzusuchen. Sie wohnte am nördlichen Stadtrand.

Das stattliche Haus im Villenstil lag in einem eingefriedeten Garten mit mächtigen alten Bäumen.
Auf sein Läuten schnarrte eine Sprechanlage und dann brummte der Öffner. Er folgte dem gepflasterten Weg zum Eingang, zu dem eine gerundete Steintreppe hinaufführte. Eine sehr gepflegte Dame mittleren Alters öffnete die verglaste Sprossentür. Sie war überschlank und wirkte farblos, als hätte ihr das Leben allmählich jede Farbe genommen. Vorher musste sie eine bemerkenswert schöne Frau gewesen sein.
„Ja?" Ihre Stimme war ruhig.
Langer stellte sich vor und sie bat ihn ins Haus. Weiße Marmorstufen führten von der geräumigen Diele hinauf in einen großen Salon, dessen Steinboden mit edlen Teppichen belegt war. Aber auch diese, wahrscheinlich wertvollen Teppiche sorgten nicht für wohnliche Wärme. Das ganze Haus strahlte Kälte aus. Behaglichkeit hatte es hier nie gegeben. Die Ausstattung war vom Feinsten, aber alles wirkte mehr wie eine gut durchkomponierte Ausstellung eleganter Möbel, weniger wie ein gemütliches Heim. Es diente wohl mehr der Repräsentation.

Das muss einiges gekostet haben. Verdient ein Bankdirektor soviel?
„Kaffee?"
„Ja gern."
Adele Demlak öffnete eine Schiebetür und bestellte den Kaffee.
„Setzen Sie sich doch." Sie wies auf eine raumfüllende weiße Couch.
Langer setzte sich vorsichtig.
Hoffentlich mache ich keinen Fleck auf dieses edle Teil.
Erwartungsvoll saß ihm Frau Demlak gegenüber.
„Wie war das damals mit dem Banküberfall? Hatte Ihr Mann damit zu tun?"
Sie zuckte zusammen. So direkt hatte sie die Frage eigentlich nicht erwartet.
Dann senkte sie den Kopf.
„Mein Mann war der geborene Versager", sagte sie leise mehr wie zu sich selbst.
Ihre Stimme wurde lauter.
„Nicht einmal das konnte er richtig!", rief sie anklagend.
„Sie sagen also Ihr Mann hat den Überfall geplant und durchführen lassen?"
„Ja. Er hatte selbst keinen finanziellen Hintergrund. Das alles", sie wies rundum, „gehört mir."
Er hat das auf die Dauer nicht verkraftet und haarsträubende Investitionen gemacht, die ihm aber nichts einbrachten als Schulden. Am Schluss blieb ihm gar nichts anderes übrig als dieser – Banküberfall!"
Sie war aufgebracht und ärgerlich. Aber alles schien bei ihr dann in Resignation zu münden.
„Hat er Ihnen das erzählt?"
„Aber nein, was denken Sie denn? Wir sprachen nicht viel miteinander."
Das kann ich mir so richtig vorstellen.
Ein adrettes junges Mädchen brachte auf einem Tablett zwei Tassen Kaffee und Gebäck.
„Danke."
„Woher wissen Sie dann, dass er am Überfall beteiligt war?"
„Ich denke es mir, so stümperhaft, wie das ausgeführt wurde!"

„Naja, so stümperhaft war das gar nicht, keiner wurde verletzt, die Beute ist bis heute nicht aufgetaucht!
Sie behaupten also Ihr Mann hat den Überfall geplant, aber Sie nehmen es nur an, weil der Raub in Ihren Augen so dilettantisch ausgeführt wurde. Habe ich das richtig verstanden?"
„Ja."
„Wo ist Ihrer Meinung nach das Geld geblieben?"
„Er hat sich doch damit abgesetzt."
„Moment, hat man Sie noch nicht verständigt?"
„Worüber verständigt?"
„Es tut mir leid, man hat Ihren Mann aufgefunden, tot."
„Was?" Sie hielt entsetzt beide Hände vor den Mund. Dann sprang sie auf und ging an eines der großen Fenster.
„Aber dann hat er mich …."
„doch nicht verlassen, wie Sie angenommen haben!"
Sie drehte sich um, ihre schmalen Schultern zuckten, sie rang um Fassung. Als sie ihn wieder ansah, schien sie noch bleicher geworden zu sein.
„Wo?", fragte sie fast tonlos, „Was ist passiert?"
„Bei Erdarbeiten hat man ihn gefunden, er muss schon damals kurz nach dem Überfall ums Leben gekommen sein."
Sie setzte sich, mühsam beherrscht.
„Dann habe ich ihm die ganze Zeit Unrecht getan", flüsterte sie und wischte sich einzelne Tränen aus dem Gesicht.
„Ich glaube, ich gehe jetzt lieber und wir setzen das Gespräch ein anderes Mal fort."
Langer stand auf.
„Ich finde alleine hinaus."
Sie hörte ihn nicht, sondern saß zusammengesunken, wie verloren, auf dem riesigen weißen Sofa.

Langer ging die Treppen hinunter.
Was hat sie da von Schulden gesagt? Hat man Demlaks Hintergrund damals nicht untersucht? Das war doch naheliegend.
Im Büro suchte er die Akte nochmals heraus und fand nichts darüber.

Schlamperei!
Nach einiger Telefoniererei wusste er, dass Demlaks Konto damals bis zum Anschlag überzogen und auch ein größerer Kredit nicht zurückbezahlt war. Seine Frau hatte dann die Schulden nach und nach beglichen, dafür sogar ein Haus in bester Lage der Stadt opfern müssen. Kein Wunder, dass sie schlecht auf ihren verschwundenen Mann zu sprechen war, sie hatte angenommen, dass er sich mit dem Geld aus dem Raub abgesetzt hatte.

7.

Der neue Frühlingstag versprach wieder schön zu werden. Aber im Schatten war es kühl und die Sonne noch weit hinter den bewaldeten Bergen im Osten verborgen.
Auf der B 12 war noch nicht viel los. Einzelne Pendler in Richtung Passau, ein Milchtankwagen und ein Motorradfahrer auf dem Weg zur Kreisstadt. Seit kurzer Zeit folgte ihm in einigem Abstand ein dunkelblauer Geländewagen.
Auf der langen Geraden drehte die schwere Maschine voll auf. Die anderen Fahrbahnen waren kurzzeitig leer. Der Fahrer schwebte im Hochgenuss grenzenloser Freiheit und Lebensfreude.
Plötzlich war der SUV da, überholte und traf ihn unvermutet voll mit dem Kotflügel von links. Wie in Zeitlupe fühlte der Motorradfahrer wie er aus dem Sattel gehoben wurde und flog. Dann ein harter Aufprall, Schwärze.
Das schwere Motorrad scheuerte über den Asphalt und blieb schließlich am Bankett liegen.

Der dunkelblaue Geländewagen hatte mit hoher Geschwindigkeit den Unfallort verlassen, als wäre weiter nichts passiert.

Als kurz darauf die Rettungskräfte eintrafen, konnten sie nur noch den Tod des Motorradfahrers feststellen. Am sichergestellten Fahrzeug fanden sich fremde Lackspuren.

Kasparek, der tschechische Fernfahrer, hatte ordentlich Ärger bekommen. Den Unfall-Lkw mit den geschmuggelten Waffen hatte die deutsche Polizei beschlagnahmt und die reguläre Ware lag bis zur Freigabe in irgendeinem Zolldepot. Die tschechische Polizei stellte im Rahmen der Amtshilfe viele dumme Fragen und er war voraussichtlich seine Arbeit los.
Das ganze Lager der Spedition war durchsucht worden, Waffen oder Waffenteile fand man jedoch nicht.
Nervös rauchte Kasparek eine Zigarette um die andere.
Was soll ich nur machen, wenn ich diese Arbeit verliere?
Er war gern Fernfahrer und für die Wartung der Wagen war der Betrieb zuständig. Mehrmals hatte er schon auf Schwierigkeiten mit den Bremsen gerade bei diesem Lkw hingewiesen. *Eigentlich kann man mir daraus keinen Strick drehen.*
Gedankenverloren betrachtete er einen Laster im Hof, der gerade in Richtung BRD abfuhr.
Ob er auch wieder fahren durfte?
Der Wind bog die Birkenwipfel und der Lkw entschwand seinen Blicken.

Gesine kam am späten Vormittag schon aus Passau. Sie hatte ein älteres Ehepaar vom Bahnhof abgeholt, das schon seit Jahren bei ihr Urlaub machte. Die beiden wollten noch Freunde in Freyung besuchen und so hatte sie sie im Zentrum abgesetzt. Klaus würde sie abends zur Pension mitnehmen. Das machten sie jedes Jahr so.
Und weil sie schon in der Stadt war, wollte Gesine schnell noch ein paar Besorgungen machen. Sie parkte in der Bahnhofstraße und sauste los. Viel Zeit hatte sie nicht. Als sie mit Tüten beladen zurückkam, entdeckte sie eine Beule vorne seitlich an ihrem rechten Kotflügel.

Nirgends eine Mitteilung, wer ihr den Schaden angehängt hatte, nur die Zahlungsaufforderung einer Politesse, dass sie ihre Parkzeit überschritten hatte.
Missmutig stieg sie ein. Beim Wegfahren fiel ihr eine ältere Dame auf, die um die geparkten Wagen schlich und sie aufmerksam betrachtete. Sie schenkte ihr weiter keine Beachtung. Sie ärgerte sich.
So was Blödes. Das ist heut nicht mein Tag!

Staudinger bekam sein Fett weg, als er zufällig Kriminalrat Koller über den Weg lief.
„Was äh fahrens denn immer so äh verrückt?"
„Tut mir leid!", sagte Staudinger erwartungsgemäß zerknirscht.
Es lag ihm schon auf der Zunge zu fragen, ob die Kühltruhe wieder äh Ruhe gab, aber er verkniff es sich gerade noch.
Als er wieder ins Büro kam, setzte sich Langer zu ihm auf die Schreibtischkante.
„Ist ja schon verrückt, das mit dem Überfall ist etliche Jahre her und gerade jetzt fangen die da oben zu graben an und finden den Demlak. Zu einem anderen Zeitpunkt hätte der lange nirgends dazugehört. Und jetzt haben wir eine wunderbare Theorie für den Mord an Demlak, aber keine Beweise. Der vermutliche Mörder, Würfl, ist tot.
Sind eigentlich je Scheine aus dem Raub aufgetaucht?"
„Nein, das habe ich schon überprüft. Die müssen noch irgendwo liegen. Vielleicht wurde die Beute ja auch vergraben, so wie der Demlak, könnte ja sein."
„Wenn du das Geld geklaut hättest, wohin hättest du es gebracht?"
„Heim zu meiner Frau."
Langer lachte.
„Also besuchen wir die Frau Würfl wieder einmal."
„Du übrigens", Staudinger kramte in seinen Unterlagen und fischte ein Blatt Papier heraus.
Es war ein Computer-Ausdruck. Kieler ist vor drei Jahren gestorben, seine Frau dement und in einem Altersheim.
„Blöd", war Langers ganzer Kommentar.

Die zehnjährige Amelie saß nach der Schule wieder am Grab ihrer Oma. Beim Abfragen in Tschechisch hatte sie ihre erste gute Note bekommen.
„Stell dir vor Oma, sie hat „dobře“ gesagt, „ gut“ und gar nicht mehr so böse geschaut!“
Die Oma lachte ihr vertrautes Lachen und gab ihr den guten Rat weiterhin ganz Ohr zu sein und fleißig zu fragen.
„Wenn deine Lehrerin merkt, dass du mitmachst, wird sie dir auch gerne helfen!“
Amelie hatte die Oma sehr geliebt und bewundert. Immer hatte sie Zeit für sie gehabt und wenn ein Malheur passierte, fand die Oma immer noch etwas Gutes an der Sache.
So möchte ich auch einmal werden, aber das ist schwer.
Sie seufzte und hob das Gesicht zur wärmenden Sonne. Als sie die Augen schloss, fühlte sie die Hand der Oma. Die schickte sie aber bald nach Hause. „Kind, iss etwas und lern‘ dann!“
Fröhlich trottete Amelie nach Hause, warf ihre Schultasche in die Ecke und holte sich eine Dose Gemüseeintopf mit Nudeln aus dem Vorratsschrank.

„Sie scho wieder?“
Umständlich sperrte Hilde Würfl die Wohnungstüre auf.
„Frau Würfl, das mit Ihrem Mann tut uns leid!“, begann Langer.
Die schmale Frau im dunklen Kleid seufzte und senkte den Kopf. Es war ihr peinlich, dass ihre Augen verweint aussahen.
„Sie haben uns erzählt, dass Sie Ihr Haus verkauft haben.
Wann war denn das?“, fragte Langer.
Hilde Würfl hob irritiert den Kopf.
„Warum wollens denn das wissen?“
Langer ging nicht auf ihre Frage ein.
„Wann war das?“
„Mei, so ungefähr vor zwei Jahr, knapp 45.000 € hab i dafür kriegt, der Platz war schön. Der Käufer hat alles abreißen lassen und neu baut.
Es is nix mehr do von meiner Vergangenheit“, fügte sie leise hinzu.

„Nur noch ein paar Fotos."
„Wollen Sie uns die Bilder zeigen?"
Sie nickte und stand auf. Es waren schwarz-weiß Fotos mit kunstvoll zugeschnittenen weißen Rändern.
Das Hochzeitsbild. Otto Würfl mit lockigen Haaren. Ein breites offenes Gesicht mit dunklen tief liegenden Augen, aber nicht unsympathisch. Ein Bild mit seinen Geschwistern. Zwei davon waren schon gestorben. Und ein Foto von einem kleinen Haus mit Garten und Hühnerstall.
„Haben Sie das Haus alleine ausgeräumt?", fragte Staudinger.
„Na, mei Nichte hat ma gholfen. Es war scho vui Arbat. A ganze Wocha hama gwerklt."
Langer gab die Bilder zurück.
„Was ist mit dem Vater der Nichte?", wollte Langer wissen.
„O mei, der is a Pflegefall. De hams a net leicht." Sie seufzte.
„Was macht ihre Nichte?"
„Sie hot an kloan Laden aufgmacht, drin in da Stood, mit Deko und so Zeugs, scho vor am Jahr."
„Und wie hat sie den finanziert?"
„Ja, sie hot doch wos im Lotto gwunna!"
Die beiden sahen sich an und verabschiedeten sich.
„Is ja scho a bissel auffallend dieser Lottogewinn so kurz nachm Hausausramma, meinst nicht?"
Langer nickte.
„Schauen wir uns den Laden einmal an!"
Er war in einem der ältesten Gebäude direkt am Stadtplatz untergebracht. „Wohnen & Wohlfühlen" verkündete ein eleganter Schriftzug auf der großen mattierten Glaswand am Eingang.
Von wegen kleiner Laden.
Sie betraten einen großen langen Raum, der fast die Grundfläche des ganzen Hauses ausmachte. Kleine Stilmöbel wechselten sich ab mit Metallkunstwerken, Glasobjekten und Keramik. Es war sparsam, aber geschmackvoll dekoriert.
Im hinteren Drittel bildeten einzelne Großmöbel Inseln, hinter denen sich ein Schreibtisch, ein größerer Arbeitstisch und ein anderer

Arbeitsplatz verbargen. An strategisch günstiger Stelle befand sich eine Holztheke, die durch ihre Schlichtheit bestach. Dahinter stand eine junge Dame um die Dreißig, die ihnen lächelnd entgegensah. Sie passte in den Laden oder besser gesagt, er zu ihr. Er war der richtige Rahmen für sie und ihre positive Ausstrahlung.
„Grüß Gott. Frau Würfl?"
„Ja bitte?"
„Mein Name ist Langer, das ist mein Kollege Staudinger, Kriminalpolizei. Wir hätten ein paar Fragen an Sie."
Sie betrachtete interessiert die Ausweise.
„Ja?"
„Seit wann betreiben Sie dieses Geschäft?"
„Das wird jetzt ein Jahr."
„Und was haben Sie vorher gemacht? "
„Ich war kaufmännische Assistentin und nicht sehr glücklich damit."
„Und wie kamen Sie dann zu diesem Geschäft?"
„Oh, das war schon lange mein Traum", schwärmte sie und ihre Augen leuchteten.
„Ich wollte mit Kunst und Möbeln arbeiten, Leute beraten bei Einrichtungsfragen."
„Und wie ging das dann so plötzlich?"
„Ja, stellen Sie sich vor, ich habe im Lotto gewonnen. Es war einfach super! Hin und wieder spiele ich und auf einmal hat es geklappt, ein 5er, die 90.000 € schickte der Himmel."
„Haben Sie darüber Unterlagen?"
„Aber natürlich, schon fürs Finanzamt."
„Und wie läuft der Laden?"
„Ich bin zufrieden. Die kleinen schönen Dinge finden schneller einen Käufer, aber ich habe auch schon hochpreisige Stücke verkauft. Und es macht ungeheuren Spaß."
Man glaubte ihr das sofort.
Da öffnete sich die Glastür und ein junges Paar trat ein.
„Das wars auch schon, auf Wiedersehn!"
„Auf Wiedersehn!"

„Na, was meinst?“, fragte Langer.
„I bin ma net ganz klar. Sie is recht sicher in ihrem Auftreten und wirkt ehrlich. Eigentlich kann a ma net recht vorstellen, dass sie a größere Geldmenge findt und ihrer Tante davo nix sagt.“
„Vielleicht ist sie auch zu ehrlich. Alles ist bedacht, die Unterlagen fürs Finanzamt, das sieht nach überlegter Planung aus. Und wenn sie mit der Sache zu tun hat, musste sie früher oder später rechnen, dass jemand Erkundigungen einzieht. Was sie erzählt, muss Hand und Fuß haben.“
Staudinger sah ihn zweifelnd an.
„Ich werd glei einmal bei der Lottogsellschaft nachfragen.“
„Das machst.“
Langer sah auf die Uhr.
„Du, ich muss noch ein Ehepaar in die Pension kutschieren und vorher möchte ich noch zum Gärtner. Bis morgen dann. Servus.“
„Servus“, grinste Staudinger.
„Nur immer schön fleißig sein!“

Langer hatte der Flieder bei Tom und Marlene so gut gefallen. Deshalb besorgte er beim Gärtner drei junge Büsche, die schon kleine offene Blütentrauben zeigten.
Gesine begann sofort zu niesen.
„Pflanze sie bitte weit weg von der Küchentüre, du siehst ja wie‘s mir geht!“
„Nein, die tausche ich wieder um! Das hat ja keinen Sinn, wenn du allergisch bist gegen Flieder.“
Er trug die Pflanzen gleich wieder ins Auto zurück.
Als er an Gesines dunkelblauem Tiguan vorbeikam, bemerkte er die Beule am Kotflügel.
„Hast heute eine Begegnung der ernsthaften Art ghabt?“
„Ach, du meinst den Kotflügel? Ja, wenn ich nur wüsste woher die Falte stammt! Ich war es jedenfalls nicht. Jemand muss den Wagen angefahren haben, als ich parkte. Ich war auf dem Parkplatz am Passauer Bahnhof, dann in Freyung in der Bahnhofstraße. Da habe ich es dann bemerkt, aber wo es passiert ist, ich weiß es nicht!“

„Möchtest du eine Anzeige machen?"
„Bringt das was?"
„Na ja, wenn der Verursacher ermittelt wird, zahlt zumindest dessen Haftpflicht-Versicherung deinen Schaden."
„Und ein Strafmandat haben sie mir heute auch noch verpasst, weil ich fünf Minuten zu spät von meinen Besorgungen zurückkam!"
„Ärgere dich nicht, das schadet nur deiner Schönheit."
Damit nahm sie Langer zärtlich in die Arme.
„Ach nä, immer noch das junge Glück!"
Ein alter Stammgast grinste anzüglich durch die offene Küchentüre herein.
„Nur kein Neid", gab Langer zurück.

8.

An diesem strahlenden Maitag kam Staudinger pfeifend ins Büro. Langer verspätete sich ein wenig, er war noch beim Gärtner. Anstatt des Flieders hatte er nun drei stattliche Azaleen im Auto.

Die Zeitung berichtete in großer Aufmachung vom schweren Motorradunfall auf der B 12.
Es gab keine Bremsspuren, keine Zeugen, nur einen Toten.
Langer legte die Zeitung zur Seite.
„Hast das gelesen von dem Unfall?" Langer nickte.
„Schlimme Sache, ich fürchte, wir bekommen damit zu tun. So wie es nach der Spurenlage aussieht, war das Absicht."
„Geh, wer macht denn sowas?" Staudinger war entrüstet.

In der Pension am Wald versenkte der Postbote lautstark Briefe und Zeitungen im Kasten und klappte den Deckel wieder zu. Gesine sortierte die Werbung aus und nahm die Post mit ins Büro.

Außer den Rechnungen war nur ein Brief gekommen. Sie zog eine weiße Karte aus dem Kuvert ohne Absender. In einer steilen, sehr exakten Handschrift stand da nur: „ Ich habe Sie gesehen, alles habe ich gesehen!"

Nanu? Was soll denn das sein?

Gesine schüttelte den Kopf, legte die Karte zur Seite und widmete sich den Rechnungen. Der Satz verfolgte sie.

Wobei hat man mich gesehen?

Sie füllte ein weiteres Überweisungsformular aus und dann musste sie in die Küche. Für Mittag hatten sich zwei Busse angesagt.

Amelie hatte sich Omas Ratschlag zu Herzen genommen. In der Tschechischstunde war sie voll dabei, fragte öfter nach und fand selbst Ähnlichkeiten mit dem Deutschen. Die Lehrerin lächelte schon, als sie sich wieder meldete. Dabei war sie am Anfang so abweisend gewesen. Amelie lächelte schüchtern zurück. Die Stunde verging ungeheuer schnell, so schnell wie nie, fand Amelie, und Tschechisch machte auf einmal Spaß.

Der Himmel bedeckte sich, Wolken in allen Grauschattierungen zogen von Westen herein und immer wieder gingen kleine Regenschauer nieder und minderten den Gülleduft, der die Siedlungen am Stadtrand wie ein dichter Schleier umgab. Der Wind schob den herben Duft weiter in die Innenstadt und beglückte alle, die gerade das Fenster offen hatten.

Staudinger schoss hinter seinem Max hervor und schloss schnell den offenen Flügel.

„A sovui Landluft auf oamoi, pfffffaaaa!"

Staudinger ging jetzt alles gegen den Strich. Sie kamen aber auch schon gar nicht weiter, dabei hatte ihre Theorie schon plastische Gestalt angenommen.

Aber so ist das, entweder es klappte wie am Schnürl oder es geht überhaupt nicht voran.

„A so is Leben!", tröstete er sich ein wenig.

Dann holte er ein Blatt Papier und notierte sich, was er noch alles vom Gärtner brauchte.
Langsam wurde es Zeit für Gurken und Paprika, und Balkonblumen und Pflanzerde.
Am besten ist es, ich rücke gleich mit einem Lkw aus!
Er spielte mit dem Gedanken sich frei zu nehmen, um sein Grünzeug in aller Ruhe auszupflanzen und nebenbei nachzudenken. Aber es kam ihm wie Verrat an Langer vor und er verwarf die Idee wieder.

„Habts ihr eure Fensterblumen scho?"
„Fensterblumen?"
„Na, Geranien und Petunien und so."
Langer schüttelte den Kopf.
„Da gibt's doch diese Eisheiligen, die Gesine hat gesagt auf keinen Fall vorher."
„Und was für welche nehmts ihr heuer?"
„Keine Ahnung."
„Ja habts euch no gar nix überlegt?" Staudinger konnte es nicht fassen.
Langer schüttelte den Kopf.
„Ich will doch erst die Rabatte an der Terrasse bepflanzen und dann sehen wir weiter."

Mundl aus der Wachstube brachte Unterlagen über den tödlichen Motorradunfall.
Das Opfer hieß Hans Greislinger, war 48, wohnte in Neureut und betrieb da eine gut gehende
Möbelschreinerei.
Neureut?
„Erinnerst du dich, dein Sender Wasching sagte was von Aigenstadl und das liegt ganz in der Nähe von Neureut."
„Ja, ja, der Eugen Berger, der war am Tag vor seinem Tod dorthin unterwegs. Du hast noch gsagt, das ist aber ein bissel weit zu Fuß!"
„Es kann ja Zufall sein, dass der Motorradfahrer dort wohnte", spann Langer den Faden weiter.

„Aber es kann doch nicht schaden, wenn wir uns einmal dort umhören."

Kurz vor der B 12 Abfahrt kam die Sonne wieder heraus. Schnell wurde es schwül warm.
„A richtigs Wachswetter", schwärmte Staudinger.
Am Ende des kleinen Dorfes über einem tiefen Talkessel, lag die Schreinerei Greislinger.
Drei große Schaufenster zeigten schlichte Vollholzmöbel für den rustikalen, aber auch elegante für den modernen Geschmack.
„Preis steht keiner da!", stellte Staudinger fest.
„Des is verdächtig."
Die Tür zum Geschäft war verschlossen und die zur Werkstatt um die Ecke auch.
„Suchen Sie jemand?"
Aus dem Nachbargarten war ein alter Mann aufgetaucht. Er war klein, ein wenig krumm und ging am Stock.
Langer stellte sie vor.
„Ist denn gar niemand von der Familie Greislinger da?"
„Mei, do kinnans lang suacha. D Eltern sand scho länger gstorben und de oanzig Schwester is wegzogn. Is scho tragisch mitm Hansi, gell. Aber er is hoit gern a wengerl schneii gfahren mit seim Motorradl."
Er holte ein größeres Taschentuch aus den Tiefen seiner Hose und schnäuzte sich heftig.
„Aber schreinern hot a kinna, besser ois wia sei Vater Gott selig und überhaupts geschäftstüchtig war er. Ja, ja. In der Stood drin vakaft er seine Kasten und Truhen und so neumoderns Zeig. Oiso des gfoit ma net! Owa a so a Schrank, der macht wos her. Der kost a wos. Is ja a a Haufa Arwat und kinna muaß mas a."
Der Alte sprach heiser, mehr wie zu sich selbst.
„Wia isn des ganga, wenn er do neamd im Geschäft ghabt hot?", wollte Staudinger wissen.
„Mei, an der Tür steht sei Handynummer. Des hot anscheinds scho funktioniert."
„Hat in letzter Zeit jemand nach ihm gefragt?"

„Mei, keine Ahnung. Wissens, wenn i net im Garten bin, dann seg i da gar net her."
Vor dem Haus gegenüber spielten ein paar Buben Fußball.
Langer stoppte den Ball, der auf ihn zurollte.

Erwartungsvoll sahen ihn die Spieler an.
„Ist in letzter Zeit ein Fremder da gewesen, der nach dem Herrn Greislinger gefragt hat?"
„Wennst unsern Boin wieder rausruckst, vielleicht!", meinte ein etwa Achtjähriger frech.
Langer schlenzte ihm den Ball zu.
„Wir sollen aber nicht mit Fremden reden!"
Langer zeigte ihm seinen Ausweis.
„Is der echt?", fragte der kleine Junge nun schwer beeindruckt.
„Also, wos is, habts ihr eppan gseng?", mischte sich nun Staudinger ein.
„Iaa, do war a so a Komischer, ausgschaugt hot a wiar a Penner. Is owa scho a bissel her. Und der hot nochm Greislinger gfrogt, a Preiß."
„Wo ist denn hier die Tischlerei Greislinger", ahmte der kleine Junge den Tonfall nach.
„Mir hams eam owa net gsagt", fügte sein Freund hinzu.
„Mir hamma gsagt, mir sind nicht von da!"
Langer lachte.
„Danke. Pfüat eich."

„Mir hamma gsagt, mir sind nicht von da!" Staudinger lachte.
„A so a Bagasch!
Aber einen Riecher hast wieder ghabt, Respekt!"

Langer spitzte wieder einmal seinen Bleistift und blätterte seine Gedanken-Ziehharmonika auf.
Was haben wir:
Einen Toten am Stadtrand (Eugen Berger),
hat mit Otto Würfl die Bank überfallen.
Beide haben ihre Strafe abgesessen.

Die Beute ist verschwunden.
Verschwunden ist auch der Direktor der überfallenen Bank (Demlak).
Würfl stirbt an Verletzungen, die ihm möglicherweise Berger zufügte.
Wahrscheinlich ging es um die Beute des Überfalles.
Leiche von Kurt Demlak wird zufällig bei Bauarbeiten gefunden, muss schon damals, kurz nach dem Raub, vergraben worden sein.
Toter Motorradfahrer auf der B 12, aus Neureut.
Ein „Penner" (Berger) hat ihn gesucht.
Das sind 4 Tote.
Alles hängt mit allem zusammen, aber wie?
Langer zwirbelte seine kurzen Haare.
Staudinger hackte mit Feuereifer den Bericht in seinen Max und legte ihn dann schlafen.
„Hören wir auf für heute."
„Kommst noch mit zum Gärtner?"
„Nein, da war ich heute schon."
„Na dann bis morgen."
„Servus."

Staudinger war in seinem Element. Schon der Geruch nach frischer feuchter Erde im Treibhaus versetzte ihn in Verzückung. Andächtig ging er durch die Reihen der Pflanztische und ließ die Blumen auf sich wirken.
Warum bin ich nicht Gärtner geworden? Ganz einfach, weil die nicht verbeamtet werden. Diese Unsicherheit hatte ihn damals abgeschreckt. Der Grund war, dass er sehr jung geheiratet hatte und schon eine kleine Tochter hatte und damit eine große Verantwortung. Aber tief im Inneren hatte er seine Entscheidung nicht bereut, besonders die Aufgaben bei der Kripo forderten ihn richtig. Es war wie ein Sport, ein Wettlauf um Gerechtigkeit. Eine ungeheure Spannung baute sich auf, wenn nach Fakten und Beweisen zu suchen war. Manchmal fühlte er sich wie ein Jagdhund auf der Schweißfährte.
Und wenn sie dann Erfolg hatten, wartete er auf neue Herausforderungen. Gärtnern konnte er auch in seiner Freizeit, es war der Gegenpol zur Anspannung. Er schaltete ab und ging in seiner Pflanzerei oder

Jäterei auf, war plötzlich Teil dieses, wenn auch kleinen Stücks Natur. Und wenn er ins Büro zurückkam, fühlte er sich wie neu geboren, der Kopf war frei und die Arbeit ging voran.
Eine „schwarzäugige Susanne“ erregte seine Aufmerksamkeit.
Die wäre am Eingang schön.
Dann kümmerte er sich um Geranien und Gemüsepflanzen.
Das wird ein Wochenende nach meinem Herzen! Er freute sich schon aufs Pflanzen, und sah schon alles anwachsen, blühen und fruchten.
Als er nach Hause fuhr, fiel sein Blick auf den ordentlich bepflanzten Hügel inmitten des Kreisels auf der B 12. Er nahm eine zweite Runde um ihn genauer zu betrachten. Ein wartender Autofahrer tippte sich an die Stirn. Staudinger grinste nur. Da bremste vor ihm haarscharf eine Autofahrerin und er konnte gerade noch halten.
„Blumendraht!“, rief er ärgerlich und hörte, dass auch hinter ihm scharf gebremst wurde.
Aber es dauerte bis sich der Stau auflöste und auf dem Kreisel wieder gekreiselt werden konnte. Ein kleiner Lieferwagen hatte ein ungesichertes Kantholz von der offenen Ladefläche verloren. Zwei Männer waren endlos damit beschäftigt, es wieder aufzulegen und suchten lange nach einer Schnur, um es nun zu sichern.
Staudinger schüttelte den Kopf.
In den Warteschlangen ringsum wurde ungeduldig gehupt, endlich verließ der Kleinlaster den Kreisel und der Stau löste sich auf.

Amelie hatte einen schlechten Tag gehabt. Vielleicht war es auch die heraufziehende Grippe, die ihren Kopf heute blockierte. In der Tschechischstunde hatte sie jedenfalls jämmerlich versagt und die Hausaufgaben waren nur tschechische Dörfer.
In ihrer Verzweiflung holte sie ein Bild der toten Oma und berichtete ihr von der ganzen Misere. Dann heulte sie ein wenig und schlief schluchzend, den Kopf auf die Arme gelegt, ein.
Sofort war die Oma da und tröstete sie. „Morgen bleibst im Bett und kurierst dich aus und dann geht gleich alles wieder viel besser!“
„Amelie?“
Erschrocken fuhr sie hoch.

„Was ist mit dir?“ Die Mutter stand vor ihr und fuhr ihr über den Kopf.
„Mein Gott, du hast ja Fieber! Sofort ins Bett mit dir und morgen bleibst du zu Hause,
verstanden?“
Amelie nickte.

9.

Tom und Marlene waren im Garten fleißig gewesen. Schon die Hälfte des Kompostes war gesiebt und ausgebracht. Für heute war es genug. Außerdem wurde seit kurzem rundum aus allen Rohren gegüllt. Der stechende Geruch war äußerst unangenehm. Der Herr Hund war längst ins Haus geflüchtet. Sie zogen die Gartenstiefel aus und schlossen sämtliche Türen und Fenster.
Da läutete das Telefon.
Es war Gesine.
„Habt ihr Lust auf einen kleinen Umtrunk? Bei uns geht es heute gemütlich zu. Bis gleich?“
„Einverstanden.“
Sie sprangen unter die Dusche, machten sich ein wenig schön und fuhren zur Pension hinauf.
Dunkle, bedrohliche Wolken waren aufgezogen. Der Wetterbericht sprach von Gewittern und ergiebigen Regenfällen.
„Hast du ausgesteckt?“, fragte Tom.
„Natürlich.“ Marlene nahm schon beim kleinsten Anzeichen für ein Gewitter alle empfindlichen Geräte vom Netz. Allein im Büro waren es elf. Sie hatten schon mehrfach Schwierigkeiten mit dem Telefon gehabt. Ein Telekom-Techniker hatte zum Ausstecken geraten. Seither war Ruhe.
Tom zog seine Frau gerne damit auf.
„Wenn es in Passau donnert, steckst du schon aus!“

Sie lachte nur darüber. Die Schadensfreiheit gab ihr auf alle Fälle recht.
Da bogen sie auch schon auf den Parkplatz der Pension ein.
„Tatsächlich, kein fremdes Auto da!“, stellte Marlene fest.
Sie hatte einen Krimi für Gesine dabei. Momentan fand sie sicher ein wenig Zeit um zu lesen.
Als sie ausstiegen, ging schon die Türe auf und Gesine kam um sie zu begrüßen.
„Hoffentlich habt ihr auch einen kleinen Hunger mitgebracht. Ich habe frischen Spargel und super mehlige Salzkartoffeln!“
Marlene überreichte den Krimi und dann stiegen sie lachend die Stufen zum Eingang hinauf.
Langer war gerade dabei, die vier Weizen kunstgerecht einzuschenken.
„Hallo, ihr kommt gerade recht!“ Dabei überreichte er jedem zur Begrüßung einen Weizenstutzen.
Sie setzten sich in den kleinen Salon und die Gastgeber servierten.
„Hmm, das schmeckt himmlisch!“, schwärmte Marlene, „deine Soße Hollandaise ist unübertrefflich.“
Gesine strahlte. *Ein ehrliches Kompliment ist immer schön.*
„Hinterher gibt es Himbeerpalatschinken mit Eis“, verkündete sie lächelnd.
„Da müssen wir morgen wieder Kompostfahren“, meinte Tom, „sonst legen wir glatt einen Jahrring zu!“
Alle lachten.
Sie sprachen ausführlich über den verrückten Frühling und die Trockenheit und plötzlich waren sie mitten in einer Debatte über den ungeklärten tödlichen Unfall auf der B 12.
„Wir haben die Vermutung, dass es einen Zusammenhang gibt mit den Mordfällen, an denen wir arbeiten“, erklärte Langer.
Er wusste, dass er die Freunde nicht extra zum Stillschweigen auffordern musste. Was hier gesprochen wurde, drang nicht hinaus.
„Na, in eurer Haut möchte ich auch nicht stecken“, meinte Tom als sie genüsslich ihren Espresso tranken.
„Übrigens, ich habe gehört, ihr habt einen Besucherpark angelegt“, zwinkerte er dann.

„Kann man den besichtigen?“
Gesine lachte schallend und erzählte von den gärtnerischen Großtaten ihres Mannes.
Langer grinste nur dazu.
Vorhin hatte er noch schnell die mitgebrachten Azaleen eingebaut und keiner hatte unnötige Kommentare abgegeben.

Er genoss diesen Abend mit Freunden.
Es war schon richtig, dass ich in den Bayerischen Wald zurück gekommen bin. Hier bin ich zu Hause. Und das Leben mit Gesine, es macht einfach Spaß!
Gesine blickte ihn forschend an, dann lächelte sie.
Ahnt sie, woran ich denke?

10.

Die ersten dunklen Wolken rissen auf und verloren ein paar Tropfen Regen. Dann schob der Wind sie weiter. Neue schwere Gebilde zogen heran, der Wind frischte auf und plötzlich goss es wie aus Kübeln.
Die Scheinwerfer des Lkws hatten Mühe, die Dunkelheit zu durchdringen. Die Wischer waren hektisch damit beschäftigt die Wassermassen von den Scheiben abzuziehen um Klarheit zu schaffen.
Kasparek fuhr gerne in der Nacht. Er pfiff ein wenig. Diesmal hatte er sich selbst um die Bremsen gekümmert. Diese Schlamperei war nicht seine Schuld gewesen, das hatte er zu seiner Entlastung anführen können. Ohne die versagenden Bremsen wäre kein Mensch auf die Idee gekommen den Lkw zu untersuchen und festzustellen, dass da noch andere Dinge unter der Ladung waren als deklariert. Der Chef hatte das auch eingesehen und ihn als Fahrer behalten.
Die Kolonne die B 12 abwärts war mit 80 unterwegs. Die Lichter des Gegenverkehrs blendeten mehr als sonst, die Scheinwerfer spiegelten unangenehm auf der nassen Fahrbahn.

Kasparek hielt größeren Abstand. Er kannte die Strecke, am Ende des Gefälles war eine große Kurve, deren Radius nicht ganz stimmte, man musste nachlenken. War man da zu schnell, kippte man leicht aus den Schuhen. Er drehte an den Knöpfen des Radios und fand nichts, was ihn interessierte.

Früher waren sie noch zu zweit gefahren. Das war unterhaltsamer. Aber seit sie Kosten sparen mussten, war es damit vorbei. Jetzt lebte er in der ständigen Angst vor dem Fahrtenschreiber. Hier in der BRD war es das Erste, das sie überprüften, und wehe die Ruhezeiten oder Höchstgeschwindigkeiten waren nicht eingehalten worden. Das gab Ärger.

Andererseits saß ihm der Chef im Nacken. Schnell und immer schneller muss es gehen, damit sich das alles rentiert.

Was hatten sie alle vom besseren Leben geträumt, als die Grenzen endlich fielen. Reich wollten sie werden, möglichst schnell und ohne dafür viel tun zu müssen. Aber bald hatten sie gemerkt, dass das so einfach gar nicht ging. Gutes Geld für gute Arbeit. Das sagte sich leicht und war nur mit Knochenarbeit zu erreichen. Diese verflixten Deutschen mussten aber auch alles immer so genau nehmen! Alles wurde x-fach überprüft, nachgesehen und nachgemessen. Wenigstens waren die Grenzkontrollen weggefallen. Aber die Schleierfahnder waren zu fürchten. Da musste es Leute mit dem 6. Sinn geben, anders waren ihre Erfolge nicht zu erklären.

Alles könnte so schön gehen, wenn die nicht immer wieder plötzlich auftauchen würden!

Der Lkw vor ihm wurde deutlich langsamer. Kasparek stotterte auf der Bremse und ließ seinen Wagen auslaufen. Der Nachfahrende hatte es rechtzeitig bemerkt.

Na wenigstens das.

Und dann standen sie.

Nach einiger Zeit konnte er ganz vorne, wo die Kurve zu ahnen war, Blaulicht sehen.

Anscheinend war einer aus der Kurve geflogen.

Das wird dauern!

Kasparek schaltete den Motor aus und beschloss ein Schläfchen zu machen.

11.

Tom und Marlene saßen um sieben Uhr leicht unausgeschlafen am Frühstückstisch. Der Himmel war bedeckt und wirkte ebenso müde. Da begannen das monotone Motorengeräusch eines Baggers und das hektische Schütteln einer Rüttelmaschine.
In der Kaffeetasse gab es kleine Wellen und die Radieschen rollten erschrocken an den Tellerrand.
„Meine Güte, ist das eine Gaudi! Da haben wir uns was angetan“, gähnte Marlene.
„Das dauert nur ein paar Tage“, tröstete sie Tom.
„Dann ist der untere Eingang ordentlich gepflastert.“
Auch die Musik des Klassiksenders konnte die Baugeräusche nicht neutralisieren und sie flüchteten schnell ins Büro auf der Rückseite des Hauses.
Vormittags wurde es noch finsterer und dann gingen schwere Schauer nieder.
Als Marlene kurz vor Mittag in die Küche kam, schien die Sonne schon wieder. Alles glänzte draußen und war satt gegossen.
Sie wärmte das Essen vom Vortag. Mittags schwiegen die Baumaschinen wenigstens einige Zeit.
„Na hoffentlich finden die nicht wieder eine Leiche“, meinte Marlene beim Mittagessen.
„Verschrei es nicht“, grinste Tom.
„Wie Geld manche Leute ausrasten lässt.“
„Wenn sich das bewahrheitet, was Klaus vermutet, sind schon vier Leute wegen der Beute des Raubes damals ermordet worden.“

Staudinger, ganz Lerche, kam pfeifend ins Büro.

„Guten Morgen!“
„Morgen.“ Langer hatte schon ein Haferl Kaffee auf seinem Schreibtisch stehen.
„Noch nicht ganz da?“, fragte Staudinger grinsend.
„Nein.“
Dann weckte er seinen Max.
Langer kaute an seinem Bleistift herum. Diese Unart hatte er seit seiner Schulzeit. Er bildete sich fest ein, dann besser denken zu können. Irgendwie war der Geschmack des bröselnden Lackes auf der Zunge anregend. Er fühlte sich jünger und jünger, saß dann wieder im Internat auf der Schulbank und versuchte die Lernzeit herumzubekommen. Die dehnte sich immer unendlich lang...
Mundl aus der Wachstube riss die Türe auf und legte ihm ein Bündel Blätter auf den Schreibtisch.
„Diese Hinweise haben wir auf den Motorradunfall erhalten.“
„Danke.“
Langer tauchte aus seiner Lernzeit auf und begann zu lesen.
„...und überhaupts fahrens eh alle zu schnell!“, endete einer der protokollierten Anrufe.
So quasi, dann brauchen sie sich auch nicht wundern, wenn es einmal schiefgeht.
Langer schüttelte den Kopf.

„Iatz owa!“ Staudinger schimpfte mit seinem Max.
„Sturer Kampe, sturer!
Hängt se da Krippe in oller Friah scho auf!“
„Na, könnts es heut nicht miteinander?“, fragte Langer unschuldig.
„Na!“, war die barsche Antwort Staudingers, dabei hieb er mit der Faust auf seine Arbeitsplatte, dass die Maus hüpfte.
Dann fuhr er zornig seinem Maximilian mit dem Kugelschreiber direkt ins Leben. Der fuhr schlagartig herunter und startete dann, aufreizend langsam, neu.
„Na oiso“, war der zufriedene Kommentar.
„Warum net glei aso.“

Der Vormittag verging schnell, aber er brachte nichts Neues. Auch die Spurensuche in der Wohnung, in Geschäft und Werkstatt von Hans Greislinger hatte bisher nur eine Menge Papier und einen Computer gebracht, der jetzt ein wenig heimatlos in der Ecke stand.
Staudinger würde ihn sich vornehmen.
Es hatte ein wenig gedauert, bis sie einen Durchsuchungsbeschluss bekamen, aber der Zusammenhang mit dem Mord am Stadtrand war gegeben, und da waren noch die fremden Lackspuren, die am Motorrad gefunden wurden.

Kasparek gähnte. Der schwere Lkw schnurrte langsam den Pass zur Grenze hinauf. Die lange Autoschlange zog sich zäh bergauf. Kasparek hatte Zeit sich umzusehen und betrachtete den Waldrand. Die Laubbäume am Straßenrand hatten beim letzten starken Frost ihren gesamten Austrieb eingebüßt. Braun und tot hingen sie von den kahlen Ästen.
Das schaut ja aus!
Er lehnte sich wieder zurück. Ein ruhiges Wochenende lag vor ihm. Seine Fuhre hatte er gut nach München gebracht und die jetzige Ladung war sauber, das wusste er.
Was kann heute noch schiefgehen?
Die Fahrzeugschlange staute sich und er suchte nach seiner Brotzeit.
Motorradfahrer drängelten sich durch die wartenden Autos nach vorne.
Wer von denen wird das Wochenende überleben? Für Kasparek waren das alles Lebensmüde. *Sich so ohne schützende Blechhaut rundum in den mörderischen Verkehr zu stürzen, das ist der reinste Selbstmord.*
Der Vorderwagen fuhr wieder drei Meter und hielt erneut. Kasparek sah auf die Uhr.
In zwei Stunden habe ich Feierabend, da müsste ich locker heim kommen.
Auf der Bergab-Spur floss der Verkehr zügig.
Wieder einen Meter weiter.
Ein junger Mann mit Rucksack stand am Straßenrand und winkte. Kasparek nickte und der Halbstarke öffnete die Seitentür.
„Wo willst du denn hin?“

„Nach Volary, bitte schön!“
„Steig ein.“
Der junge Mann nahm aufatmend neben ihm Platz.
„Dankeschön.“
„Wo kommst du denn her?“
„No, ich war in Passau, die Stadt anschauen mit den drei Flüssen.“
„Und wie war‘s?“
„Schön.“
„Was machst du sonst?“
„Ich gehe noch zur Schule.“
„Und da fährst du mitten unter der Woche nach Passau?“
„No, manchmal ist die Schule nicht so unterhaltsam.“
„Ach so.“
Langsam nahm die Kolonne wieder Fahrt auf. Und dann sahen sie die Ursache für die Stockung. Am Parkplatz Wasserscheide wurden scheinbar wahllos Fahrzeuge herausgewunken, die Schleierfahnder waren wieder am Werk.
Und, wie es der Teufel haben wollte, die Wahl fiel auch auf Kaspareks Lkw. Das war zwar ärgerlich, aber heute absolut nicht gefährlich.
Wenn ihr unbedingt nachsehen wollt, na bitte!
Kasparek parkte den Lkw an der zugewiesenen Stelle und wartete.
Der junge Mann neben ihm begann heftig zu schwitzen. Kasparek roch es deutlich. Gehetzt sah er sich um. Dann riss er plötzlich die Türe auf und verschwand mit großen Sprüngen in Richtung Waldrand.
Kasparek schüttelte den Kopf. *Dummer Bub, wärst du sitzen geblieben, wärst nicht aufgefallen. Wer weiß, ob sie die Leute heute überhaupt so streng kontrollieren. Es sieht mehr danach aus, als ob sie gezielt nach Schmuggelgut suchen. Aber bei denen weiß man ja nie!*
Ein junger Grenzpolizist wollte die Papiere sehen. Kasparek gab sie ihm und rauchte währenddessen.
„Wer war der Junge? Er kam doch mit Ihnen.“
„Keine Ahnung, ist dahinten erst eingestiegen.“
Der Polizist sah ihn zweifelnd an.
„Na, dann machen Sie mal Ihre Haustüren auf!“

Kasparek stieg aus und öffnete die Heckklappen. Ein Zöllner mit Hund stieg ein. Der Langhaar-Schäferhund schnüffelte dienstbeflissen an den Kisten, zeigte jedoch kein näheres Interesse an der Ladung. Erst der Rucksack des Trampers, den der zurückgelassen hatte, weckte seine Aufmerksamkeit. Schweifwedelnd bellend machte er sich bemerkbar.
„Braver Hund."
Mit stolz erhobener Rute verließ der verbeamtete Hund das Führerhaus wieder.
Kasparek kratzte sich ratlos hinter dem Ohr.
Dass ausgerechnet mir das passieren muss!
Sein Feierabend würde sich noch hinziehen.
Im Rucksack fand sich ein wenig Haschisch, wahrscheinlich für den Eigenverbrauch des Jungen.
Kasparek erzählte, was er wusste und das war nicht viel.
Aber in der Schlange hinter ihm wurde bestätigt, dass der Junge erst kurz vorher zugestiegen war und so kam es, dass Kasparek eine knappe Stunde später wieder auf dem Heimweg war.

Auch ein dunkelblauer Volvo SUV steckte im Stau.
Der Fahrer erschrak, als er das Polizeifahrzeug am Straßenrand sah. Gehetzt sah er sich um. *Ich sitze fest! Da ist keine Möglichkeit zur Flucht.* Er atmete langsam durch, immer und immer wieder, und dann bemerkte er erst, dass nur die Lkws untersucht wurden. Die Pkws wurden durchgewunken.
Er atmete auf. *Na, wer sagt's denn!*
Mit einem Fluchtversuch hätte er nur unnötig auf sich aufmerksam gemacht. Gelassen fuhr er im Schritttempo weiter. Aber eines hatte er nicht bemerkt, dunkelblaue Wagen wurden besonders genau betrachtet.
Als er an der Reihe war, wurde er sofort gestoppt.
„Woher stammt die Kotflügelbeule?", wollte der Polizist wissen.
„Na, im Parkhaus habe ich die Lücke nicht gleich getroffen. Sie wissen ja, wie das ist!", sagte er betont munter.
„Steigen Sie aus."

Langsam verließ er den Wagen. *Wenn ich jetzt davonlaufe, bin ich fällig!* Fieberhaft überlegte er, was er tun könnte. *Am besten cool bleiben.* Ein Polizist fotografierte die Beule, ein anderer nahm eine Lackprobe. *Verflucht, warum habe ich den Schaden nicht gleich reparieren lassen?* Dann nahmen sie seine Personalien auf und er durfte fahren. Sein Hemd war durchgeschwitzt, unangenehm nass klebte es am Rücken. *Ich muß die Karre schnellstens loswerden und neue Papiere brauche ich auch!*

12.

Der Montagmorgen begann grau und kühl.

Gesine holte die Post. Da war wieder so ein weißer Umschlag ohne Absender dabei.

Und darin die gleiche Karte mit der steilen Schrift: „Ich habe Sie gesehen", stand da nur, mehr nicht.

Das Wochenende war turbulent gewesen. Zu den üblichen Gästen kamen zwei Betriebsfeiern und ein paar Ausflugsbusse. Darüber hatte Gesine die erste Karte völlig vergessen.

Ob mich da jemand necken will?

Auf dem Umschlag war keine Briefmarke. Der Absender musste den Brief direkt eingeworfen haben, war also da – bedrohlich nahe und unerkannt.

Wer steckt dahinter?

Und vor allem, was will derjenige?

Mit diesem unbehaglichen Gefühl setzte sie sich an den Schreibtisch, doch die Arbeit ging ihr nicht recht von der Hand.

Schließlich warf sie den Stift auf die Platte und stand auf.

Heute war Ruhetag. Normalerweise mochte sie diesen Tag, der sich nur auf das Wesentliche beschränkte, besonders wenn es keine Hausgäste gab. Aber heute fühlte sie sich allein und ausgeliefert.

Sie holte ihre Handtasche, stieg in ihren Wagen und fuhr in die Kreisstadt zu Klaus.
Die beiden Briefe lagen in einer Plastiktüte neben ihr auf dem Sitz.
Als sie die B 12 erreichte, überlegte sie, ob sie nicht voreilig gehandelt hatte.
Und wenn das wirklich ein Scherz ist?
Sie wollte schon umkehren, da fiel ihr die Beule am Kotflügel wieder ein. *Ich muß ja zur Werkstatt damit. Dummerweise hat mich dieser blöde Brief so aus dem Konzept gebracht, dass ich vergessen habe, mir einen Termin geben zu lassen!*
Vielleicht hab ich ja Glück, ist ja keine große Sache.

Fröhlich pfeifend kam Staudinger ins Büro.
Langer saß schon an seiner Gedanken-Ziehharmonika.
Er blickte kurz auf.
„Na, bist in der Sonne gelegen, weil du gar so braun bist?"
„Ja du hast Nerven, gartelt hamma, aber schwar!", rief Staudinger beleidigt.
„I werd mi in den Liegestuhl legen, des kann koa Gärtner im Frühjahr, iatz is Hauptsaison!", rief er entrüstet.
„Ist ja gut! Ich wollte dir nicht zu nahe treten!"
„Ihr dürfts allmählich auch an eure Fensterblumen denken, die Eisheiligen sind um!", rief Staudinger kampfeslustig.
„Oder wollts bis zum Oktober warten? Owa bei enk warn ja Plastikbleamerl eh am gscheitern, bei der Käitn do drom!"
Langer warf mit einem Radiergummi nach ihm.
Staudinger bückte sich aber noch rechtzeitig, und so prallte das Geschoss direkt neben der Tür auf, die Kriminalrat Koller gerade schwungvoll öffnete.
Erschrocken zog er seinen Kopf ein.
„Aber meine äh Herrn, ich muss äh schon sehr äh bitten!", rief er entrüstet.
Schuldbewusst zogen sie die Köpfe ein.
„Wann äh kommt denn äh wieder einmal äh Bewegung in ihre äh Arbeit?"

Sie dachten beide dasselbe: *Keine äh Ahnung!*
Langer beherrschte sich mühsam, um das aufsteigende Lachen zu verdrängen. Staudinger bebte verdächtig hinter Max.
„Was äh ist also äh los?"
„Wir beleuchten gerade noch einmal das Umfeld derer, die am Bankraub beteiligt waren",
antwortete Langer beherrscht.
„Dann äh machen sie äh voran!"
Mit einem deutlichen Rumms wurde die Türe wieder geschlossen.
„Wir beleuchten gerade das Umfeld derer, die am Raub beteiligt waren!" Staudinger gluckste.
„Kannst du gschwollen daherreden!" Er konnte sich gar nicht mehr beruhigen.
„Pscht, sei leise! Der horcht doch äh sicher noch an der äh Tür!"
Aber nun war es auch mit Langers Beherrschung vorbei. Er lachte, bis ihm die Tränen kamen.
Da öffnete sich die Türe langsam nochmals.
Die beiden bemühten sich heftig um Ernsthaftigkeit und hielten unwillkürlich den Atem an.
„Ja die Frau Langer!", krähte Staudinger erleichtert.
„Hallo Gesine, ist was passiert?"

Amelie war den ersten Tag fieberfrei, musste aber noch liegenbleiben. Sie genoss den Tag mit Lesen und am Nachmittag nahm sie sich ernsthaft das Tschechisch-Buch vor. Und siehe da, auf einmal war die Hausaufgabe kein böhmisches Dorf mehr. Allmählich kam der Durchblick.
Sie sah zur Oma auf dem Bild und lächelte sie an.

Der SUV-Fahrer hatte gewaltig draufgezahlt, als er seinen dunkelblauen, leicht eingebeulten Volvo gegen einen gebrauchten dunkelgrünen Škoda eintauschte. Aber die neuen Papiere waren auch dabei und die waren gut.
Was soll's! Hauptsache ich bin die verräterische Karre los.

Kasparek hatte wegen seines erneuten Polizeikontaktes eine ernste Verwarnung vom Chef bekommen.
„Was bist du auch so dämlich und nimmst noch einen Anhalter mit! Ich habe es euch allen schon oft gesagt, keinen mitnehmen, das gibt nur Ärger! Merk dir das! Es gibt genug andere Fahrer, das sage ich dir!", drohte er ihm zum Schluss.
Kasparek zog den Kopf ein und ging.
Noch mal Glück gehabt.
Er stieg in den wartenden Lkw, einem der neuesten der Firma und fuhr los. Diesmal hatte er keine Ahnung, was Sache war, und das behagte ihm überhaupt nicht.
Ich sollte mich vielleicht doch langsam nach einer anderen Arbeit umsehen.

Die Lackprobe des dunkelblauen Volvo SUV stimmte mit den Fremdspuren am verbeulten Motorrad des Toten überein.
Aber offenbar waren sämtliche Papiere, angefangen vom Führerschein, bis zu den Wagenpapieren, und auch die Nummernschilder, gefälscht. Wagen und Fahrer waren verschwunden. Die Spur führte ins Leere. Es war ärgerlich, aber niemand hatte Schuld. Sie konnten ja nicht vorsorglich alle Verdächtigen samt Wagen festhalten, bis die Spuren untersucht waren. Natürlich hielt sich die Polizei bedeckt, aber irgendwo musste eine undichte Stelle sein, denn schon auf dem Titelblatt der Passauer Zeitung vom Dienstag stand in fetten Lettern: „Polizei lässt Motorradfahrer-Killer laufen!"
Die Verantwortlichen gingen erst einmal auf Tauchstation, bis sie Fakten vorweisen konnten, und die Presse spekulierte inzwischen wild drauf los.

„Host des glesen?" Staudinger hielt Langer die Zeitung hin.
„Frechheit!", meinte Langer.
„Und wenn wir uns von dem Polizisten eine Beschreibung geben lassen und davon ein Phantombild machen?", schlug Staudinger vor.
„Gar keine schlechte Idee!"

Der Mundl aus der Wachstube machte den Kollegen ausfindig und nachmittags war er schon da. Ihn wurmte die Sache natürlich auch gewaltig.
„Was hätte ich sonst machen sollen?“, fragte er resigniert.
„Noch dazu, weil das nicht der einzige Wagen mit Beule war. Ihr glaubt es nicht, was da so alles herumfährt und wie viele dunkelblaue Wagen und Lkw unterwegs sind.
Außerdem war ja nicht von vornherein klar, ob es beim Verursacher stark sichtbare Spuren gab. Insgesamt haben wir dann 18 Lackproben genommen und dann dauert das, bis die das auswerten, und Schuld wären dann wir! Ich möchte nicht wissen, was die schreiben würden, wenn wir sofort jeden Verdächtigen einkasteln täten.“
„Jetzt beruhig dich wieder. Setz dich her zu mir und dann machst einmal die Augen zu und denkst an gar nichts“, übernahm Staudinger das Kommando.
Folgsam setzte sich der Kollege. Er hatte ein geschultes Personengedächtnis, und so entstand mit Staudingers Hilfe ein Phantombild, das fahndungstauglich war.
„Na da hamma doch scho was!“, rief Staudinger zufrieden am Ende der Prozedur.
Er druckte ein erstes Exemplar aus und brachte es zu Kriminalrat äh Koller.

Langer sah auf die Plastiktüte mit den beiden seltsamen Briefen, die Gesine erhalten hatte.
Zuerst war er erschrocken, als sie so unerwartet hereinschneite und so aus der Fassung war. So kannte er seine Gesine gar nicht. Nichts warf sie so schnell um. Bei näherer Betrachtung der Mitteilungen kam ihm die Sache einigermaßen seltsam vor. Und das sagte er ihr auch. Vor allem fehlte eine Forderung. Wenn es so etwas wie eine Erpressung sein sollte, käme doch unweigerlich, „wenn Sie nicht das und das tun oder zahlen, dann!“
Sie wollten erst einmal abwarten.
In seinem Hinterkopf regte sich ein Verdacht, dem er noch nachgehen wollte.

Dann beschäftigte er sich wieder mit den Papieren der Schreinerei Greislinger. Das Geschäft lief nicht schlecht. Da konnte man nur sagen: gute Preise für gute Qualität. Er fand noch einen interessanten Hinweis und machte sich mit Staudinger auf den Weg.

Eva Würfl, die Nichte von Hilde Würfl, war ein wenig blass, als sie ins Geschäft kamen.
„Unser Beileid, Frau Würfl", begann Langer verhalten.
Sie dankte und kämpfte um ihre Beherrschung. Dann wischte sie kurz über die schönen Augen und schnäuzte heftig.
„Haben Sie uns etwas zu sagen?"
Sie nickte und holte aus ihrer Handtasche ein frisches Taschentuch.
„Also?"
„Kommen Sie, setzen wir uns!"
Sie nahmen in einer versteckten Ecke auf einer uralt wirkenden, gemütlichen Sofagarnitur Platz.
„Kaffee?"
„Gerne."
Sie holte drei Tassen von einer sehr modernen Kaffeemaschine.
„Hans Greislinger war Ihr Geschäftspartner", eröffnete Langer das Gespräch.
Sie nickte.
„Oder war er noch mehr als das? Waren Sie ein Paar?"
Eva Würfl senkte zuerst den Blick, richtete sich aber dann entschlossen auf.
„Wir haben uns sehr gut ergänzt!", sagte sie mit verhaltener Stimme.
Sie räusperte sich.
„Als ich mein Geschäft gründete, merkte ich schnell, dass für die geplanten großzügigen Umbauten mein Finanzrahmen bei weitem nicht ausreichen würde. Ich kannte Greislinger und seine wunderbaren Möbel und da hatte ich die Idee, mit ihm zusammen meine Pläne zu verwirklichen. Er war gar nicht abgeneigt, schon wegen der guten Lage. Außerdem war er auch der Meinung, dass Möbel einfach besser wirken, wenn sie Platz haben. Man kann sie nicht in einen kleinen Verkaufsraum stopfen. Zuerst hat er alles durchgerechnet und mein

Konzept geprüft. Dann hatte er neue Ideen und mir fiel auch noch was ein. Es hat einfach von Anfang an gepasst."
Sie schwieg.
„Meine Frage haben Sie noch nicht beantwortet", bohrte Langer nach.
„Waren Sie ein Paar?"
„Nun, wir sind uns näher gekommen. Haben uns auch mal abends getroffen. Deswegen würde ich aber nicht unbedingt sagen, dass wir zusammen waren."
„Sein Tod berührt Sie aber schon sehr", stellte Staudinger fest.
„Natürlich, er war ein wunderbarer Mensch! Ohne ihn hätte ich das alles nicht verwirklichen können." Sie wies um sich.
„Das ist mein Leben!"
„Greislinger hat also für Sie bei der Bank gebürgt. Sie haben seine Produkte verkauft."
„Nicht nur das, ich berate auch als Innenarchitektin. Im Abendstudium habe ich mich weiter gebildet. Und Hans bekam dadurch viele Aufträge für spezielle Einrichtungslösungen. Die Kunden waren immer sehr zufrieden."
„Hat Herr Greislinger in letzter Zeit Ärger gehabt oder hatte er Feinde?"
„Er sagte vor kurzem etwas von einer interessanten Sache."
„Was hat er damit gemeint?"
„Ich weiß es nicht." Sie schüttelte den Kopf.
„Wie hat er es genau formuliert?"
„Hans gab sich recht geheimnisvoll. Aber es ging wohl um ein Geschäft, das er vorhatte und das eine Menge einbringen sollte.
Als ich nachfragte, meinte er nur: „Du weißt, ich bin abergläubisch, über ungelegte Eier soll man noch nicht sprechen!" Das waren seine Worte."
„Und mit wem er dieses Geschäft machen wollte, hat er nicht erwähnt?"
„Nein, wie gesagt, mehr habe ich nicht erfahren. Meinen Sie sein Tod hängt damit zusammen?"
„Vielleicht."
„Hatten Sie den Eindruck, dass er Angst hatte?"

„Nein, er war sich seiner Sache sehr sicher."

„Es ist zwar nicht viel, aber immerhin eine Spur", meinte Langer nachdenklich als sie zurück im Büro waren.
„Naja, mehr der Hauch einer Spur!", dämpfte ihn Staudinger.
Das Telefon klingelte.
„Die Frau Demlak hatte einen Autounfall!"
Staudinger blickte fragend auf.
„Auf einer Gefällstrecke versagten ihre Bremsen."
„Des is scho a bisserl eigenartig."
Langer nickte.
„Sie liegt hier im Krankenhaus."
Frau Demlak hatte einen schweren Schock und eine Gehirnerschütterung. Deshalb verschoben sie die Befragung auf den nächsten Tag.

13.

Adele Demlak war noch blasser, als sie sie in Erinnerung hatten. Die Halskrause wirkte wie ein mittelalterliches Folterinstrument an der zierlichen Frau.
„Wie geht es Ihnen?"
Langer zog einen Stuhl an ihr Bett. Staudinger blieb stehen.
Sie sah ihn irritiert an und erst dann erkannte sie ihn.
„Ach Sie sind das!"
„Was ist passiert?"
„Nicht viel. Ich wollte bremsen, aber das Pedal ging ganz durch, leer. Und dann rammte ich auch schon den Gartenzaun in der Kurve. Das wars. Als ich wieder zu mir kam, lag ich in diesem Bett mit diesem Ungetüm am Hals."
„Wann waren Sie zuletzt mit ihrem Wagen unterwegs?"
Adele Demlak überlegte.
„Vor zwei oder drei Tagen."

„Und da waren die Bremsen noch in Ordnung?"
„Jedenfalls habe ich nichts Gegenteiliges bemerkt!", antwortete sie gereizt.
„Warum sind Sie so aufgebracht?"
„Ich bin nicht aufgebracht. Ich habe scheußliche Kopfschmerzen und Sie kommen mir mit blöden Fragen!" Sie war direkt laut geworden. Die Stimme der zierlichen Frau konnte hart und kräftig sein. Kräftiger, als man vermutete.
„Wann waren Sie zuletzt beim Kundendienst?"
„Mein Gott, ich weiß es nicht. Ich-weiß-es-nicht!" Abgehackt schrie sie es heraus.
Das veranlasste Langer etwas zu fragen, das er ursprünglich gar nicht vorhatte.
„Sind Sie sicher, dass es nur ein Unfall war oder glauben Sie, da hat jemand nachgeholfen?"
„Wie kommen Sie auf diese absurde Idee?"
War da nicht Erschrecken in ihrem Blick?
Schnell senkte sie den Kopf und dann hatte sie sich wieder gefasst.
„Sie stellen Fragen. Ist das nicht Ihre Aufgabe das zu untersuchen?"
„Falls Sie es noch nicht bemerkt haben, wir sind gerade dabei", meinte Langer eisig.
„Haben Sie Feinde?"
„Wer hat die nicht? Es heißt doch, viel Feind – viel Ehr!"
„Heißt das – ja?"
„Ich weiß es nicht!", rief sie giftiger werdend.
„Kommen Sie wieder, wenn es mir besser geht!"
Damit drehte sie sich zur Wand und war nicht mehr zu sprechen.

„Is des a Madam!", regte sich Staudinger auf.
„Wahrscheinlich muss dera owei oiß nach ihrem Kopf geh, genau aso führt sa se auf. Na, so oane wennst dahoam host, dann bist a armer Hund!"
Langer nickte.
„Ihre Reaktion war mir zu heftig, darum habe ich nachgebohrt."

„Ja, i hob me scho a weng gwundert. Mia ham do no go koa Ergebnis vo der Untersuchung vo ihram Wong."
„Das wusste *sie* aber nicht."
„Ganz sche hinterfotzig", grinste Staudinger.
„Und, gibt es in der Zwischenzeit schon was?"
Staudinger blätterte durch die Mitteilungen auf seinem Schreibtisch und schüttelte schließlich den Kopf.

Da läutete Langers Telefon. Es war Gesine. Sie sprach sehr schnell, für Langer ein untrügliches Zeichen, dass sie sehr angespannt war.
„Stell dir vor, die Frau Wagner vom Gut hat gerade angerufen. Sie hat Rotz und Wasser geheult.
Weil ihre Schwester erkrankt ist, war sie zwei Tage fort und nun, als sie vorhin nach Hause kam, war der ganze untere Stock des Herrenhauses ausgeräumt. Alle Möbel samt solventem Ehepaar sind futsch!"
„Nein!" Langer setzte sich.
„Hast du schon eine Anzeige gemacht?"
„Kannst du das bitte für mich machen. Das Lokal ist voll, geschlossene Gesellschaft. Du weißt schon, das Geschäftsjubiläum!"
„Na klar, das mache ich gleich. Servus!"
Langer warf den Telefonhörer auf die Gabel und Wachtmeister Mundl holte die nächste Streife.
Frau Wagner, die Haushälterin, war kurz vor dem Herzinfarkt. Sie machte sich böse Vorwürfe.
„Jetzt beruhigen Sie sich erst einmal." Die Küche war Gott sei Dank nicht ausgeräumt worden und Langer fand in einem Schiebeschrank einen Cognac.
„So, jetzt trinkens erst einmal einen Schluck zur Beruhigung!"
Folgsam setzte sie sich an den Küchentisch und dann begann sie ohne Punkt und Komma zu berichten.
Sie war vor knapp einer halben Stunde zurückgekommen und hatte den Diebstahl bemerkt.
„Wenn i da gwesen wär, wär des net passiert!"
Wieder kämpfte sie mit den Tränen.

„Die haben schon gewartet bis Sie nicht da waren, sie hatten es wohl von Anfang an vor."
„I bin dann in die Brauerei hinüber, ob die was gseng ham und da hams erzählt, dass drei von ihnen mitgholfen ham, den schweren Wohnzimmerschrank herausztragen!"
„Ist in der Brauerei noch jemand?"
„Ja, der Seppi."
Langer eilte hinüber.
„Ah, der Herr Kommissar!"
Seppi, dessen Spitzname ein wenig eigenartig wirkte für ein Mannsbild mit 1,95 m und der Figur eines Preisboxers, lehnte an der Wand des Sudhauses und genoss noch einen tiefen Schluck vom hauseigenen Weizen.
„Was war denn das für ein Wagen heute Vormittag, der die Möbel eingeladen hat?"
„Des war irgend so a tschechische Firma. Da warn nur a paar Buchstaben vorne auf der Tür. Wieso, stimmt wos net?"
„Ihr habts den Möbeldieben geholfen, die Sachen aus dem Haus zu tragen!"
„Wieso Dieben? Jessas na!"
„Uns hot da Fahrer leid do, weil a ganz alloa war und da hamma hoit zuaglangt!"
„War das Ehepaar auch da?"
„Ja, de ham se no furchtbar aufgregt, weil nur der Fahrer kemma is und dann hams a fest mitghoifa.
Iatz warn des Diab, i packs net!"
„Der Wachtmeister wird mit ihnen ein Protokoll anfertigen, der kommt dann gleich herüber."
„Ja, Sie, es duat ma furchtbar leid, mir hamma ja net wissen kinna...!"
„Is scho recht." Langer winkte ab.

Der Wind hatte den Himmel sauber gefegt. Er war wieder makellos blau und klar. Die Sonne bemühte sich zwar eifrig die Temperaturen wieder ein wenig anzuheben, aber es gelang ihr nicht ganz. Es war zumindest warm genug, dass Amelie die Oma auf dem Friedhof besu-

chen konnte. Sie schilderte ihr die Tschechischstunde vom Vormittag und dass sie es so gut lernen wolle, um einmal Bücher zu übersetzen. Die Oma fand, das sei eine gute Idee und spornte sie weiter an.
Frau Mühlbauer vom Grab schräg gegenüber beobachtete sie wieder Kopf schüttelnd.
So jung und schon so verrückt! Dass die Oma dem Kind antwortete, hörte sie nicht.

Kasparek tuckerte wieder einmal den Pass zur Grenze hinauf.
Es ist alles gut gegangen.
Wie auf Kommando, begann die schwere Zugmaschine plötzlich zu schlingern.
Himmel!
Er hatte alle Hände voll zu tun, den Wagen wieder unter Kontrolle zu bringen.
Gut, dass ich nicht schnell unterwegs war, mit so einem Reifenplatzer ist nicht zu spaßen.
Er hielt am äußersten Straßenrand, um den Schaden zu besehen. Es war der vordere rechte Reifen, der nur noch aus Gummiresten bestand.
Hat er aus purer Sparsamkeit wieder die billigsten Reifen gekauft!
Nun habe ich den Schlamassel !
Keine fünf Minuten später hielt schon ein Zollfahrzeug.
Schicksalsergeben öffnete Kasparek die Hecktüren.

Adele Demlak wurde auf eigenen Wunsch und ihre Verantwortung vorzeitig aus dem Krankenhaus entlassen. Mit dem Taxi fuhr sie nach Hause. Das Auto hatte die Polizei noch nicht wieder freigegeben.
Müde ging sie zum Haus hinauf. Sie war noch ein wenig wackelig auf den Beinen, aber sie hatte einen Entschluss gefasst.

Anette öffnete ihr die Türe und führte sie fürsorglich zu einem Liegestuhl auf der überdachten Veranda.
„Danke. Bitte bring mir das Telefon."
„Aber gern. Wollen Sie eine Kleinigkeit essen?"

„Nein nein, jetzt nicht. Aber später, wenn du mir einen kleinen Salat richtest."
„Gern."
Das junge Mädchen verschwand in der Diele und kam dann gleich mit dem schnurlosen Telefon zurück.
„Und das Telefonbuch bitte."
Adele Demlak suchte nach der Nummer und hatte kurz darauf Kommissar Langer am Telefon.
Sie holte tief Luft.
„Demlak. Ich glaube ich muss Ihnen etwas erzählen."

14.

„Na, vom Gut hört ma ja schöne Gschichten. Beim Sender Wasching gibts laufend Sondermeldungen. Sogar ausräumen hams dene no gholfen! De ganze Stood locht scho!"

Langer verzog das Gesicht.
„Wer den Schaden hat, braucht für den Spott nicht zu sorgen!", antwortete er müde.
„Ja, a Frechheit is des scho, am helllichten Dog d Möbel auszramma!"
„Genau und deswegen haben sich die Arbeiter gar nichts dabei gedacht, denen zu helfen!
Die Fahndung läuft, aber wir machen uns nicht allzu viele Hoffnungen, dass das noch was bringt.
Übrigens, was ist mit dem Phantombild von dem SUV-Fahrer? Läuft da schon was?"
„I hobs eam neibrocht und er wollt unbedingt selber oiß inanada richten, aber ghört hob i nix mehr!"
Langer wollte schon zum Chef hinüber, aber Staudinger bremste ihn.
„Der is heit scho furt. Irgendeine ganz dringende äh Angelegenheit."

Auf den Wiesen rund um die Stadt schnurrten Landmaschinen mit Mähwerken über die dunkelgrünen Hänge. Sie besorgten den ersten Schnitt zum Silieren. Überall duftete es herrlich nach Sommer. Aber wegen des fehlenden Regens, war die Menge geringer als sonst.
Ein Stück weiter weg, auf Island, hatte ein Vulkan gespuckt und den Luftverkehr gestört und im Handel waren keimbelastete Tomaten und Gurken aufgetaucht, die zu lebensbedrohlichen Durchfällen führen konnten.
Mit den eigenen Gurken und Tomaten wird es noch ein Weilchen dauern.
Staudinger schaltete die Nachrichten wieder ab.

Langer ging seine Telefonnotizen noch einmal durch. Adele Demlak war wiederholt telefonisch belästigt worden. Ein Mann, dessen Stimme dumpf klang, wie durch ein Tuch auf dem Hörer, fragte immer ob es ihr gut ginge. Sonst nichts. Anfangs hatte sie ihn für einen Spinner gehalten und nicht ernst genommen. Sie hatte „danke gut" gesagt und wieder aufgelegt. Als die Anrufe häufiger wurden, war sie ärgerlich geworden und hatte darum gebeten nicht mehr belästigt zu werden. Nun nahm sie selbst keine Anrufe mehr entgegen, aber wenn das Telefon läutete, wurde sie nervös.
Sie war nicht direkt bedroht worden. Aber diese Formulierung: „Geht es Ihnen gut?"
War es eine Frage oder steckte mehr dahinter?
Warum sollte es ihr nicht gut gehen?
Ganz ohne Drohung ging von den Anrufen eine Bedrohung aus.
„Warum sind Sie nicht zur Polizei gegangen?", hatte Langer sie gefragt. „Zumindest hätten wir die Anrufe zurückverfolgen können."
Adele Demlak antwortete: „Sie hätten doch das Ganze nicht ernst genommen, mich für verrückt und überspannt gehalten! Der Mann hat nicht gedroht, nichts verlangt."
Sie hatte recht damit.
Nach Langers Meinung hatte der Anrufer Adele Demlak weich gekocht, schön langsam hatte er sie mürbe gemacht. Und sicher verfolgte er damit einen Plan. Alles würde wahrscheinlich auf eine Geldforderung hinaus laufen.

Der Mann hatte den Hörer manipuliert. Hätte Adele Demlak ihn sonst vielleicht an der Stimme erkannt?
Der Anrufer musste ihr also bekannt sein.
Aufseufzend warf er seinen Bleistift auf die Tischplatte.
„Hören wir auf für heute!" Staudinger war sofort dabei.
Gegen 18 Uhr zog vom westlichen Himmel her eine bleigraue Wand auf. Die Vögel schwiegen. Die ganze Natur wartete auf das, was da kommen sollte, nämlich Gewitter und der heiß erwartete Regen. Aber nach einer halben Stunde hatte sich der Himmel wieder geklärt und ein kleiner Wind vertrieb die Schwüle.
Gesine begoss die frischen Blumenrabatte am Terrassenrand, eine bunte Mischung aus Zwergveilchen, Steinkrautpolstern und kleinblütigen Petunien. Hübsch sahen sie aus. Von ihr unbemerkt glitt wieder ein weißer Brief in den Kasten am Eingang.

Abends zogen dunkle Wolken den Horizont entlang, durchfurcht mit dicken, grellen Blitzen und verhaltenem Donner. Aber die Front kam nicht näher, die Luft war trocken und enthielt schon wieder Gülleduft und etwas, das roch wie eine staubige Landstraße, ein wenig nach Reifenabrieb und Abgasen.
Amelie lag in ihrem Bett und dachte an die Oma. Sie betrachtete das Bild auf ihrem Nachtkästchen. Die Wohnung war ruhig, ihre Mutter nicht da. In der Küche rumorte leise die Spülmaschine und der Wecker tickte gleichmäßig, als wolle er die Zeit in exakt gleiche Stücke hacken. Von draußen war Straßenlärm zu hören und das Scheinwerferlicht wanderte schräg über ihre Zimmerdecke. Sie hatte das Fenster gekippt, weil es so schwül war. Dann hörte sie leisen Regen. Nach einem letzten Blick auf das Foto der Oma, löschte sie das Licht. Gleichmäßig fiel der Regen, sanft. Und auf einmal begann die Erde wieder zu duften.

Kasparek kam als letzter zur Spedition zurück. Kurz vor der Grenze hatte es einen Unfall gegeben. Ein Motorradfahrer war auf regennasser Fahrbahn in der Kurve gestürzt und quer über die Straße gerutscht bis knapp vor einen Pkw, der gerade noch anhalten konnte. Bis die

Ambulanz kam und den Verletzten abholte, dauerte es ein Weilchen. Aber er hatte wenigstens nichts mit der Sache zu tun. Aufatmend drehte er den Schlüssel und stellte den Motor ab. *Feierabend.*
Er sprang aus dem Führerhaus und ging zum erleuchteten Büro hinüber. Auf dem Parkplatz davor stand ein schwarzer Rennschlitten, den er nicht kannte.
Aus dem Büro drang lautstarker, heftiger Streit.
Oh je, das riecht nach Ärger!
Er warf die Frachtpapiere in den Briefkasten, drehte sich auf dem Absatz um und verschwand hinter dem Haus in der Dunkelheit, in der sein Pkw auf ihn wartete.

Gesine war geschafft an diesem Abend. Sie saß an ihrem Schreibtisch und schloss das Kassenbuch. An den letzten drei Tagen hatten sie „full-house", wie sie es nannte. Drei große Gesellschaften am Abend und tagsüber Bustourismus, der Laden brummte.
Am Nachmittag hatte sie gemeinsam mit Wachtmeister Mundl noch eine Aufstellung über die gestohlenen Möbel des Gutes gemacht. Es handelte sich um handwerklich hervorragend gearbeitete Unikate. *Ich werde wahrscheinlich nichts mehr davon sehen.*
Es klopfte.
„Ja!"
Die Tür ging auf, ein Besucher trat ein.
„Hallo Frau Langer!"
„Ja der Pavel! Grüß Gott!"
Sie stand auf und reichte ihm die schmale Hand.
„Trinken wir einen Schluck?"
„Aber immer gerne!"
Sie gingen in den Roten Salon. Es waren nur noch drei Tische besetzt und die Gäste zahlten schon.
„Wie wäre es mit einem Weizen?"
Pavel nickte erfreut und Gesine verschwand zur Theke.
„Na, die Geschäfte gehen gut?"
„Ich bin sehr zufrieden", lächelte Gesine und sie prosteten sich zu.

Pavel Studinka hatte einige Zeit als Ober bei Gesine gearbeitet, als verdeckter Ermittler der tschechischen Grenzbehörden.
„Wo bist du jetzt stationiert?"
„Ich bin mal da, mal dort."
„So genau wollte ich es gar nicht wissen."
„Nein. Es ist so, ich bin eine Art Springer bei besonderen Fällen."
„Ach so. Und gibt es jetzt so einen – besonderen Fall?" Sie sah ihn neugierig an.
„Wenn Sie es nicht weitersagen."
„Höchstens meinem Mann."
„Na dann ist es in Ordnung."
Erwartungsvoll sah sie ihn an.
Kurz darauf kam Langer.
„Ja wen haben wir denn da?"
Pavel war aufgestanden und sie schüttelten sich die Hand.
„Wie geht es?"
„Gut. Gut. Und weil ich Sie gerade treffe, wir werden die nächste Zeit wieder zusammenarbeiten."
„Nanu? Was ist los? Erzähl!"
Pavel sah sich unauffällig um.
„Ich bin absichtlich hierher gekommen und nicht zu Ihnen auf ihre Station. Man soll mich nicht mit Ihnen in Verbindung bringen, bin ganz Privatmann."
„Nun mach es nicht gar so spannend!", drängte Langer.
„Es gibt in letzter Zeit auffallend viele Teilelieferungen, von hier in den Westen und noch weiter."
„Teile?"
„Ja, Waffen zerlegt von der Kalaschnikow bis zum Hubschrauber."
Langer pfiff durch die Zähne, ein gutes Geschäft bei offenen Grenzen.
„Das geht schon eine ganze Weile so, aber wir konnten noch keine genauen Zusammenhänge finden. Auch der deutsche Zoll hat schon einige Fänge gemacht und arbeitet eng mit uns zusammen. Bis jetzt haben wir noch kein System entdeckt. Es sind immer wieder andere Firmen.
Die fahren, als würden sie mit einem Zufallsgenerator arbeiten."

„Und wie willst du nun vorgehen?“
„Ich habe mir schon überlegt ob ich mich nicht als Fahrer anstellen lasse, so ganz unverfänglich.“
„Keine schlechte Idee, sie passt zu dir!“, lachte Langer und dachte an ihr letztes gemeinsames Abenteuer, das Gott sei Dank gut ausgegangen war.
„Wo ist Oberst Kratky geblieben?“
„Oh, ich soll Sie herzlich von ihm grüßen, er hat ein neues Kommando in Prag.“
„Danke. Wir haben gut zusammengearbeitet das letzte Mal.“
Pavel nickte und grinste.
„Ja, es klappte alles prima. Und Sie haben das Glückslos gezogen!“
Gesine lächelte und wurde ein klein wenig rot.
Trotz der späten Stunde sieht sie noch umwerfend aus.
Langer prostete ihr glücklich zu.

15.

Nach den ersten schüchternen Tropfen rauschte der Regen ungeniert die ganze Nacht. Er freute sich, dass er willkommen war und die Natur atmete auf.
Gesine schlüpfte in eine Regenhaut und holte die Zeitung. Im Kasten darüber lag wieder so ein Brief, an sie adressiert. Im Vestibül öffnete sie ihn mit fliegenden Fingern. Da stand wieder nur: – Ich habe Sie gesehen! – diesmal in Druckbuchstaben.
„Na und!“ Gesine ärgerte sich. *Was soll das Theater?*
Sie legte den geöffneten Brief mit der Zeitung auf den Frühstückstisch.
„Schau dir das an, das ist jetzt der dritte Brief!“
Aufatmend setzte sie sich und goss Kaffee ein.
Langer betrachtete die Karte, fasste sie aber nicht an.
„Seltsam.“
„Und sonst sagst du nichts dazu?“

„Seltsam ist, dass derjenige nichts verlangt! Sonst heißt das doch, wenn du nicht das und das machst, aber dann!"
„Eben, eigentlich kann ich es nicht ernst nehmen, aber irgendwie ist es mir auch unheimlich, gerade weil der nichts verlangt. Es ist so, als wollte er mir ein schlechtes Gewissen machen oder Angst einjagen. So quasi: was kommt denn da jetzt nach?"
Langer nickte.
„Ja, es ist ungewöhnlich."
Er dachte an sein Gespräch mit Adele Demlak.
Dann schlug er Brief und Karte in eine Plastikhülle ein und verabschiedete sich.
Der Morgen war grau und verregnet, Langer bemerkte es kaum.
Gesine bekommt dumme Briefe, Adele Demlak seltsame Anrufe.
Konnte es da einen Zusammenhang geben?
Kollers PKW stand noch nicht auf dem Parkplatz.
Hat er die Fahndung mit dem Phantombild schon veranlasst?

Na, habts scho was ghört von eure Großvatermöbel?", begrüßte ihn Staudinger.
Langer schüttelte den Kopf.
„Der Arbeiter sagte was von einer tschechischen Spedition und ein paar Buchstaben auf den Planen, eigentlich wissen wir gar nichts."
„Ja, ja der kleine Grenzverkehr!", Staudinger grinste.
„Da fällt mir ein, kannst du dieses Mieterehepaar einmal durch unseren Computer laufen lassen?"
„Aber gern. I muaßn nur erst aufwecken." Staudinger machte sich an die Arbeit. Ganz sanft weckte er an diesem Morgen seinen Max. Man soll auch einem Computer schon nicht am Morgen den ganzen Tag verderben.

Amelie war froh wieder in die Schule zu gehen. So entrann sie der Stille der leeren Wohnung. Es war nun schon der zweite Tag dass ihre Mutter unterwegs war. Sie hatte nicht angerufen, darum wusste sie auch nicht wann sie zurückkommen würde.
Wird sie überhaupt zurückkommen?

Sie erschrak selbst über diese Frage. *Was sollte dann aus ihr werden, jetzt nun so ganz allein? Sie würden sie in ein Heim stecken!* Sie schüttelte sich bei dem Gedanken und dann rief sie sich zur Ordnung. *Jetzt ist Schule angesagt und dann werde ich weitersehen! So hat es mir die Oma beigebracht: immer schön eins nach dem andern.* Der Gedanke an die Oma beruhigte sie wieder. *Ich bin ja nicht allein!*

Kasparek ließ sich Zeit an diesem Morgen. *Die ersten bekommen immer ihr Fett weg, also lieber ein wenig später kommen!* Gegen halb Acht traf er in der Spedition ein. Der Hof stand voller Polizeifahrzeuge, eine Ambulanz fuhr gerade ab.
Was ist denn hier passiert?
Vor dem Bürogebäude flatterte ein Polizeiabsperrband. Ratlos blieb er stehen.
„He, Sie!"
Kasparek sah sich um.
„Sie da!" Ein Uniformierter kam auf ihn zu.
„Gehören Sie auch zu dem Betrieb?"
Kasparek nickte.
„Kommen Sie herein." Auffordernd hob er das Absperrband ein Stück an.
Er ging mit Kasparek hinein. Ein seltsamer Duft lag über dem Raum, Kasparek konnte ihn nicht gleich einordnen. Dicke Fliegen surrten herum.
„Wer sind Sie?" Eine junge Polizistin nahm seine Personalien auf. Dann wurde er auf den Gang zu den anderen Fahrern geschickt. Von den beiden Büromädchen war keines da. Betretene Gesichter rundum.
„Was ist passiert?"
Vaclav war in der Früh der Erste. Als er an die Bürotür klopfte, hat keiner geantwortet. Und dann hat er die Türe aufgemacht und da lag der Chef hinter seinem Schreibtisch.
„Er sah aus, als hätte man ihn durch eine Mühle getrieben, grün und blau geschlagen. Und da war ein großes Loch vorn in seinem Kopf und rundum viel Blut. Ja, und er war mausetot." Flüsternd hatte es Vaclav Kasparek erzählt.

Die Polizisten wuselten durch die Räume, fotografierten und nahmen Spuren. Dann kam ein älterer, massiger Mann in Uniform und verhörte die Fahrer einzeln.
Kasparek wurde heiß. *Soll ich von dem Streit gestern Abend erzählen? Dann werde ich nur in die Sache verwickelt. Besser den Mund halten. – Nun muß ich mich doch nach einer neuen Arbeit umschauen.* Er seufzte. Als er an die Reihe kam, schüttelte er fleißig den Kopf und stellte sich dumm.
„Aber Sie haben ein Motiv!", schrie der Dicke ihn an.
„Er hat Sie abgemahnt, mehrmals in letzter Zeit, das haben die Kollegen erzählt!"
Aber Kasparek sah ihn nur mit seinem treuherzigsten Blick an, schüttelte den Kopf und senkte ihn dann.
Wer hat mich da hingehängt? Dem werde ich eine Abreibung verpassen!
Gegen Mittag ließ man die Fahrer gehen, das Betriebsgelände wurde abgesperrt.
Am Nachmittag kam eine zivile Truppe, die sich mehr für die Fahrzeuge und das fest verschlossene Lager interessierte. Dort entdeckte man Teile eines Militärhubschraubers und kistenweise Langwaffen, schön zerlegt zwischen Kfz-Ersatzteilen. Im Büro fehlten fächerweise Ordner. So kam man nicht weiter. Sie würden sich an die Fahrer halten müssen.

Die Radionachrichten brachten ständig neue und immer schlimmere Berichte über die EHEC-Fälle. Gurken, Tomaten und Salat sollten vorsorglich nicht mehr verzehrt werden. Die Erzeuger stöhnten über die Umsatzausfälle, ganze Ernten wurden zornig eingeackert.
„Gut, dass wir schon einen eigenen Salat haben, den kann man wenigstens mit Genuss essen!", prahlte Staudinger.
„Du Glücklicher, stirbst einmal gesünder!", meinte Wachtmeister Mundl respektlos.

Amelie wärmte sich mittags eine Pizza und verschlang sie hastig. Davon bekam sie Schluckauf und den bekämpfte sie erfolgreich mit einer Dose Cola.

Alleinsein hat auch Vorteile. Kein Mensch redet mir drein, was ich esse und trinke.
Und verhungern werde ich so schnell auch nicht! Der Gefrierschrank war voll und im Küchenschrank lagerten jede Menge Konserven.

In der Pension am Wald war an diesem Nachmittag nicht viel los. Gesine hatte Zeit, mit Marlene in aller Ruhe Kaffee zu trinken. Sie alberten erst eine Weile herum und dann erzählte Gesine Marlene von den Briefen.
Marlene war nachdenklich geworden.
„Sag mal, dein Auto ist doch dunkelblau?"
„Ja."
„Da war doch vor kurzem dieser tödliche Unfall auf der B 12. Du weißt schon, der Motorradfahrer."
Gesine nickte.
„Ging es da nicht um einen dunkelblauen Wagen, der ihn angefahren hat?"
„Das war ich sicher nicht", sagte Gesine entschieden.
„Du meinst, jemand bringt mich mit dem Unfall in Zusammenhang?"
„Vielleicht. Dein blaues Auto und der Zeitpunkt passen zusammen."
„Das ist gar nicht so abwegig. Jemand sieht ein blaues Auto, aber nicht den Fahrer…
Da fällt mir ein, auf dem Parkplatz ist eine ältere Frau um die geparkten Wagen herumgeschlichen und hat sie genau betrachtet."
„Na, da kam sie zu deinem, sah die Beule und schon dachte sie, du wärst es gewesen!"
„Du, das kann es sein, das muss ich Klaus erzählen!"
Gesine sprang auf und telefonierte von ihrem Büro aus.
„Wie sah die Frau am Parkplatz aus?", wollte er noch wissen und Gesine beschrieb sie ihm.

Kasparek erhielt abends noch Besuch von der Polizei. Mittlerweile hatte sie herausgefunden, dass er in letzter Zeit vom Pech verfolgt war. Den Beamten lagen Berichte der deutschen Grenzpolizei vor, seine

Verwicklung mit dem kleinen Drogendealer, der Reifenplatzer und natürlich der über die Kalaschnikow-Teile.
Kasparek wurde es siedend heiß.
Nun muss ich langsam erzählen, was gestern Abend los war, sonst hängen die mir noch den Mord an!
Zögernd berichtete er von der lautstarken Auseinandersetzung, die er am Vorabend beobachtet hatte und von dem schwarzen Porsche vor dem Haus. Und vor allem, dass er sofort wieder verschwunden war.
Ob sie mir wohl glauben?
Zumindest waren die Beamten zufrieden. Ein schwarzer Porsche war im Rahmen der Ermittlungen schon einmal aufgetaucht, zumindest das sprach für Kasparek.

16.

31. Mai
Der Dienstagmorgen erwachte mit strahlendem Sonnenschein.
Kasparek hatte man in Haft genommen. Zu seinem Schutz, wie es hieß. Er hatte die ganze Nacht gegrübelt, wie er wieder aus diesem Schlamassl herauskommen könnte.
Den Vormittag über wurde er gründlich verhört.
Oleg, einer der Fahrer, hatte sich abgesetzt. Kasparek wusste aber nur, dass er aus der Ukraine kam, nicht einmal wo er wohnte. Und dann befragten sie ihn, wohin er jeweils gefahren wäre und womit. Kasparek bewies ein ausgezeichnetes Gedächtnis.

Der Škodafahrer, der vorher einen dunkelblauen SUV fuhr, wohnte in Nove Udoli bei einem alten Bekannten. Eine Weile musste er von der Bildfläche verschwinden. Das würde auch seinen Nerven gut tun. Außerdem brauchte sein Bart ein paar Tage, um richtig zu sprießen. In seinen neuen Papieren trug er Bart und an die Brille mit Fensterglas musste er sich auch erst gewöhnen. Karel hatte nur gegrinst, als

er das neue Ausweisfoto sah, und dann hatte er ihm den passenden Kurzhaarschnitt verpasst, der mehr von der Kopfhaut sehen ließ als von den Haaren.
Die Veränderung war wirklich erstaunlich. Er betrachtete sich neugierig im Spiegel und war zufrieden.

Mittags war es so schwülheiß, dass Staudinger drei Fenster ihres Büros öffnete, um ein wenig Durchzug zu erreichen.
„Wollts euch den Tod holen?", fragte Wachtmeister Mundl, als er ihnen Unterlagen brachte.
„Das ist von der Spurensicherung", sagte er und verschwand in die zugfreie Wachstube.
Der Bericht umfasste sämtliche, bei Demlaks Leiche gefundenen Gegenstände. Das war außer den Resten seiner Kleidung nur sein Ehering.
„Das ist herzlich wenig", meinte Langer lakonisch.
„Die wichtigen Sachen hat der Täter mitgehen lassen, meinst nicht?"
Langer nickte.
Und da lag noch der Bogen der Fahrzeuguntersuchung.
Langer überflog ihn.
„Da schau her! Was glaubst du, war mit Adele Demlaks Wagen?"
Staudinger tippte auf durchschnittene Bremsleitungen.
„Fast. Nur wiesen die Leitungen deutliche Bissspuren auf. Eine war total durchgenagt, die andere nur angebissen!"
„Das heißt, a Marder war der Täter."
„Richtig."
„Da miaß ma ja dem Viecherl direkt dankbar sei, ohne ihren Unfall hätts uns doch nia von dene komischen Anruf dazeiit."

Adele Demlak war seit ihrem Unfall zutiefst verunsichert.
Was wird als nächstes passieren?
Am besten wäre es, erst einmal aus dem Schussfeld zu kommen. Kurzentschlossen buchte sie eine Kreuzfahrt.
Die fünf Tage bis zur Abreise werde ich zu Hause verbringen.
Sofort fühlte sie sich besser.

Es ist immer besser zu agieren, als nur zu reagieren.
Seit dem Verschwinden ihres Mannes, war da etwas Bedrohliches, das sie aber nie genau einschätzen konnte. Der Ernst der Lage war ihr erst seit diesem „Unfall“ bewusst.
Sie suchte ihre Garderobe zusammen.
Was fehlt, kann ich sicher auf dem Schiff besorgen.
Ihre laufenden Rechnungen wurden abgebucht und sonst war nichts Besonderes. Anette bekam Urlaub.
Jetzt versucht mal mich einzuschüchtern!
Schwungvoll schob sie die Terrassentüre zu, die aber nicht ins Schloss fiel. Als sie nachsah, fand sie einen Brief am Boden, der sich eingeklemmt hatte.
Hastig riss sie ihn auf. – Fühlen Sie sich nicht zu sicher! – Es überlief sie eiskalt.
Wer hat den Brief da abgelegt, drei Meter neben mir?
Eisern beherrschte sie sich, um nicht gellend zu schreien. Sie biss sich in die geballte Faust. *Nein, ich träume diesen Alptraum nicht!*
Sie lief zum Fenster, konnte aber niemanden entdecken.
„Anette!“, rief sie, so laut sie konnte.
Die kam ganz atemlos angestürzt.
„Was ist passiert? Sie sind ja ganz außer sich!“
„Hast du jemanden gesehen, im Garten oder auf der Treppe?“
„Nein. Wieso?“
„Aber da muss doch jemand gewesen sein. Das gibt es doch nicht!“
„Ja aber warum denn?“
Adele Demlak hielt ihr den Brief hin.
„Weißt du, wo der herkommt?“
„Ja, natürlich.“
„Was?“ Adele Demlak rang nach Luft und sank dann auf das Sofa.
„Mein Gott, was ist denn los mit Ihnen? Soll ich den Arzt rufen?“
„Wo kommt dieser Brief her?“, ächzte sie.
„Der lag heute Morgen im Briefkasten und ich habe ihn mit der Zeitung auf den Tisch gelegt.
Aber da ist er wohl herausgefallen und ich habe es nicht bemerkt“, erklärte Anette.

Keine zehn Minuten später fuhren Langer und Staudinger vor. Das Gartentor war verschlossen. Nach kurzem Läuten schnarrte der Öffner und das Tor sprang auf. Sie gingen die Treppe hinauf.
Adele Demlak, bleich aber beherrscht, stand selbst an der Tür und bat sie hinein.
„Gut, dass Sie da sind!"
Sie nahmen auf der raumfüllenden weißen Couch Platz und Staudinger sah sich ungeniert um.
Anette brachte Kaffee und ein Schälchen Mandelgebäck.
Adele Demlak berichtete von dem Brief, der sie so erschreckt hatte.
Er trug keine Adresse, es gab keine Briefmarke und der Absender fehlte natürlich auch.
Die Mitteilung stand maschinenschriftlich auf presseweißem Papier. Wahrscheinlich war es ein Computerausdruck.
Langer packte ihn in einen Beutel.
Staudinger hatte ein kleines Set für Fingerabdrücke dabei. Geschickt nahm er die beiden Proben für den Vergleich und heftete sie an den Beutel mit dem Brief.

„Und Sie haben niemanden bemerkt?", fragte Langer Anette.
„Nein. Ich habe morgens die Zeitung aus der Rolle geholt und im Briefkasten darüber lag der Umschlag. Vom Haus aus kann man den Kasten nicht sehen.. Es kommt schon mal vor, dass mit der Zeitung auch ein Brief kommt. Ich habe mir gar nichts dabei gedacht."
„Und dann?"
„Ja, ich habe auf der überdachten Terrasse den Frühstückstisch gedeckt und Zeitung und Brief hingelegt."
„Aber Anette!", unterbrach sie Adele Demlak.
„Du sagtest doch, er muss hinuntergefallen sein?"
„Ich habe noch einmal nachgedacht. Beides habe ich links neben ihren Teller gelegt", beharrte Anette.
„Vielleicht hat ein Windstoß den Brief vom Tisch gefegt!", schlug Langer vor.
„Sehen wir uns das an."
Er stand auf und folgte Anette zur Schiebetüre.

Ein leichter Luftzug kam von der Straße herüber. Er zog schräg vom Tisch zum Haus, zur Ecke der Türe. Staudinger prüfte es mit einem kleinen Stück Absperrband. Die Richtung stimmte genau.
„Na oiso“, stellte er zufrieden fest.
„Ich werde verreisen“, verkündete Adele Demlak.
„Oder haben Sie etwas dagegen?“
„Aber nein, die Idee ist gut!“
„Haben Sie schon etwas geplant?“
„Ja, in fünf Tagen reise ich ab und bleibe mindestens drei Wochen weg!“
„Sollte noch etwas sein, können Sie mich immer unter dieser Nummer erreichen.“
Langer gab ihr seine Karte.
„Ja, dann wünschen wir Ihnen eine schöne Reise!“
„Danke.“
„Übrigens“, Langer drehte sich in der Türe nochmals um.
„Zu ihrer Beruhigung, die Bremsleitungen ihres Wagens waren nicht durchgeschnitten, sondern von einem Marder durchgenagt!“
„Das ist ja schon was!“, atmete Adele Demlak auf.
„Aber bis zu meiner Abreise bleibe ich auf alle Fälle zu Hause!“, versprach sie.

„Na, der hams aber sMutl tödt! Iatz passats fast in a Mausloch“, urteilte Staudinger auf der Rückfahrt.
„Ja ja, so geht's!“

Im Büro wartete Kriminalrat Koller schon mit hochrotem Kopf.
„Was habens äh Neues? Kommt äh da mal äh ein äh Ergebnis? Oder äh müssen wir uns äh Provinzkriminaler äh nennen äh lassen?“
„Herr Kriminalrat, haben Sie die Fahndung mit dem Phantombild schon veranlasst?“
„Was für ein… O Gott, o Gott!
Das, äh, muss irgendwo unter den äh Beurteilungsbögen liegen!“
Kriminalrat Koller verließ fluchtartig ihr Büro.
„Mei, heit hot as wieder äh nötig!“

Langer grinste nur.

Dann spitzte er wieder einmal seinen Bleistift.
Also,
sie hatten zwei tote Bankräuber,
einen toten Bankdirektor
und keine Beute.
Einen toten Schreiner auf dem Motorrad.
Es gibt eine Verbindung zu einem Bankräuber,
die Nichte eines Räubers ist die Geschäftspartnerin des Schreiners.
Nach ihrer (Eva Würfls)Auskunft hatte er (Hans Greislinger) eine größere Sache in Aussicht.
Adele Demlak wird telefonisch belästigt (geht es ihnen gut?),
hat einen Autounfall, Bremsleitung manipuliert (Täter: Marder).
Bekommt Drohbrief – fühlen Sie sich nicht zu sicher –
Wird demnächst verreisen.
Gesine erhält auch Briefe – ich habe Sie gesehen – Zusammenhang mit Motorradunfall?

Langer warf den Stift auf die Platte und fuhr sich ratlos durch seinen Haarschopf.
Da war doch noch was!
Richtig, da war noch Kieler, befreundet mit Demlak.
Kieler war Vormieter von Tom und Marlene.
Wenn es da keinen Zusammenhang gibt!
Kieler ist aber in der Zwischenzeit verstorben.
Diese Spur ist also kalt.
Wo konnten sie noch ansetzen?
Sie mussten Demlaks damaliges weiteres Umfeld untersuchen, und sie mussten sich beeilen, weil seine Frau verreisen wollte. Was ihr absolut nicht zu verdenken war.

Die schwüle Hitze hatte den ganzen Nachmittag blumenkohlartige Wolkentürme steigen lassen. Und nun zog aus Südwest eine bedroh-

lich dunkelgraue Wand heran. Als Staudinger und Langer aus dem Haus traten, kam schon Wind auf.
„Schau ma, dass ma hoamkemma. Es gibt Unwetterwarnungen!“, rief Staudinger zum Abschied.
Kaum saßen sie in den Wagen, begann es zu tröpfeln. Der Wind verstärkte sich, plötzlich wurde es dunkel. Und schlagartig brachen die schweren Wolken und entluden Unmengen von Wasser auf die unschuldige Erde. Sintflutartig kam der Regen vom Himmel.
Das kurze Stück vom Parkplatz bis zum Eingang reichte, Langer völlig zu durchnässen.
„Na, das sieht aus, als ob es ein wenig regnen würde!“, meinte Gesine schalkhaft lächelnd.

Draußen rollte schwerer Donner und unablässig zuckten heftige Blitze über den dunklen Himmel.
„Na, wird aber auch Zeit, dass es wieder mal regnet, nöch!“, bemerkte eine norddeutsche Stimme im Hintergrund.
Langer verschwand eilig in den Privaträumen, um sich umzuziehen. Nach einem schnellen Abendessen half er Gesine bei den Gästen. Es hatte sich eingebürgert, dass er abends den Kellner spielte. Tagsüber hatte er sowieso zu wenig Bewegung.
Dabei legte er den Kommissar mit seiner Bürokleidung ab, schaltete um und konzentrierte sich nur noch auf die Gäste und ihre Wünsche. Diese völlig andere, normale Welt lenkte ihn ab von quälenden Gedanken über schleppende Erfolge und ätzende Kommentare von Seiten des Chefs und der Presse. Er bekam einfach den Kopf frei und das tat ihm gut.
Seit der EHEC-Affäre hatten sie frischen Salat von der Karte gestrichen. Es gab nur noch gekochte, die bedeutend weniger Arbeitsaufwand verlangten.
Man musste es auch so betrachten. Natürlich ging das auf Kosten der Gemüsebauern die auf frisches Grün gesetzt hatten. Vor Jahren waren die Milcherzeuger an der Reihe und die Schweinemäster und die Rinderhalter. Es gab ja fast jedes Jahr neuen bedrohlichen Lebens-

mittelalarm. Man musste es hinnehmen wie das Wetter und sich vor Hysterie hüten.
EHEC war auf alle Fälle ein tagesfüllendes Thema für die Pensionsgäste. Fast alle kamen aus dem Norden und fühlten sich hier im Bayerischen Wald sicher, betrachteten es sogar als Fügung gerade jetzt den Urlaub hier, weit weg vom norddeutschen EHEC-Alarm zu machen. Über die Ursachen wurde wild spekuliert.
„Das ist ein Anschlag, nur will das keiner zugeben!"
„Na klar, das ist Al-Quaida, jetzt wollen sie uns so kleinkriegen!"
„Schuld ist nur die Gülle!", meinte ein dritter Gast und sie debattierten lebhaft und ausdauernd.
Nach zwei Stunden waren die Gewitter weitergezogen, der Regen rauschte nun gleichmäßig und drang auch in tiefere Erdschichten.

Auch Amelie konnte nun endlich schlafen. Amelie hatte Angst bei Gewittern, es könnte ja einschlagen. Und niemand war da, sie zu trösten. Sie hatte neben Omas Bild eine Kerze angezündet und sie sprachen während des Unwetters konzentriert miteinander.
Ihre Mutter hatte sich immer noch nicht gemeldet. Langsam machte sie sich große Sorgen. Ein Tag Funkstille, das war schon vorgekommen, aber so lange?
Na ja, als Oma noch lebte, war sie öfter für längere Zeit verschwunden, das war ganz normal. Aber jetzt? Sie wollte sich gar nicht ausmalen was alles passiert sein konnte. Als die Blitze und das Donnern endlich aufhörten, war Amelie so müde, dass sie schnell einschlief.

Kasparek sah sinnend hinaus in den strömenden Regen. Das Fenster war vergittert, die Flügel nur angelehnt. Der Boden hatte zu duften begonnen. Er mochte diesen intensiven Duft nach Erde.
Wie lange werden die mich noch festhalten?
Ich habe alles gesagt, was ich weiß.
Ob die mir glauben?
Oleg ist untergetaucht.
Haben sie das von mir auch erwartet?
Ein Schlüssel rappelte im Schloss und die Tür öffnete sich.

„Kasparek, Sie können gehen, aber schön im Land bleiben. Klar?“

17.

Lerche Staudinger ließ an diesem Morgen die Flügel hängen.
„Ja, was ist denn mit dir los?“, fragte Langer mitfühlend.
„I bin so was von verspannt, du glaubst es nicht. Des ganze Gnack und des ziagt bis übern Kopf, ah ah ah!“
„Nennt man jetzt die Vatertagsnachwehen so? Wart‘, ich hol dir einen starken Kaffee, das hilft!“
Dankbar, aber mit hölzernen Bewegungen nahm Staudinger das dampfende Haferl in Empfang.
Draußen war es grau und nebelig, die Temperatur war gewaltig gesunken.
„Des is a ausgsprochens Schweinsbratenwetter!“, meinte Staudinger tiefsinnig.
„Ja, mit echten Reiberknödeln!“, stimmte Langer zu.
„Aber vor den Schweinebraten hat der Herr die Arbeit gesetzt!
Was wissen wir über die Bekanntschaften und Freundschaften unseres Herrn Demlak?“
„Gute Frage. I werd glei amoi nochschau.“
Staudinger setzte sich zurecht und weckte eifrig seinen Max.
Langer rief bei Adele Demlak an und bat sie, eine Liste ihrer Bekannten und Freunde zu machen und dabei eventuelle Feinde auch nicht zu vergessen.
Sie versprach, bis Mittag daran zu arbeiten.

„Du, mir ist da noch etwas eingefallen“, begann Langer wieder.
„Ich habe da etwas in Erinnerung von einer Dame, die ständig Leute anruft und sich überall beschwert, dass da jemand was falsch macht. Kannst dich daran erinnern?“

Staudinger zog sein Gesicht in Falten und sah sofort aus wie ein studierter Dackel. Dann glättete sich seine hohe Stirn wieder, es war ihm eingefallen.
„Ja, iatz wosd as sagst. Wie hot iatz de ghoaßen?"
Staudinger schob seinen Haarschopf von hinten nach vorne, als könnte er so gespeicherte Informationen schneller fließen lassen.
„Du glaubst es nicht. Mir liegts auf da Zung!"
Er begann mit der rechten Hand zu wedeln, als könne er damit in seinem Hirn umblättern.
Es dauerte aber noch ein Weilchen, bis es ihm einfiel.
Kurz darauf brachte Wachtmeister Mundl die Akte Sonntag.
Doris Sonntag, 82 Jahre alt, sehr aktiv, hält den Anzeigenrekord mit 64 bereits seit Jahresbeginn. Handschriftlich war da noch ein Vermerk: – unbelehrbar –.
„Die Frau hat vielleicht ein bissel zu viel Zeit!", vermutete Langer als er die Akte durchblätterte. Ja, es waren vor allem Anzeigen wegen falschen Parkens, zu großer Lautstärke, Sperrstunden-Überschreitungen usw.
„Die ist ja Tag und Nacht aktiv!"
„De moant hoit, mia hamma nix zdoa!", bemerkte Staudinger giftig.
Und dann fand Langer, was er suchte, eine handschriftliche Anzeige, die konnte für einen Schriftvergleich verwendet werden.
„Na bitte!", meinte er zufrieden und gab die Schriftstücke zum Vergleich weiter.

Am Nachmittag brachte das adrette Fräulein Anette zwei Computer-Ausdrucke mit dem aufgelisteten Bekanntenkreis der Demlaks.
„Das hätten Sie doch auch übers Internet schicken können!"
„Ach, ich musste sowieso noch Besorgungen machen, und dann soll ich noch fragen, wann das Auto wieder herausgegeben wird?"
Staudinger erkundigte sich.
„Unsere Werkstatt hat die Bremsen in Ordnung gebracht. Sie bekommen demnächst eine Rechnung darüber. Der Wagen kann gleich abgeholt werden.

Da gehens in die Bahnhofstraße und dann Richtung Wertstoffhof und da links und da sengs es dann scho!"
„Gut, danke." Weg war sie.
„Ein fesches Mädchen diese Anette, gell!"
„Hmhm."
„Du, seit wann reparieren mia fremde Autos?"
„Na, bei kaputten Bremsschläuchen müsste der Halter den Wagen abschleppen lassen, das wären unverhältnismäßig hohe Kosten. Unsere Leute machen dann so einen Wagen nur wieder fahrbereit. Die Falten in der Karosserie muss Frau Demlak selber bügeln lassen."
„Fahrbereit, aha darum Fahrbereitschaft!", grinste Staudinger.
„Aber do hot se anscheinend direkt eppa wos denkt dabei. Des is ja ganz wos Neis!"
Langer lachte.
Dann sah er sich die Listen durch.
„Da kommt Arbeit auf uns zu", murmelte er dann.

Es war schon später Nachmittag. Kasparek hatte im eigenen Bett wunderbar geschlafen, bis er durch einen Schlag unsanft geweckt wurde. Er erschrak fürchterlich, als er den massigen Oleg erkannte. Der Kollege war die rechte Hand des Chefs gewesen.
Diese kräftige Hand zur Faust geballt, hielt er ihm jetzt wieder unter die Nase.
„Was hast du denen alles erzählt?", fragte er drohend.
„Nniiichts. Gar nichts. Nur Sachen die sie schon wussten!"
Nur dumm und noch dümmer stellen!
Aber Oleg glaubte ihm nicht und versetzte ihm einen weiteren kräftigen Schlag.
„Also, was hast du erzählt?"
„Aber ich sage dir doch ---!"
„Du lügst!" Und wieder fuhr die Faust nieder.
Kasparek fühlte, wie das Blut aus seiner Nase tropfte, und überlegte krampfhaft, wie er Oleg besänftigen könnte.
Da wurde die Türe aufgerissen, zwei Polizisten stürmten herein und warfen sich sofort auf Oleg.

„Na, wen haben wir denn da?", grinste Sonderermittler Pavel Studinka erfreut.
Olegs Fäuste wurden verplombt und der wutschäumende Mann abgeführt.
Kasparek atmete auf.
Wenn die Not am größten ist, ist die Polizei am nächsten!"
Er hielt den Kopf unter die Wasserleitung und wusch sich vorsichtig die ramponierte Nase. Sie schien nicht gebrochen zu sein, schmerzte aber fürchterlich.
Deshalb also haben sie mich gestern so einfach gehen lassen!
Sie hatten sich nur vor seiner Wohnung auf die Lauer legen müssen.
Dumm sind die nicht!

Amelie stand vor dem Kühlschrank, er war fast leer. Es war nichts Frisches mehr da, auch das Brot war aus.
Gut, dass ich weiß, wo Mama ihr Bargeld aufbewahrt.
Dann ging sie zu Frau Lokoseder einkaufen. Sie mochte diesen ein wenig altmodischen Laden. Es war fast so, als wäre die Zeit hier stehengeblieben. Alles war eng und verwinkelt und es roch ein wenig nach Obst und Gemüse. Nur das Regal mit den Kühlfächern und die Registrierkasse waren modern. Frau Lokoseder kannte alle ihre Kunden und hatte für jeden ein paar gute Worte übrig. Amelie nahm ein Drahtkörbchen und legte Brot und frisches Obst hinein, gönnte sich eine Riesentafel lila Schokolade und eine Dosenwurst. Dann wartete sie an der Kasse.
Der Vatertag wurde nachbereitet.
„Ja, mei Schorsch hot gestern do a bissel zvui dawischt. Und dabei muaß a heit arbaten. Dawei hob es eam gestern no gsagt, trink net sovui. Oba mei, d Manner, die glaubens immer erst wenns zspät is!", seufzte die, in Amelies Augen uralte Frau, vor ihr.
„Meiner hat heut früh auch recht deppert gschaut. Nicht einmal der Kaffee hat gholfen, eine Tabletten hat er wollen, und das will was heißen bei ihm!", berichtete die andere.
Frau Lokoseder lächelte nur dazu. Dann entdeckte sie Amelie.
„Komm her Amelie, du hast ja nicht viel!"

Amelie quetschte sich an den Damen vorbei.
„Dankeschön!“
Sie bezahlte und Frau Lokoseder fragte wie üblich: „Karamell oder Himbeer?“
Amelie entschied sich für Karamell und biss genüsslich in die weiche Süßigkeit.
„Danke.“
„Einen schönen Gruß daheim!“, rief ihr Frau Lokoseder noch nach.
Amelie hatte Zeit, viel Zeit.
Morgen war Samstag, die Hausaufgaben konnten noch warten.
In der Bäckerei leistete sie sich ein Schleckeis und dann wanderte sie an den Schaufenstern entlang über den Stadtplatz. Am Buchladen konnte sie wie immer nicht vorbeigehen. Ausführlich betrachtete sie die ausgestellten Bücher am Eingang. Sie war nahe daran sich etwas zu kaufen. Aber dann bremste sie sich.
Wer weiß, wie lange das Bargeld reicht. Sie musste sparsam sein.

18.

6. Juni
Langer freute sich. Der Schriftprobenvergleich war ein Volltreffer.
„Mit der Dame werden wir uns sofort unterhalten. Kommst mit?“
Staudinger nickte eifrig.
Die Sonne hatte dem Montag ein freundliches Gesicht gegeben. Mit ihr war die Hitze zurückgekommen, aber es war wegen der hohen Luftfeuchtigkeit eine schwüle Wärme.
„Sakradie, is des hoaß!“, schnaufte Staudinger, als sie das letzte Stück den Hammerberg hinaufgingen.
Im zweiten Haus, einem schlichten Relikt des frühen sozialen Wohnungsbaues, lag die Wohnung von Frau Doris Sonntag. Im Erdgeschoss gleich rechts, stand ihr Name auf einem einfachen Messing-

schild. Als Klingel diente eine Art große Flügelschraube. Beim Drehen entstand ein heiserer Ton.
„Sowos hob i scho lang nimmer gseng!“, schwärmte Staudinger.
Kurz darauf öffnete sich die Türe.
Eine schmale sehr gepflegte ältere Dame sah sie fragend an.
„Frau Sonntag?“
„Steht doch an der Türe. Kommen Sie zur Sache. Wer sind Sie und was wollen Sie?“
„Kripo, wir hätten da ein paar Fragen.“
„Ach, das freut mich aber, kommen Sie doch herein und Füße abkratzen nicht vergessen!“
Sie betraten einen dunklen schmalen Gang, der in ein winziges Wohnzimmer mündete. Die spärlichen Fenster waren dicht mit Gardinen verhängt und möbliert war im Stil der 60er.
„Setzen Sie sich doch. Was kann ich für Sie tun?“
Erwartungsvoll sah Doris Sonntag auf die beiden Kriminalbeamten, willkommene Abwechslung in ihrem einsamen Leben, wie es schien.
„Sie sind so eifrig bemüht uns bei unserer Arbeit zu unterstützen und da dachten wir, wir sollten uns einmal persönlich für ihre Hilfe bedanken“, meinte Langer ein wenig geschraubt.
Staudinger verdrehte die Augen.
„Ach, das ist aber aufmerksam! Und was ist der eigentliche Grund ihres Besuches?“
Sie waren durchschaut.
„Frau Sonntag, bisher haben Sie Anzeigen gemacht und die Sache jeweils der Polizei überlassen. Wie kommen Sie plötzlich dazu, anonyme Briefe zu schreiben?“
Bei dieser direkten Anschuldigung erschrak die alte Dame sichtlich.
„Wie, wie haben Sie herausgefunden, dass ich die Briefe geschrieben habe?“, stotterte sie erschrocken.
„Das war kein großes Problem. Warum, Frau Sonntag?“
„Ja, da muss doch was getan werden, da kann man doch nicht einfach einen jungen Menschen vom Motorrad fahren und sich dann nicht kümmern!“, entrüstete sie sich.
„Moment. Haben Sie die Sache beobachtet?“

„Nun ja, direkt nicht. Aber mein Neffe wohnt gleich oberhalb des Unfallortes und der hat da einen dunkelblauen Wagen gesehen, der dann einfach weiterfuhr."
„Und warum hat sich dann ihr Neffe nicht bei der Polizei gemeldet?"
„Nun ja, der wollte nicht und da hab ich gesagt, das übernehme ich!"
„Und wie haben Sie das – übernommen?"
„Na ja, ich hab mich auf den Weg gemacht und erst einmal die Parkhäuser durchgesehen und dann die Parkplätze. Und schon beim zweiten habe ich den Wagen mit der Beule gefunden. Ich habe dann gewartet, bis die Fahrerin wiederkam und bin ihr dann mit dem Taxi unauffällig gefolgt. Ja, und dann sah ich nach, wie sie heißt, und dann hab ich ihr eben Briefe geschrieben, aus erzieherischen Gründen. Und mein Neffe hat sie eingeworfen.
Ich wollte ihr schlechtes Gewissen wecken, dass sie zur Polizei geht, und damit Sie den Fall aufklären können, nicht wahr!"
„Und auf die Idee, dass das der falsche Wagen sein könnte, sind Sie nicht gekommen?
Es gibt mehr als nur einen dunkelblauen Wagen."
„Wieso, war das nicht der Richtige?"
„Nein."
„Aber dann habe ich ja die arme Frau ganz umsonst geängstigt!"
Frau Sonntag war nun doch erschrocken.
„Das wollte ich ganz und gar nicht!"
Sie kippte fast aus ihrem Ohrenstuhl.
„Ja, wie mache ich das nur wieder gut?", flüsterte sie und sah die beiden fragend an.
Langer hob die Schultern und Staudinger setzte seinen dienstlichsten Blick auf.
„Ich würde sagen, Sie halten sich in Zukunft mit Anzeigen zurück, haben Sie verstanden?"
Sie nickte kläglich.

„Na, de is ordentlich daschrocken!" Staudinger lachte, als sie wieder unterwegs waren.
„Aber sunst, a Benehmen wiar a Feldherr. Wos war denn de beruflich?"

„Lehrerin."
„Ach so!"

Der Unfallzeuge, ein junger Mann um die 30, erschrak, als sie sich vorstellten.
„Warum haben Sie sich nicht sofort gemeldet?"
Er hob fragend die Schultern: „Ich weiß auch nicht!"
„Jetzt erzählen Sie, was genau ist an diesem Morgen passiert?"
„Mei, da war nicht viel. Ich bin in aller Früh mit meinem Hund draußen gewesen. Wir sind nicht weit gegangen, nur bis zum letzten Haus. Da hat man einen wunderbaren Blick über die B 12 ins ganze Tal. Und da hab ich ein Motorrad schon von weitem gehört. Der Fahrer hat richtig aufgedreht. Hinter ihm fuhr ein dunkelblauer SUV und der hat auf einmal das Überholen angefangen, dann hat er hinübergezogen und so hat er den Motorradler abserviert. Den hat's ausgehoben und dann ist er quer hinüber. Schrrrrrt!"
Er untermalte seinen Bericht bildhaft mit Gesten und Geräuschen.
„Ich hab sofort die Rettung angerufen und bin dann auf die Straße hinunter und hab nach ihm geschaut. Aber da war nichts mehr zu machen."
Er sah schuldbewusst zu Boden.
„Und der blaue Wagen?"
„Naja, er war dunkelblau, irgend so ein SUV, die schauen ja fast alle gleich aus."
„Konnten Sie das Nummernschild erkennen?"
„Nein, ich bin ein wenig kurzsichtig. Der war auch ganz schnell weg. Aber eines war mir klar, der hat den mit Absicht gerammt und dann ist er abghaut!"
„Sie kommen morgen zu uns, damit wir ein Protokoll aufnehmen, ist das klar?"
„Ja, ja", meinte der junge Mann kleinlaut.

„Komischer Kerl", war Staudingers Kommentar.
„Bei so was meldet man sich doch gleich als Zeuge!"
„Ja du und ich vielleicht."

„Was machen wir jetzt mit der Schullehrerin?“
„Ich würde sagen, wenn sie sich in Zukunft zurückhält mit ihren Anzeigen, dann nichts. Falls sie aber wieder damit anfängt, bekommt sie eine Anzeige, aus erzieherischen Gründen.“

Langer rief Gesine an und berichtete ihr vom Besuch bei Frau Sonntag.
„Da fällt mir aber ein Stein von Herzen! Es war ja direkt schon unheimlich. Hat die Frau glatt geglaubt, ich hätte den jungen Mann vom Motorrad gefahren?“
„Ja, und deswegen wollte sie dir einheizen.“
„Danke dir für den Anruf. Servus.“
„Bis heut‘ Abend. Servus.“

Amelie hatte eine Einladung für den Elternabend mit nach Hause bekommen. Morgen sollten sie den Empfangszettel, von den Eltern unterschrieben, wieder abgeben.
„Oma, was soll ich machen? Ich kann doch nicht einfach Mamas Unterschrift fälschen.“
Jetzt saß sie in der Zwickmühle.
Dass ihre Mutter seit Tagen einfach verschwunden war, das glaubte ihr doch kein Mensch.
Was soll ich nur machen?
Sie bestrich sich ein Brot dick mit Leberwurst und begann zu essen.
„Oma, hast du keine Idee?“
„Doch. Nehmen wir einmal an, du hättest einen Onkel Max, der auf dich aufpasst. Dann könnte *der* doch unterschreiben. Und weil es keinen Onkel Max gibt, ist das auch keine Fälschung.
„Super Oma, das ist eine prima Idee!“
Amelie machte sich sofort an die Arbeit.

Kasparek wollte mit seiner polierten Nase nicht unter die Leute gehen und blieb zu Hause. Wohl war ihm nicht, es konnte ja auch noch einer der anderen Fahrer auftauchen. Aber keiner hatte eine vergleichbare Stellung wie Oleg gehabt und vielleicht hatten sich die anderen ja schon abgesetzt.

Er machte es sich mit einem Bier vor seinem kleinen Fernseher bequem.
Da knallte ein Steinchen gegen sein Fenster.
Er erschrak. Dann sah er hinaus.
Eine dunkle Gestalt winkte. Alarmiert ging er zur Türe. Es war Vaclav, ein Kollege.
„Was willst du?“
Vaclav drückte sich herein.
Er musterte seine lädierte Nase, sagte aber nichts.
„Ich wollte dir einen Vorschlag machen. Da sind doch noch so alte Möbel im Lager. Was hältst du davon, wenn wir sie verscherbeln und dann halbe halbe machen?“
„Du bist ja verrückt. Die Polizei hat alles abgesperrt und aufgeschrieben, was im Lager ist. Das würde sofort auffallen!“, schimpfte Kasparek.
„Schiss hast du, das ist es!“, fuhr Vaclav auf.
„Wenn *du* nicht willst, ich find schon einen!“
„Mensch, sei doch nicht blöd! Die passen doch auf den Laden auf und dann haben sie euch sofort!“, warnte Kasparek eindringlich.
„Meinst du wirklich?“
Vaclav war sich seiner Sache dann doch nicht mehr so sicher.
„Aber ich brauche Geld, ich habe Schulden!“
„Wir müssen noch Lohn bekommen.“
„Aber von wem kriegen wir denn den?“
„Ich werde morgen mit der Polizei reden.“
„Würdest du das wirklich tun?“
„Ist doch klar! Geh jetzt und stell nichts an.“
„Gut. Ahoi!“
„Ahoi!“

19.

In der Nacht hatte der Wind auf Süd gedreht. Der monotone Lärm des Steinbruchs schien direkt aus der Nachbarschaft zu kommen, dabei war er meilenweit entfernt und nur bei diesem Wind überhaupt zu hören.
Der Himmel war grau und weiß verschliert, wie eine schlecht geputzte Scheibe. An einigen blanken Stellen aber kam heiß die Sonne durch. Es war schon in den Morgenstunden schwül. Seit gestern wurden Gewitter mit Hagel und Sturm gemeldet. Ein Tief schob sich beharrlich aus Süden heran. Das Goetheglas lief bereits über, das war Tiefdruck hoch zwei.
Langer sichtete die Liste mit Demlaks Bekanntenkreis.
Ich liebe diese Arbeit! Aber wo ist sonst ein loser Faden zu finden?
Sie teilten sich die Leute und begannen dann mit dem „Klinkenputzen."
Mittags trafen sie sich in einem der ältesten Gasthöfe der Stadt und tauschten sich aus.
„Alle warens gut befreundet. Nie hats was geben und er, der Demlak, war halt auf einmal verschwunden!" Staudinger brachte es auf diese wenigen Punkte.
Bei Langers Gesprächen war es nicht anders.
Mit einer üppigen Himbeertorte beendeten sie ihr „Arbeitsessen."

Amelies Lehrerin nahm „Onkel Otto" zur Kenntnis. Amelie war eine gute Schülerin, wenn nun diesmal niemand für sie zum Elternabend kam, war das weiter kein Problem.
Amelie atmete auf.

Nach reiflicher Überlegung ging Kasparek wirklich zur Polizei. Die Löhne mussten schließlich gezahlt werden. Das sah sogar die Polizei ein. Nach Einsichtnahme in die Konten des Unternehmens wiesen sie die Zahlungen an. Kasparek war erleichtert.

Das Finanzkonto war aber nun fast leer. Weitere Lohnzahlungen würde es nicht geben.
„Und was wird nun mit den Waren in der Halle?", fragte Kasparek den leitenden Beamten.
„Keine Ahnung."
„Könnte man die nicht verkaufen?"
„Das ist nicht so einfach, das wurde alles beschlagnahmt. Ist ja noch nicht klar, ob das nicht Diebesgut ist. Außerdem fehlen uns fast alle Akten zu den Verbindungen."
„Die Möbel in der Halle rechts vorne zum Beispiel habe ich abgeholt. Ich sage Ihnen auch wo."
Kasparek ließ sich nicht so leicht abwimmeln.
„Da könnte man doch anrufen und fragen, ob das seine Richtigkeit hat."
Der Polizist willigte schließlich ein und ließ sich mit der Gutsverwaltung verbinden.
Er staunte nicht schlecht, als er von dem dreisten Diebstahl am helllichten Tag erfuhr.
Dann machte er Meldung bei seinem Vorgesetzten und der nahm Verbindung mit den deutschen Behörden auf.

Der Škodafahrer sah nun wirklich aus wie auf dem Bild in seinem neuen „fälschungssicheren" Pass. Äußerst interessiert hatte er die Nachrichten über den Mord in der Spedition verfolgt. Er beriet sich mit seinem alten Freund Karel. Der streckte vorsichtig seine Fühler aus und nahm Verbindung zu „gewissen Leuten" auf.
„Man" war vorsichtig.
Aber Karel kannte Leute, die wiederum jemanden kannten. Und die kannten jene gut, die ihm noch einen Gefallen schuldeten.
So traf man sich schließlich unverfänglich in einem der vielen Clubs. Um 20 Uhr war noch nichts los und es war ruhig genug, sich ungestört zu unterhalten.
Der Plan war einfach. Der Škodafahrer wollte die Spedition übernehmen, ganz legal natürlich. Er lockte mit guten Verbindungen und

neuen Geschäftsideen. Man stellte ihm dar, wie man sich eine gute Zusammenarbeit vorstellte und bald waren sie sich einig.
Das geht ja besser als erwartet!
Man würde ihn äußerst genau beäugen, das wusste er und er wusste auch, dass ungenehmigte Geschäfte sofort „geahndet" wurden. Sein Vorgänger wollte heimlich einen lukrativen Handel mit wertvollen Möbeln aufziehen. Dabei war er so dreist und ungeschickt vorgegangen, dass sie es sofort gemerkt hatten und die Sache auch gleich beendeten.
Diese Informationen waren, so nebenbei, in die Verhandlungen eingeflossen.
In den nächsten Tagen würde man ihm die „sicher gestellten" Unterlagen der Spedition aushändigen.
Ach ja, „man" habe hin und wieder spezielle eigene Lieferungen. Die müssten natürlich stets prompt und vorrangig erledigt werden.
„Natürlich."
Auf der Heimfahrt rieb sich der Škodafahrer seinen ungewohnten kratzenden Bart und schmiedete mit Karel eifrig Pläne.

Marlene arbeitete an diesem Abend noch lange im Garten. Die Temperatur war angenehm, und sie genoss die Ruhe rundum.
Was ist da oben an der Quelle passiert?
Den Anblick der schwarzen Schuhe an den bleichen Knochen, würde sie wohl nie vergessen.
Als sie eine kleine Pause machte, sah sie, dass der Himmel drohend dunkel geworden war, weltuntergangsmäßig. Sie hackte eifrig weiter, um mit dem Gemüsebeet noch fertig zu werden.
Aber da kam schon Wind auf. Sie räumte hastig ihre Gartengeräte ein und brachte gefährdete Blumenstöcke und sonstige leicht fliegende Gegenstände in Sicherheit.
Als sie ihre Schubkarre leerte, blitzte es schon heftig.
Das Gewitter kam nun direkt auf sie zu. Der Donner rollte schon sehr nahe.
Marlene setzte sich auf den Balkon und sah den düsteren Mächten zu.

Der Wind blies nun vom Gegenhang. Es ging ungeheuer schnell. Erste dicke Tropfen fielen und dann hämmerte ein heftiger Schauer auf das Dach. Eigenartigerweise war es nun hellgrau geworden. Wilde Blitze durchzuckten den ganzen Himmel.
Eilig lief sie ins Haus und steckte aus, was empfindlich war.
Tom kam ein paar Minuten später. Es gab eine Auseinandersetzung mit dem Herrn Hund, der wegen des Gewitters partout nicht aus der Garage wollte.
Es gewitterte bis gegen 21.30 Uhr, dann verschwand das Spektakel nach Nordost.
In der Nacht gab es Feueralarm und die Kuckucksuhr im Wohnzimmer hörte sich an wie eine schnell getaktete Sirene.

20.

Der Morgen war unschuldig himmelblau, ohne ein Wölkchen. Es gab Berichte über unzählige Feuerwehreinsätze wegen überfluteter Keller und umgestürzter Bäume. Zahllose Fehlalarme hatte es in Banken und anderen geschützten Gebäuden wegen der Blitzschläge gegeben.
„Da samma mia oba wieder guat davo kemma!“, meinte Staudinger, „und an Garten hots a ordentlich gossen.“
Wachtmeister Mundl nickte zustimmend.
Staudinger gähnte lange und gründlich und schließlich tippte er flott seinen Bericht in den Max.
Kurz darauf kam Langer mit rotem Kopf ins Büro.
„Wos is denn los?“, fragte Staudinger erstaunt.
„Ach, der äh Koller. „Wenn‘s nicht äh bald was bringen äh, dann übernimmt eine äh SOKO aus äh Passau den äh Fall!“
„Äh sowas! De ham ja a zweng Leit!“ Staudinger schüttelte den Kopf. „Der soll sich äh nicht so haben. Ärger dich nicht, des schadet nur deiner Schönheit!“
Langer grinste schon wieder.

Es geht doch nichts über meinen goldenen Staudinger!

Noch vier Leute standen auf seiner Liste.
„Wie viele hast du noch?“ fragte er Staudinger.
„I bin durch!“
„Du Glücklicher.“
„Woaßt was, i nimm d Hälfte von de dein, dann sammas boid.“
„Gute Idee.“

Die nasse Erde dampfte im warmen Sonnenlicht. Die ganze Welt war frisch gewaschen und glänzte wie poliert. Schnecken strebten eilig in den Schatten zurück, Verwüstung und Verstümmelung hinterlassend. Eine erste kapitale Ringelnatter legte sich auf den großen warmen Steinen am Stall zurecht, ihre Kollektoren aufzufüllen. Der Herr Hund grub einer Wühlmaus nach in Richtung Erdmittelpunkt. Ruhe lag über dem Wald, alles Böse schien aus der Welt verschwunden oder zu schlafen.

Kasparek wurde von der Polizei informiert, dass es eine Firmenübernahme gäbe, nächste Woche schon.
Muss ich mir doch keine andere Arbeit suchen!
Er sollte das seinen ehemaligen Kollegen mitteilen.
Kasparek machte sich pfeifend auf den Weg, hatte er doch endlich Zeit, in Ruhe seinen neuen Wagen auszuprobieren. Den nagelneuen dunkelblauen SUV hatte er günstig bekommen, die paar Schrammen waren schnell ausgebessert.

Amelie bekam einen kurzen Anruf von ihrer Mutter.
„Geht es dir gut? Du, ich komme bald. Es gab einen Unfall.“
Ehe Amelie auch nur richtig zu Wort kam, war das Gespräch schon zu Ende.
Wann ist bald? Was war das für ein Unfall?
Amelie freute sich natürlich über den Anruf, machte sich aber nun Sorgen wegen dieses Unfalls.

Aber so war ihre Mutter. Sie verließ sich immer darauf, dass sie es alleine irgendwie schaffte. Andere, die älter waren als sie, bekamen abends noch Babysitter, wenn die Eltern ausgingen. Sie musste darüber lachen. Eigentlich war sie stolz, dass ihre Mutter ihr so vertraute. Mit der Oma besprach sie dann, was sie von der Sache halte, und arbeitete dann flott ihre Hausaufgaben ab.

Am schwülen Nachmittag leisteten sich Langer und Staudinger eine Eiskaffeepause in der Pension am Wald, weil ihre letzte Adresse ganz in der Nähe lag. Aber auch hier hatte sich nichts Neues ergeben.
„Schad', dass der Kieler nicht mehr im Rennen is, des war der beste Bekannte der Familie Demlak, da hätt ma was erfahren", seufzte Staudinger.
„Musst halt den Sender Wasching wieder einmal einschalten, da gibt's doch gewiss Leute die sich noch an die Familie erinnern", forderte ihn Langer auf.
Staudinger nickte ernsthaft und schlürfte lautstark den Rest aus seinem hochstieligen Eiskaffeeglas.
„Mögts noch einen Strudel mit Eis?"
Ehe sie noch antworten konnten, brachte Gesine schon zwei üppig mit Eis und Sahne dekorierte warme Apfelstrudel.
„Ah, gehts uns do guat, da kemma ma öfter!", strahlte Staudinger.
Langer grinste stolz.
Dann schlug er vor, doch noch einmal genauer über die Familie Kieler nachzugraben.
Woran er genau gestorben war und so weiter, vielleicht war doch noch etwas zu erfahren, das sie weiter brächte.
„Gell, wie so a Eiskaffee d Gehirnwindungen wieder in Schwung bringt", stellte Staudinger grinsend fest.
„Sowos brauchat ma im Büro a. Vielleicht dats sogar unseren äh Koller kurieren", meinte er tiefsinnig.
„Es sind oft nur ganz einfache Sachen, die doch eine Mordswirkung haben!"
Sie berieten noch das Programm für den nächsten Tag und dann düste Staudinger ab nach Hause.

„Ein prima Kollege“, stellte Gesine fest.

„Ja, was täte ich ohne ihn!“

Staudinger machte auf dem Heimweg noch eine größere Schleife zu den Berichterstattern des Senders Wasching. Begeistert über die Aufgabe, versprach man sich genauestens umzuhören. Auf seine Quellen war Verlass, das wusste Staudinger.

Der Škodamann war fleißig gewesen, musste er doch den tschechischen Behörden gegenüber als solventer Vertreter einer großen westdeutschen Spedition Eindruck machen. Das dafür benötigte „Werbematerial“ hatte er selbst mit dem Computer und einem guten Drucker gefälscht.

Kein Mensch hat was gemerkt!

Darauf war er stolz. Natürlich hatte er beim echten Unternehmen ein wenig abgekupfert, und auch die flüchtige Internetrecherche der tschechischen Behörde hatte ihn nicht auffliegen lassen.

Wer kommt bei denen schon auf die Idee, dass ich nicht echt bin!

Befriedigt überdachte er seine nächsten Schritte.

Aus „Kostengründen“ würde es bei der alten Firma der Spedition bleiben.

Das verzögert auch eine schnelle Entdeckung.

Seine Geschäftspartner hatten ihm die Garantiesumme vorgestreckt, die die Behörden verlangt hatten. Und nächste Woche konnte es schon losgehen. Für seinen westdeutschen Hintergrund musste er sich allerdings vorerst eine Bleibe in Deutschland suchen. Sie sollte nicht zu weit weg sein.

Er recherchierte im Internet und fand die „Pension am Wald“ genau richtig. Nicht besonders groß, gediegen und nah an der Grenze. Er rief an und bekam tatsächlich noch ein Zimmer, weil ein Gast kurzfristig abgesagt hatte.

Befriedigt packte er seine Sachen bei Karel zusammen und fuhr los.

So zog er als Hannes Müssig am frühen Abend bei Gesine ein.

Morgen musste er sich um etwas seriösere Kleidung umsehen. Und wenn alles richtig lief, könnte er sich ja auch drüben um eine kleine Wohnung schauen.
Zufrieden bezog er sein Zimmer und genoss ein längeres Bad.

21.

Der graue Morgen brachte für Gesine gute Nachrichten. Man hatte ihre gestohlenen Möbel entdeckt.
„Sie werden gebeten, sie heute Nachmittag um 15 Uhr bei der Abgabe am Gut in Augenschein zu nehmen!"
„Da nimmst sie dann in Augenschein!", lachte Langer.
„Hoffentlich sind sie in Ordnung, wäre schade, wenn sie beschädigt wären."
„Rufst mich an?"
Langer verabschiedete sich mit einem schnellen Kuss und Gesine nickte.
Das Haus war ausgebucht, sie hatte eine Menge zu tun, um nachmittags kurz weg zu kommen.

„Na, was hört man vom Sender Wasching?" Langer blickte Staudinger erwartungsvoll an.
„No nix Neis, aber d Buschtrommeln sand schwer aktiv!", verkündete er geheimnisvoll.
Dann tippte er flott seinen Befragungsbericht in den geduldigen Max.

Als Amelie mittags nach Hause kam, wartete schon das Essen auf sie.
Mama war da.
Sie war traurig.
„Papa ist bei dem Unfall gestorben", sagte sie leise.
Amelie sah sie entsetzt an.
„Aber..?"

„Bitte frag nicht weiter, eines Tages werde ich dir alles erklären.“
Damit drehte sie sich um und begann wie wild die Wohnung aufzuräumen, zu waschen und zu putzen.
Amelie trauerte um ihren Vater, aber gleichzeitig ärgerte sie sich.
Wenn sie weg ist, darf ich sehen wo ich bleibe und ich bin alt genug, aber was wirklich los ist, das sagt sie mir nicht, da bin ich dann wieder zu klein!
Sie vertraute ihren Kummer der Oma an. Und die sagte ihr dann in ihrer ruhigen Art, sie solle einmal abwarten, die Mama sei vielleicht gerade überfordert. Amelie gab sich vorerst damit zufrieden.

Kasparek fand seine Fahrerkollegen in einer kleinen verrauchten Kneipe außerhalb.
Natürlich war keiner in die Ukraine zurückgegangen.
Seit er die Lohnzahlung durchgesetzt hatte, war er wer in ihrem Kreis, und als er jetzt von den Zukunftsaussichten mit einem neuen Geschäftsführer sprach, war die Freude groß. Das Ganze endete in einem freundschaftlichen gemeinsamen Besäufnis. Kasparek war froh, dass er für die Nacht bei Jewgeni um die Ecke unterkriechen konnte.

Hannes Müssig fuhr die B 12 hinunter zum Einkaufen. Es dauerte allerdings, es gab einen Stau auf seiner Fahrbahnseite. Ungeduldig klopfte er auf dem Steuer herum und betrachtete die Gegend.
Warum sind eigentlich die Laubbäume so braun?
Polizei und ein Rettungswagen kamen mit Blaulicht.
Das wird wieder dauern!

Die Autos vor ihm setzten sich langsam in Bewegung. Dann stand die ganze Kolonne wieder. Ein Lkw hatte anscheinend einen Motorschaden, er bewegte sich keinen Meter mehr vorwärts. Schließlich wurden die Autos nach vorne und vorbeigewunken und der Stau löste sich langsam auf.

Ein tschechischer Zöllner fuhr den Lkw mit den Möbeln zum Gut. Gesine hatte ein paar Leute aus der Brauerei zum Ausladen organisiert.

„Ihr habts aufgeladen, jetzt dürfts das alles auch wieder abladen!", kommentierte sie den Arbeitsauftrag.
„Is ja prima, dass des Graffl wieder auftaucht ist! Mia samma ja scho zum Gspött worn mit dera Sach'!", meinte einer der Arbeiter und die anderen nickten.
„Mei, wer denkt denn, dass dLeit so schlecht sand!"
„Jetzt könnts es ja wieder gut machen!", meinte Gesine und lachte. Aufatmend lachten sie mit.
War doch eine patente Chefin, die Frau Kommissar.
Gesine betrachtete die einzelnen Stücke genau. Nein, es war nichts beschädigt. Es gab keine Kratzer und abgestoßenen Kanten. Die Aktion dauerte allerdings eine ganze Weile, bis alles wieder an gewohnter Stelle stand. Frau Wagner hatte es zum Anlass genommen, die ganze „Burg", wie sie sagte, gründlich durchzuputzen.
„Da kommt man wenigstens einmal überall hin und ohne Bückerei, ganz einfach und flott!"
Sie war froh, dass sie wegen des Diebstahls keine Schwierigkeiten bekommen hatte.
Als endlich wieder alles an seinem Platz war, servierte sie der Mannschaft eine deftige Brotzeit, auch der tschechische Zöllner griff gerne zu.
Gesine kam erst nach dem Abendessen in die Pension zurück. Aber wozu hatte man gute Leute!
Langer wartete schon mit einem Glas Prosecco auf sie.
„Angerufen hast du nicht, also hat alles geklappt?"
„Ja, alles in Ordnung. Sind schon prima Leute draußen auf dem Gut!"

Amelie hatte nach einer Weile wieder zu fragen begonnen. Sie wollte wissen, wie das nun mit der Beerdigung sei und wie es nun weitergehen sollte. Ihre Mutter schwieg jedoch beharrlich. Da wurde die sanfte Amelie wütend.
„Ich bin seine Tochter, ich habe ein Recht darauf zu erfahren, was war!", schrie sie ihre Mutter an.

Die erschrak heftig über diesen ungewöhnlichen Ausbruch und reflexartig versetzte sie ihr eine heftige Ohrfeige. Das war noch nie passiert.
„Er ist nicht dein Vater!", schrie sie zornig und bebte.
Erschrocken und empört hielt sich Amelie die Wange, drehte sich um, lief in ihr Zimmer und sperrte sich ein.
„Amelie entschuldige, das wollte ich doch nicht!" Ihre Mutter brach in Tränen aus.
Amelie war hinter der Türe zu Boden geglitten und weinte. Zu plötzlich war ihre Welt zerbrochen.

Hannes Müssig war zufrieden. Von Kopf bis Fuß neu eingekleidet, wie es sich für einen seriösen Geschäftsmann gehörte, kehrte er am Abend in die Pension zurück. Er hatte schon auswärts gegessen und verschwand mit seinen vielen Einkaufstüten sofort auf sein Zimmer.
Langer sah ihm sinnend nach.
Da brummt aber der heimische Markt wieder kräftig! Es ist doch nicht zu unterschätzen, was Fremde so alles einkaufen.
Dann wurde er abgelenkt, eine der alleinstehenden älteren Damen drängte ihm ein Gespräch auf.
„Was meinen Sie, wie das mit dem EHEC weitergeht?"
„Naja, wenn Sie sich bei frischen Tomaten, Gurken und Blattsalat in Zurückhaltung üben und auch keine Sprossen verzehren, dann müssten Sie die Sache gut überstehen!"
„Meinen Sie wirklich?"
„Na klar und jetzt entschuldigen Sie mich bitte." Langer ergriff die Flucht.

In den Abendnachrichten wurde von stürmischen Gasausbrüchen auf der Sonne berichtet. Diese Magnetstürme konnten Satelliten mattsetzen und auch auf der Erde größere Störungen im Funkverkehr bringen. Eine positive Möglichkeit war, hier in Süddeutschland auch einmal ein Nordlicht sehen zu können. Ein paar Hausgäste brachen prompt zu einer Nachtwanderung auf – „Nordlicht kucken!"

Der nächtliche Himmel war aber von einer dichten Wolkenschicht bedeckt und enttäuscht, aber wieder kräftig hungrig, kamen sie in die Pension zurück.
„Kucken wir halt morgen Abend wieder! Spannend war das."

Weil die bisherigen Damen nicht mehr in der Spedition arbeiten wollten, brauchte Müssig dringend eine Bürokraft. Jemanden auf den er sich verlassen konnte. Wenn er wartete, bis ihm die „andere Seite" behilflich war, schickten die ihm doch nur einen Spion. Aber er hatte ja jemanden an der Hand!
Und eifrig begann er zu telefonieren.

22.

Als Amelie an diesem Morgen erwachte, war Mama wieder fort. Es lag nur ein Zettel auf dem Küchentisch. „Ich melde mich bald wieder." Daneben ein paar Geldscheine. Kein Wort des Trostes oder der Entschuldigung. Nichts.
Oma musste sie wieder trösten. Amelie kroch in Omas alten mächtigen Ohrensessel und kuschelte sich hinein. Sofort fühlte sie sich von der Oma umarmt und geborgen.
„Ach Oma!" Amelie weinte ein wenig und die Oma redete ihr mit leiser Stimme gut zu, bis die Tränen versiegten.
„So", sagte die Oma dann energisch, „nun geh ein bisschen einkaufen, da kommst du auf andere Gedanken, außerdem sind die nächsten Tage die Geschäfte geschlossen!"

Am Freitag vor Pfingsten wurde die Warnung vor dem Verzehr frischer Tomaten, Gurken und Salat wieder aufgehoben. EHEC-Bakterien waren an einer Sprossenpackung nachgewiesen worden und erstmals die Kette von der Infektion bis zum Ausbruch der Krankheit lückenlos nachvollzogen.

Der Wochenmarkt quoll über mit wuscheligen, zotteligen und gerüschten grünen und braunroten Salatköpfen, dicken roten Tomaten und glatten grünen Gurken. Und die Nachfrage war groß. Gegen elf Uhr waren die Herrlichkeiten ausverkauft und Licht erschien wieder am Horizont der Gemüsebauern.
Staudinger war pfeifend und tänzelnd ins Büro gekommen, er freute sich auf das verlängerte Wochenende. Langer sollte mittags beim Heimfahren bei Marlene vorbeischauen, sie hielt gartenfrische Kräuter für Gesines Küche bereit.
Aber der Vormittag verging quälend langsam, als mache er das extra vor den freien Tagen.
Staudingers Telefon läutete und seine Frau erzählte ihm, dass sie kurzfristig ein frisches Schweineviertel bekämen. Er müsste es nur noch zerteilen. Staudinger nickte ergeben und legte auf. Er hatte ganz andere, nicht an Arbeit erinnernde Pläne gehabt.
„Drum freu ich mich nicht im Geringsten – auf Pfingsten!", meinte er lapidar.
Dicke Fliegen surrten um ihre Köpfe und trotz des bedeckten Himmels war es schwül warm.
Der Wetterbericht für Pfingsten war miserabel und der Verkehrsfunk berichtete schon von Staus über 25 Kilometer Länge. Endlich schlug es Zwölf und bis auf die Bereitschaft leerte sich das Polizeigebäude schlagartig. Sogar Kriminalrat Koller lief äh schneller wie normal.

Als Langer bei Marlene und Tom ankam, lagen beide in dicke Decken gehüllt im Schatten der Veranda auf Liegestühlen und machten Siesta.
„Na, ihr könnts es aushalten!", grinste er.
Marlene schälte sich aus ihrer Decke.
„Wenn man nichts tut, ist es zum Hinlegen zu kühl", erklärte sie.
Eifrig schnitt sie frischen, dicken Schnittlauch, Petersilie, Zitronenmelisse, echte Pfefferminze, Dill und Selleriegrün für Gesine, verpackte sie lose in nasse Zeitungen und überreichte Langer den großen Strauß.
„Schöne Pfingsten! Habts die Bude voll?"
„Ja", nickte Langer.
„Grad dass wir nicht in der Badewanne nächtigen müssen."

„Euch auch schöne Feiertage. Kommen eure Kinder?"
„Erst nächste Woche."
„Servus."

Škodafahrer Müssig hatte für den Nachmittag alle Fahrer bestellt. Er stellte sich vor und erklärte den Leuten, dass es nun neue und längere Touren geben werde. Das hatten sie erwartet. Sie unterschrieben ihre Arbeitsverträge.
„Wenn es Probleme geben sollte, meine Türe steht immer offen!", schloss er.
Und dann lud er die ganze Belegschaft zum Einstand zu einem Schnitzel mit Kartoffelsalat ein. Er hatte auch seine junge Sekretärin vorgestellt, die im Bürogebäude wohnen würde. Sie zog alle Blicke auf sich, gab sich aber ernst und unnahbar. Gegen 16 Uhr waren alle gesättigt. „Also bis Dienstag um Punkt 7!" Man nickte sich zu und ging auseinander.

Abends hatte sich der Himmel endgültig dick verhüllt. Dunkelgraue Wolken schoben sich über die weißen Schichten und schon tröpfelte es leise. Ganz harmlos fing es an zu regnen. Als hätten sie erst üben müssen, öffneten nun die Wolken alle Schleusen und es goss in Strömen. Der Boden begann zu duften und die Erde schlürfte genüsslich das willkommene Nass. Das erst geschnittene Gras streckte sich und dehnte sich länger und länger, man konnte glauben, es wachsen zu sehen.
Amelies Mutter kam nach Hause. Sie war sehr schweigsam und zog sich bald in ihr Schlafzimmer zurück.
Amelie machte es sich vor dem Fernseher bequem. Sie hatte Omas Lehnstuhl davor gezogen, so wie sie auch den Tisch in die Ecke verbannte und die Lampe zum Stuhl gestellt hatte.
Wenn sie schon dauernd alleine war, dann richtete sie sich eben alles so, wie es ihr gefiel.
Mama hat gar nicht gemerkt, dass ich umgestellt habe. Sie sieht aus wie ein Zombie.

Dann schaltete sie sich durch alle Programme und schlief schließlich vor der Glotze ein.

Sie erwachte erst, als ihre Mutter den Kasten am frühen Morgen ausschaltete.
„Schläfst du immer vor dem Fernseher?“, fragte sie.
Amelie schüttelte den Kopf und ging in ihr Zimmer.
Das Frühstück nahmen sie schweigend ein.
„Ich habe ab Dienstag einen Job weiter weg und werde dann erst immer am Wochenende kommen. Ist das für dich in Ordnung?“
„Du hast ihn doch schon angenommen, warum fragst du mich dann noch?“
„Ich muss arbeiten gehen, wer außer mir soll jetzt Geld verdienen?“
Die Mutter richtete die Augen starr auf sie. Dabei wurden sie hart und durchdringend, dass Amelie Angst vor ihr bekam. Sie wandte sich ab.
Was ist da nur los, was ist mit ihr passiert? So war sie doch früher nicht.
Ihre Mutter senkte den Blick.
„Du verstehst das jetzt noch nicht. Aber ich werde dir bald einmal alles erklären.“
Ja, ja, irgendwann einmal! Das ist ganz bequem, so geheimnisvoll herumzureden und doch nichts zu sagen. Wann ist irgendwann?
Amelie kaute heftig an ihrem Honigbrot, wie um es ersatzweise zu bestrafen.

Pfingsten wurden die Gartenmöbel gegen den Regen abgedeckt. Staudinger überzeugte seine Frau davon, dass doch ausgezeichnetes Schweinebratenwetter sei. Überhaupt müsse man doch die Biosau gleich einmal probieren, schon um die Riesenkalorienmenge zu ersetzen, die er beim Zerteilen verbrannt hatte. Seine Frau sah es auch gleich ein und heizte den Kohleofen in der Küche an, da wurde der Braten am besten.

Langer war gar nicht böse über das feuchte Wetter, da musste er mit den Serviertabletts nicht gar so weit laufen. Das Gartengeschäft war

ganz schön anstrengend. Außerdem blieben die Leute länger sitzen und aßen und tranken mehr, wenn es draußen nicht so einladend war. Es hatte eben alles seine zwei Seiten.
Müssig hatte das Frühstück verschlafen und kam erst gegen halb Zwölf aus dem Zimmer. In aller Ruhe stellte er sich ein Vier-Gänge-Menu zusammen und besah sich die Leute rundum.
Im Hintergrund lief ein Band mit dezenten Walzermelodien und umrahmte die gedämpften Gespräche.
Eine nassgeregnete Gruppe schälte sich im Vestibül aus der Regenkleidung und quetschte sich dann um den großen Ecktisch. Über allem lag der verführerische Duft von knusprigem Schweinebraten, gerösteten Zwiebeln und Suppe. In der Küche dirigierte Gesine ihre fleißige Truppe wie ein erfahrener Feldherr, und alles lief wie immer am Schnürchen.

Gegen sechs zogen in der Kreisstadt die ersten „Pfingstvögel“ durch die Siedlung. Staudingers Kinder hatten schon Eimer mit Wasser bereitgestellt, und als sie endlich zu ihnen kamen, schütteten sie mit Begeisterung Wasser über die vermummten Gestalten, die ihre Spottlieder auf die Hausbewohner sangen. Zum Schluss kam immer der unverständliche Refrain. Die Gruppe erhielt ihren Obolus und zog weiter. „Mia ham de Gab empfanga und dean uns sche bedanga!“ Noch eine Zeit lang waren die wilden Gesänge zu hören.
Staudinger kam immer ins Schwärmen wie schön das früher war, als die Pfingstvögel erst in der Dunkelheit kamen. Er war auch ein paar Jahre mitgezogen. Und immer gab es bei diesem alten Brauch um genug Regen eine Riesen-Gaudi. Erhielten sie doch einigen Schnaps gegen die drohende Erkältung. Aber das Geld war hart verdient. Der nächste Morgen begann meist mit einem ordentlichen Schnupfen, begleitet von einem kapitalen Kater. Das gehörte einfach dazu. Staudingers Augen leuchteten, wenn er davon erzählte.

23.

Pfingsten war vorbei, deshalb ließ sich auch die Sonne wieder sehen.
„De Madam war sicher in de Pfingstferien!", schimpfte Staudinger und machte sich schwungvoll daran, seinen Max aus dem Urlaub zu wecken.
„Was macht der Sender Wasching?", fragte Langer nach.
„Der war zum Großteil an Pfingsten unterwegs, Dorffesterl überall. Aber i bleib dran!"

Die Türe ging auf und herein kam der tschechische Sonderermittler Pavel Studinka.
„Hallo allerseits!"
„Ja, der Pavel!", rief Langer.
„Komm, setz dich."
„Also ich muss Ihnen erzählen, wir haben einen größeren Speditionsbetrieb in der Nähe der deutschen Grenze aufgebracht. Kaum war das geschehen, schon hat sich ein westdeutscher Interessent gemeldet, die Firma zu übernehmen. Nun, wir waren einigermaßen verblüfft über diese Schnelligkeit.
Es hat mich einiges an Überredung gekostet, es soweit zu bringen, aber wir sind zum Schein auf die Geschäftsneueröffnung eingegangen und erhoffen uns in Zukunft neue Erkenntnisse über die Verbindungen.
Bei der Gelegenheit wird Sie interessieren, dass man auch in den „Kunsthandel" einsteigen wollte. Die gestohlenen wertvollen Möbel aus dem Gut hätten den Anfang machen sollen."
„Aha!" Langer nickte.
„Es geht nun darum, dass wir Sie ganz offiziell um Mithilfe bitten, wenn es um die Ziele der neuen Firma geht. Wer sind die Adressaten und liegt gegen sie schon etwas vor? So in der Art etwa."
Langer nickte wieder.
„Aber hier müssen wir unseren Chef einbinden, Kriminalrat Koller", warf er ein.

„Das ist mir klar, aber ich wollte Sie vorher informieren.“
„Danke Pavel.“

Amelie konnte ausschlafen, sie hatte Pfingstferien, 14 lange Tage. *Was haben wir früher alles unternommen, Wanderungen und Ausflüge, sogar zum Baden gingen wir schon. Und jetzt sitze ich hier allein zu Hause und warte, dass die Mama irgendwann wieder einmal auftaucht.*
Lustlos stocherte sie in ihrem Müsli. Dann kochte sie sich Kaffee, das hatte sie noch nie gemacht.
Ha, keiner kann es mir verbieten! Brrrh, schmeckt das bitter! Aber dann fand sie es irgendwie gut. Darauf wurde sie so munter, dass sie den Kellerschlüssel nahm und ihr Fahrrad heraufholte. Sie pumpte die Reifen auf und fuhr in den sonnigen Tag.

Müssig begann mit großer Freude seine neue Tätigkeit. Als erstes arbeitete er flott alle liegen gebliebenen Aufträge ab. Er hatte ja nun alle Unterlagen. Nach heftiger Telefoniererei mit der tschechischen Bahn zog er hier regelmäßige Aufträge an Land und seine Internetkontakte brachten weitere Geschäftsverbindungen. Er nahm, was er bekommen konnte. Sogar Umzüge, nur damit es keine Leerfahrten gab. Die Fahrer arbeiteten gut. Alles lief wie geschmiert.
Das Geschäft ist eine Goldgrube, wenn man es richtig aufzieht. Sowas wollte ich immer schon machen.
Seine Sekretärin war tüchtig, aber schweigsam.
Auch gut!

Die Sonne hielt sich heute nicht lange, sondern verschleierte sich mehr und mehr. Die Temperaturen sanken wieder, aber es blieb trocken.
Amelie war wieder mit dem Rad unterwegs. Sie konnte nicht immer alleine zu Hause herumsitzen. Gestern hatte sie die Oma auf dem Friedhof besucht, ein Kerzchen angezündet und ausgiebig mit ihr gesprochen. Heute fuhr sie ziellos durch die Stadt. Die Ampel schaltete auf rot. Sie wartete in einer Reihe von Autos und plötzlich sah sie ihre Mutter. Ja, sie musste es sein. Da ganz vorne in ihrem kleinen grünen Wagen.

Amelie schlängelte sich mit dem Rad durch, aber da schaltete die Ampel weiter und die Wagen setzten sich in Bewegung. Sosehr sie auch strampelte, sie konnte nicht mehr aufholen. Das Auto verschwand in Richtung Brücke zur B 12. Sie zog das Rad auf den Bürgersteig, um in Ruhe zu verschnaufen.
Soso, sie hat eine Arbeit weiter weg angenommen! Was kann ich ihr überhaupt noch glauben? Sie lügt doch, wenn sie den Mund aufmacht!
Amelie war verbittert. Langsam trat sie den Rückweg an.
Und wenn ich mich getäuscht habe? Von vorne habe ich sie ja nicht gesehen, auch nicht das Kennzeichen. Aber sie sah aus wie Mama!
Die Oma im Ohrenstuhl zu Hause meinte: „ Du hast dich getäuscht. Du wolltest sie sehen, also hast du sie gesehen."

Kriminalrat Koller bat äh die Herren zu einem äh Gespräch. In seiner unnachahmlichen Art informierte er sie über die Bitte der tschechischen Behörden um Zusammenarbeit. Und dann ging es natürlich wieder um den laufenden Fall und dass äh schon äh überhaupt nichts äh weiterging. Langer klappte die Ohren zu und hielt die Augen krampfhaft offen. Staudinger hakte seinen Blick an einem imaginären Punkt links hinter Kollers Kopf fest.
Standhaft ertrugen sie die Vorwürfe, verzogen keine Miene, nickten pflichtschuldig und waren nach einer endlosen halben Stunde endlich entlassen.

„Iatz brauch i an Kaffee!", verkündete Staudinger.
„Magst auch einen?"
„Ja sowieso."
Im Automaten fanden sich noch ein paar Kekse, dass sie den Kaffee nicht so trocken runterwürgen mussten, wie Staudinger sich ausdrückte.

Langer spitzte wieder einmal seinen Bleistift und holte seine Endlosnotizen.
Alles begann mit der Leiche am Stadtrand und ihrer falschen Identität.

Der richtige Otto Würfl war in seiner Münchener Wohnung zusammengeschlagen worden und verstarb an seinen schweren Verletzungen.
Der Tote am Stadtrand war Eugen Berger.
Verbindend zwischen den beiden gab es den Bankraub, für den beide ihre Strafe abgesessen hatten.
Die Beute des Bankraubes war und blieb verschwunden.
Ebenso wie der Direktor der beraubten Bank, Kurt Demlak.
Damals wurde vermutet, er hätte sich mit der Beute aus dem Staub gemacht.
Aber, seine Leiche findet sich nun im Wald vergraben bei Tom und Marlenes Quelle.
Er muss schon seit dem Raub damals da liegen.
Bedroht wird Adele Demlak, die dann einen Autounfall hat.
Den hat allerdings ein Marder verursacht.
Hans Greislinger verunglückt tödlich mit dem Motorrad auf der B 12.
Schuld war ein dunkelblauer SUV, der verschwunden ist.
Gesine bekommt seltsame Briefe („ich habe sie gesehen!")
Zeuge sah Unfall auf B 12.
Seine unermüdliche Anzeigen-Tante, Frau Sonntag, hat die Briefe an Gesine geschrieben. Zufällig fährt Gesine auch einen blauen SUV, der an der richtiger Stelle eine Beule hat.
(Woher wird schwer zu ermitteln sein.)
Die Befragung von Demlaks Bekanntenkreis bringt nichts.
Verflixt und zugenäht, es geht schon überhaupt nichts weiter!
Langer warf zornig den Bleistift auf die Platte.

Staudinger fuhr erschrocken hoch.
„Jetzt hättst mi beinah aufgweckt!"
„Du, grab noch einmal genauer nach. Wann und wo ist dieser Kieler gestorben und was ist mit seiner restlichen Familie?"
„Zu Befehl!"
Staudinger tippte eifrig Suchbegriffe in seinen Max und bekam auch schnell Ergebnisse.
„Da, hammas scho: Kieler Alfred, verstorben bei Bootsunfall im Bodensee. Passiert ist das vor drei Jahren!"

„Und was ist mit seiner Leiche?"
„Keine da. Der See hat die Herausgabe verweigert."
„Ja, so würde ich das auch machen, wenn ich verschwinden wollte. So ein Bootsunfall ist ein ganz patentes Mittel!", nickte Langer.
„Warum ist der verschwunden?"
Staudinger fuhr sich nachdenklich durch seinen Haarschopf.
„Na, in irgend a na Notlage wird a scho gwen sei, wenn er glei ganz verschwindt."
„Schau einmal seinen finanziellen Hintergrund nach."
Staudinger arbeitete hingebungsvoll mit Max und gab ein Weilchen Ruhe.
Langer dachte nach.
Ich fresse einen Besen, wenn dieser Kieler nichts mit unserem Fall zu tun hat! Kurz nach dem Banküberfall ist er weggezogen…

24.

Müssig erschrak ein wenig, als ihm die erste „besondere" Lieferung angekündigt wurde.
So schnell hatte er nicht damit gerechnet, außerdem war es gefährlich, so kurz nach der Geschäftsübernahme. Aber er musste Kasse machen. Deshalb wollte er die Anlieferung auch völlig unverdächtig, während des Tages.
Wenn nachts noch ein Lieferfahrzeug auftauchte, war das viel auffälliger.
Irgendwie werden die Behörden ein Auge auf die Spedition haben.

Gegen 14 Uhr kam ein heller Kombi mit Kühlkisten. Sie wurden sofort auf einen wartenden Lkw geladen. Der Wagen fuhr wieder ab und gleich darauf startete der Lkw.
Der Beobachter nahm sein Fernglas herunter und notierte die beiden Bewegungen und die Uhrzeit. Von seinem Auto im Wäldchen

oberhalb hatte er einen guten Überblick über den gesamten Betrieb. Er schraubte seine Thermoskanne mit Kaffee auf, gähnte heftig und schielte nach der Uhr.
Noch vier Stunden! Nichts langweiliger als so ein Beobachtungsjob!
Er seufzte und suchte eine Weile im Radioprogramm herum. Dabei kämpfte er heftig dagegen an nicht einzuschlafen.

Der Tag war zuerst warm und wurde dann heiß. Amelie ging ins Schwimmbad. Es war seltsam.
Das habe ich noch nie alleine gemacht. Aber es sind ja genug andere Leute da, eigentlich bin ich gar nicht allein.
Sie suchte sich einen Platz auf der Liegewiese und packte ihr Buch aus. Sie blätterte eine Weile und betrachtete über den Rand ganz ungeniert ihre Umgebung.
Trotz der Ferien war nicht allzu viel los. Viele Mütter mit kleinen Kindern waren da, die Schulkinder schliefen wohl alle noch, und die meisten Eltern mussten arbeiten. Amelie verträumte den Vormittag und war mit sich und der Welt zufrieden.
Du musst immer aus dem Gegebenen das Beste machen. Oma hatte schon recht gehabt.

Staudinger holte langsam interessante Daten aus seinem Max. Kieler hatte eine Tochter, Vera, die mittlerweile erwachsen war.
Kielers Ehefrau war schwer dement und lebte in einem Pflegeheim. Für die Finanzierung war schon Kielers kleines Einfamilienhaus versteigert worden.
Langer überlegte. *Wenn der Unfall wirklich vorgetäuscht war, wo mag er geblieben sein?*

„Hast den Mond gestern Abend geseng?", fragte Staudinger plötzlich. „Zuerst hat er ausgschaut wie a beleuchteter Glasschusser, ganz seltsam!"
„Hmm."
„Also hastn net gseng!" Staudinger ließ nicht locker.
„Nein."

„Da hast wirklich was versäumt. So a schöne Mondfinsternis siehgst selten“, berichtete Staudinger begeistert.
„Meiner Frau hats auch recht gfallen.“
„Was?“
„Ja Herrschaftsseiten, hörst ma du eh net zu! I red von da Mondfinsternis heut Nacht!“
„Ja, ja.“
Staudinger schwieg ein Weilchen beleidigt und kehrte wieder in die Gegenwart zurück.
„Übrigens“, begann er wieder.
„Es gibt Neuigkeiten vom Sender Wasching!“
Langer war sofort Ohr.
„Es wird dazeiit, dieser Kieler hot a bsondere Vorliebe für Škubánky ghabt.“
„Was ist denn das?“
„Des is a böhmisches Gericht aus Kartoffelteig. Des gibts siaß aber auch sauer, und muaß recht guat sei. Jedenfalls der Kieler hot da Hilde Würfl ollaweil wieder amoi an 20er geben, dass eam wieder Škubánky macht!“
„Schau, schau, da gibt's ja eine Verbindung zwischen den beiden. Und hat der Sender auch ein Rezept für diese ---?“
„Škubánky . Na. Aber da kinna ma ja d Frau Würfl frong und wos sunst no woaß über den Herrn Kieler.“
Sie machten sich sofort auf den Weg.

Hilde Würfl hatte gerade etwas Duftendes im Ofen.
„Bei eana riachts aber guat!“, stellte Staudinger ungeniert fest.
„Ja mei, Rohrnudeln halt. Die sind gleich fertig, wollens eine probieren?“
Hilde Würfl kochte rasch noch Kaffee, und dann saßen sie um ihren Küchentisch und genossen die schmackhaften Hefenudeln.
„Frau Würfl, ich habe gehört, Sie sind berühmt für ihre Škubánky“, begann Langer.
„Ja, ja, die Škubánky.“

Sinnend sah Hilde Würfl durch das Fenster hinaus, wie es schien in eine andere glücklichere Zeit.
„Kennen Sie eigentlich jemanden namens Kieler?“, fragte Staudinger so nebenbei.
„Ja freilich kenn i den. Der hat doch mit alten Möbeln und Truhen und so Sachen ghandelt. Der ist damals fast in jedem Haus gwesen und hat nach uraltem Zeug gsucht, das er den Leuten billig abkauft hat. Ein richtiger Häuslschleicher war das. Man hat ja immer gemunkelt, dass er nebenbei auch noch Grundstücke und Häuser verhandelt hat.
Im Dorf war einer mit einer uralten Uhr, bei dem ist er andauernd aufgetaucht. Und dann ist er immer zu mir gekommen und hat wollen, dass ich ihm was koch‘. Reinstriezerl oder Dukatennudeln, aber am liebsten hat er die Škubánky gegessen. Sei Frau hot ja von der ganzen Kocherei überhaupts nix verstanden.“
„Seit er damals weggezogen ist, haben Sie ihn da wieder einmal gesehen?“
Sie dachte nach.
„Na, na“, sie schüttelte energisch den Kopf.
Beim Verabschieden bedankten sie sich herzlich für die Rohrnudeln und den Kaffee.

„Da siehgst as wieder, wos der Sender Wasching so alles in Erfahrung bringt!“
Langer lachte.
„Man dankt, dafür liefern wir ihm bei Gelegenheit auch das Rezept für die Škubánky, die süßen und die sauren, wenn wir‘s haben!“
„Gibt es eigentlich ein Bild von Kieler?“
„Nein, wird aber gleich erledigt.“
Nach ein paar Minuten schnurrte es aus dem Drucker.
„Pfrrrr! Ja, Kruzinesen! Volltreffer! Do schau her!“
Staudinger war ganz aus dem Häuschen.
Langer nahm den Ausdruck.
„Das passt ja wirklich!“

Das Bild ähnelte verblüffend dem vor kurzem erstellten Phantombild, das nach den Angaben des Polizisten nach dem Motorradunfall gezeichnet worden war.
„Endlich passt wieder was zam", stellte Staudinger befriedigt fest.
„Das heißt, unser lieber Kieler lebt wirklich noch und hat wahrscheinlich den Hans Greislinger vom Motorrad gefahren."

Langer warf schwungvoll sein Sakko auf die Stuhllehne und krempelte die Hemdärmel auf.
„Gell, iatz is da warm worn!", grinste Staudinger.

„Danach ist er höchstwahrscheinlich nach Tschechien abgedüst, weils eam bei uns z hoaß worden is", vermutete Staudinger.
„Und wenn er nicht dumm ist, hat er Auto und Identität gewechselt", fügte Langer hinzu.
Er betrachtete das Bild noch einmal genauer.
„Ich kann mir nicht helfen, ich hab den Typen schon mal gesehen. Ich weiß nur nicht wo."
„Musst halt no amoi fest nachdenken!"
„Auf alle Fälle übermitteln wir das Bild unseren tschechischen Kollegen und bitten sie um Mithilfe", ordnete Langer an.
Endlich kommt Bewegung in den Fall und alles nur wegen der - Škubánky!

25.

Müssig hatte schlecht geträumt. Wild um sich schlagend erwachte er. Sein Schlafanzug war durchgeschwitzt. Er stand auf und ging unter die Dusche. Das half.
Er brauchte einen klaren Kopf, er konnte es sich nicht leisten, dass etwas schief ging.
Unter den Frühstückenden war er einer der Ersten. Hungrig belegte er Semmel um Semmel dick mit Schinken und holte sich dann noch

Rührei mit Speck. Er war immer noch nervös und kleckerte mit dem Ei, so dass er ein frisches Hemd anziehen musste.
Schließlich fuhr er genervt die B 12 in Richtung Grenze.

Eine Kaltwetterfront hatte ihre dunkelgrauen Wolken am Kamm verkeilt und beständig fiel unangenehmer Regen. Die Temperaturen kamen nicht über 10 ° hinaus, ein lausiges Wetter.
Müssig fuhr in einer Lkw-Kolonne bergauf. Das kurze Stück zur Passhöhe begegneten ihm bereits zwei eigene Lkw. Die Leute spurten.
Auf dem Betriebshof wurden eben noch zwei Fahrzeuge beladen und ein Wagen kam gerade aus Frankfurt zurück. Er überflog kurz die Begleitpapiere und setzte sich dann hinter seinen Schreibtisch. Ein Fax lief ein – Ersatzteile in Ordnung –, das war alles. Er atmete auf. Die erste Lieferung hatte also geklappt und war für gut befunden worden. Ein ganzes Gebirge fiel ihm vom Herzen. Pfeifend sah er weitere Papiere durch. Als er nebenbei aus dem Fenster blickte, erstarrte er. Da stand ein wohlbekannter dunkelblauer SUV auf dem Parkplatz.
Verflucht, wie kommt denn der da her?
Er lief hinaus in den Regen und sah sich den Wagen genauer an. Nirgends konnte er eine Beschädigung entdecken, außerdem hatte er eine tschechische Zulassung.
Ich sehe schon Gespenster! Aber warum rege ich mich auf? Was hat der Wagen mit mir zu tun?
Zufrieden lief er ins Trockene zurück.
„Wem gehört die blaue Karre auf dem Hof?“, fragte er seine Sekretärin.
„Ich glaube dem Kasparek, er ist mächtig stolz darauf, war wohl ein Schnäppchen.“
Also ist es vielleicht doch derselbe Wagen! Verflucht. Aber der kann mir ja nicht mehr gefährlich werden.
Beruhigt vertiefte er sich wieder in seine Papiere.

Amelie war gerne wieder in die Schule gegangen. So alleine konnten Ferien ganz schön lang werden. Am Wochenende war ihre Mutter wieder aufgetaucht. Sie wusch und putzte und kochte ihr Gulasch, dass es die ganze Woche reichen würde. Aber sie konnten nicht mit-

einander reden. Jede Frage wurde schnell abgeblockt und Amelie gab es schließlich auf. Sie vermied es auch sie zu fragen, ob sie es vielleicht gewesen sein könnte an jenem Nachmittag an der Ampel.
Oma redete ihr gut zu und riet ihr geduldig zu sein und zu warten, und so entspannte sich das Verhältnis zwischen Mutter und Tochter wieder ein wenig.

Staudinger war an diesem Montagmorgen eine verschnupfte Lerche. Heftig niesend betrat er das Büro.
„Hast im Regen gegartelt?“, fragte Langer mitfühlend.
„Na, uns hats am Wochenende sauber derregnet. Mei Frau rotzt auch.“
„Warum denn?“
„Mei, mia hamma dummerweis bei am Festl zuagsagt und sand den ganzen Dog draußen gwen. War a staubfreie Veranstaltung für an guatn Zweck.“
„Aber gezeltet habt ihr nicht?“
„Na, grillt hamma unter a paar Schirm. Dann muaßt owei wieder außa und bediena, bis da sWasser oben eini und unt aus de Sandalen wieder außa laft. Nie wieder, sog i da, nie wieder!“
„Du hattest Sandalen an?“, fragte Langer verblüfft.
„Ja, des war das oanzig senkrechte.“
Unter einem heftigen Niesanfall verschwand Staudinger hinter seinem Max.
„Häng‘ bloß deinem Max nichts an!“
„Danke für dein Mitgefühl“, prustete Staudinger und startete sein Programm.

Kasparek verließ pfeifend das Büro. Die Tour nach Frankfurt war anstrengend gewesen und er war froh, nun einen Tag frei zu haben. Er sperrte seinen SUV auf und verließ stolz damit den Parkplatz.
Na sowas! Der tschechische Beobachter ließ sein Fernglas sinken.
Da verlässt ein dunkelblauer SUV den Parkplatz. Er gehört einem der LKW-Fahrer.
War da nicht was mit einem dunkelblauen SUV, tödlicher Unfall mit Fahrerflucht auf der B 12? Stand sogar hier in der Zeitung.

Was mache ich? Hinterher kann ich nicht.
Ich sage denen in der Zentrale Bescheid. Wenn der wirklich einem der Fahrer gehört, läuft uns der ja nicht weg.

Marlene sah hinaus in den trüben Tag. Seit drei Tagen lief die Zentralheizung wieder, weil es so kühl geworden war und das im Juli.
Der Sommer ist wirklich verrückt. Langsam darf es wieder aufhören und wärmer werden.
Sie hatte längst nicht alle Beeren gepflückt, die schon reif waren.
Tom saß im Büro und machte Abrechnungen, und der Herr Hund kam nur von Zeit zu Zeit aus seinem Korb an die Dielentüre um nachzusehen, ob das Wetter besser wurde. Dann rollte er sich wieder zusammen und schnarchte zufrieden weiter. Kommt Zeit – kommt auch wieder besseres Wetter.
Marlene saugte durchs ganze Haus und trank dann ein Glas frisches Wasser aus der Leitung.
Es war schön kühl und klar und schmeckte ausgezeichnet.
Gut, dass wir die Quellfasserei schon im Frühling gemacht haben.
Der Fund von Demlaks Leiche ging ihr wieder durch den Kopf. Bilder, die sie wohl nie mehr vergessen würde.

26.

Die deutschen Zollbehörden bekamen Arbeit. Die tschechische Polizei hatte ein Fax zurück verfolgt, Absender war eine Import-Exportfirma Dröger in Frankfurt. Sie hatte eine einzelne Lieferung durch dieses Fax bestätigt, das war ein wenig ungewöhnlich. Man wollte nun wissen, ob die genannte Firma polizeilich bekannt war.
Zollinspektor Hansl ließ den Namen durch seinen Computer laufen und bekam dann nur die lapidare Bemerkung: polizeilich bisher nicht aufgefallen. Die Firma lieferte kreuz und quer in der EU und hatte vor allem Importe aus Afrika, landwirtschaftliche Produkte.

„Schau, schau", bemerkte Staudinger, als die Nachricht vom dunkelblauen SUV bei ihm einlief.
„Wie mas vermutet haben, der Kieler hot den Wagen in Tschechien verscherbelt."
„Sicher können die tschechischen Behörden Genaueres ermitteln."
Langer wählte Pavels Handy-Nummer und sprach dann kurz auf seine Mailbox.

Der Tag wurde drückend schwül und heiß. Der Himmel leuchtete gelblichweiß.
Es duftete nach frisch geschnittenem Gras und die Grillen zirpten um die Wette.
Hochsommer.
Marlene war fleißig mit der Gießkanne unterwegs. Die Wühlmäuse hatten nun auch die Hochbeete entdeckt und sich an den frischen Salatpflanzen vergriffen. Es reichte ihnen nicht, dass Marlene ihnen schon die Roten Rüben überlassen hatte, nachdem die Mäuslein sie schon kunstvoll ausgehöhlt hatten. Sie seufzte.
Ihr Magen knurrte. Sie erntete die ersten Auberginen und briet sie dann knusprig in Rosmarin-Oliven-Öl.
Tom war begeistert. Die frischen Kartoffeln und das gekochte Wild passten wunderbar dazu.

Amelie kam mit einem Sonnenbrand aus dem Schwimmbad.
Die Oma schimpfte heftig mit ihr. Auf die Sonne aufzupassen, dafür wäre sie eigentlich schon alt genug, meinte sie. Amelie zog den Kopf ein und verrieb unter allerlei Verrenkungen eine Fettcreme auf ihrem Rücken. Das Ergebnis war, dass ihr leichter Pulli unangenehm anklebte. Sie zog ihn wieder aus und suchte ein leichtes Top. Weil sie nichts Passendes fand, kramte sie in der Schublade der Mutter.
Ganz unten im tiefen Fach lag eine dicke Ledermappe, deren umlaufender Reißverschluss mit einem kleinen Schloss gesichert war.
Was hat sie denn da versteckt? Und auch noch zugesperrt? Da muss etwas ganz Interessantes drinnen sein. Wie kriege ich das bloß auf?

Müssig schloss sein Büro ab.
„Kommst du mit noch irgendwas essen?"
Seine Sekretärin nickte.
Sie betraten gemeinsam eines der neuen Restaurants der kleinen Stadt. Längst erfüllten sie westlichen Standard. Alles war sauber und liebevoll dekoriert. Nichts erinnerte mehr an die unappetitlichen lieblosen Lokale der kommunistischen Ära.
Nachdem sie bestellt hatten, saßen sie sich eine Weile schweigend gegenüber.
„Wie geht es dir?", fragte Müssig vorsichtig forschend.
„Das fragst du noch?", fuhr sie auf.
„Beruhige dich, es tut mir leid!"
„Und damit ist die Sache für dich erledigt?"
Tränen standen in ihren Augen.
Müssig zog den Kopf ein.
Hätte ich mit dem Gespräch bloß noch gewartet!
Sie weinte lautlos. Unaufhörlich quollen dicke Tränen aus ihren Augen. Sie versuchte sie mit dem Taschentuch zurückzuhalten. Es gelang ihr erst, als der Kellner die Getränke brachte.
Dann schniefte sie heftig und trank von ihrem Bier.
„Essen wir erst einmal in Ruhe und dann reden wir", schlug Müssig vor.
Sie sagte gar nichts, sondern sah sich im Lokal um.
Es war hell und freundlich eingerichtet, an den Wänden hingen großformatige Fotos des Šumava zu den verschiedensten Jahreszeiten.
„Die haben sich ganz schön gemacht in den letzten Jahren", versuchte Müssig ein unverfängliches Gespräch.
Sie nickte nur und nippte wieder am Bier.
„Das Bier war ja schon immer prima, nicht so süß wie das Bayerische", begann er wieder.
Der Ober erlöste ihn mit dem Abendessen, Pfannenschnitzel mit Kartoffelsalat.
Sie aßen schweigend.
In einer Ecke hatten sich Jugendliche eingefunden, die offensichtlich etwas zu feiern hatten. Der Geräuschpegel des Lokals schnellte in die

Höhe. Und dann begannen sie hingebungsvoll und lautstark zu singen. Eine virtuos gespielte Ziehharmonika begleitete den Gesang und jedes ihrer Lieder hatte mindestens 38 Strophen.

Sie löffelten zum Kaffee noch ein Eis und verließen dann fluchtartig das Lokal.
„Ich fahre dich noch."
„Nein, lass nur! Das Stück gehe ich gern zu Fuß, es ist besser so."
Er sah ihr nach, wie sie trotz ihres Kummers leichtfüßig die Straße hinunterging und dann um die Ecke verschwand.
Es war immer noch sehr hell und jeder Stein atmete die gesammelte Hitze des vergangenen Tages aus.
Müssig zündete sich eine Zigarette an und stieg in seinen Wagen. Ein Schatten verfolgte ihn unauffällig und auch seine Sekretärin war nicht alleine unterwegs.
Als sie das Betriebsgelände wieder erreichte, bog gerade der modernste Laster der Firma neben ihr in die Einfahrt. Der Fahrer winkte und sie nickte ihm zu. Kurz darauf brachte er seine Papiere und mit einem Gruß verschwand er zum Parkplatz.

Langsam sank die Nacht herab, nur die Grillen zirpten immer noch fleißig und ein paar verirrte Leuchtkäfer blinkten heftig mit ihrem kalten blauen Licht, um eine Angebetete zu locken.
Im angrenzenden Wäldchen am Hang wurde der Beobachter abgelöst. Der Kollege der Nachtschicht kam mit einer großen Verpflegungstasche.
„Na dann viel Spaß heute Nacht, Ahoi!" Leise verschwand er hinter den Bäumen.
Der Hof des Betriebsgeländes wurde nur von einer einsamen Neonleuchte erhellt. Die große Lagerhalle weiter hinten, war nur noch ein mächtiger Schatten. Die Front des Bürohauses leuchtete orange im einsamen Licht eines Strahlers.
Der frische Beobachter beschäftigte sich eine Zeit lang intensiv mit dem Inhalt seiner Überlebenstüte. Essen und schauen ging gleichzeitig. Als er eine weitere Quark-Golatsche aus der Tüte gefischte hatte,

bemerkte er eine Bewegung am Rande des Schattens. Vor der Halle war jemand.
Er nahm sein Nachtsichtgerät hoch.

27.

Müssigs Handy begann um halb Sieben unangenehm zu klingeln. Verschlafen rollte er sich aus dem Bett und nahm das Gespräch an.
Es war seine Sekretärin.
„Heute Nacht ist eingebrochen worden, aus der Halle fehlen ein paar Sachen und ein Lkw ist auch futsch!"
„Was?", schrie Müssig.
„Ja hast du denn nichts gehört?"
„Nein, ich hatte eine Schlaftablette genommen. Einer der Fahrer hat vorhin Sturm geläutet und mich geweckt. Er hätte die erste Fuhre heute Morgen gehabt."
„Ich komme sofort."
Müssig warf das Handy auf den Stuhl und sprang unter die Dusche.
Was haben wir denn alles im Lager?
Die graue Masse im Kopf war zwar noch da, arbeitete aber erst langsam.
Er fühlte, wie ihn die harten Wassertropfen langsam richtig wach machten. Zum Schluss drehte er noch auf kalt, bis ihm die Luft wegblieb. Prustend verließ er die Nasszelle und zog sich an. Unten trank er nur eine Tasse Kaffee und nahm sich zwei Semmeln mit.
Mit aufheulendem Motor verließ er den Parkplatz.
„Nanu?"
Langer schaute ihm kopfschüttelnd nach.
„Ist das ein Tourist?"
„Nein, ich glaube ein Geschäftsmann der drüben in Tschechien arbeitet", meinte Gesine.

„Er hat sein Zimmer auf unbestimmte Zeit gemietet und zahlt wöchentlich. Dafür will er auch noch aufsteigenden Rabatt."
„Und du hast zugestimmt?"
„Na klar, so ein Dauergast ist nicht zu verachten."
Sie beendeten ihr gemeinsames Frühstück. Langer nahm Gesine zum Abschied in die Arme und wünschte ihr einen wunderschönen Tag. Lächelnd sah sie ihm nach.

Staudinger staubte gerade seinen Max ab.
„Körperpflege muss auch sein!"
Dann erwachte die elektronische Arbeitshilfe mit der Musik des Betriebssystems zu neuem Leben.
„Siehgst, glei is er viel besser aufglegt!"
Langer lachte.
Sie mussten heute am Samstag die Stellung halten, weil ein Großteil der Mannschaft bei einem Traditionstreffen der ostbayerischen Polizeibeamten war. Die Kollegen trafen sich am Grab des Gendarmen Sebastian Schütz, der am 1. April 1878 bei der Festnahme eines Schwerverbrechers tödlich verletzt worden war. Jährlich wird hier der Kollegen gedacht, die in Ausübung ihres Dienstes ums Leben kamen. Da man die Firma ja nicht ganz zumachen konnte, schoben sie mit einer Notbesetzung Stallwache.

Amelie hatte schon nicht mehr daran geglaubt, aber ihre Mutter erschien gegen 13 Uhr und brachte eine Menge Einkäufe mit. Sie füllte den Kühlschrank auf, zerlegte ein fertiges Backhähnchen in gleichmäßige Teile und richtete es mit frischem Salat und Baguette an.
Eine Weile aßen sie schweigend.
Dann fragte Mama nach der Schule.
„Nächste Woche haben wir einen Ausflug zum Baumei im Nationalpark. Ich muss noch 15 € zahlen", erklärte Amelie mit vollem Mund.
Ihre Mutter nickte zustimmend.
„Schön da."
Dann zückte sie ihre Geldbörse und gab ihr 50 €.
Amelie war sprachlos.

„Ist das für nächste Woche?“
„Nein, das ist für dich.“
„Einfach so?“
„Einfach so, weil du mich nicht nervst, und außerdem, weil ich mich auf dich verlassen kann.“
Dann stand sie auf, drückte ihr einen Kuss auf die Stirn und ging zur Spülmaschine.
Amelie lächelte.
Ist wohl doch noch nicht hoffnungslos mit uns beiden.
Sie räumte den Tisch ab.
„Kommst du heute Nachmittag mit ins Schwimmbad?“, fragte sie vorsichtig.
„Na klar. Da waren wir ja schon ewig nicht mehr.“

Müssig hatte den ganzen Samstagvormittag mit der Polizei – *verplempert*, wie er zu sich sagte.
Ausgerechnet den modernsten Lkw haben sie mir geklaut, den besten Wagen. Der ist in der Zwischenzeit sicher schon in der Ukraine oder in Russland.
Alle anderen Lkws waren bereits älter und jeder von ihnen hatte seine Macken.

Dagegen rieb man sich andernorts das Fäustchen. Mit dem Wert des „kassierten“ Lkws war ein Großteil der „Auslagen“ für Müssigs Neuanfang schon eingebracht. Aber das würde man ihm nicht auf die Nase binden und die Rückzahlung des Garantiedarlehens weiter einfordern.

Müssigs Sekretärin hatte vom Diebstahl nichts gehört und gesehen, und eigentlich wäre nach der Schadensaufnahme alles erledigt gewesen. Aber es fehlten auch ein Polizeibeamter und ein Dienstfahrzeug. Der Beobachterposten war einfach verschleppt worden und das verzögerte die ganze Angelegenheit erheblich.
Müssig bekam es nebenbei mit und nachträglich überlief es ihn noch heiß, wenn er an jene bestimmte Lieferung nach Frankfurt dachte,

die quasi unter den Augen der Polizei stattgefunden hatte. Aber offensichtlich hatten sie nicht mitbekommen, was da gelaufen war.
Glück gehabt, aber wie sehr kann ich es noch strapazieren? Er musste schnellstens Geld machen, und speziell diese Lieferungen brachten auch erheblich Kohle ein.
Die Beobachter haben nichts gemerkt, also muss ich es wieder so machen. Vielleicht sogar regelmäßig an bestimmten Tagen. Ja, genauso!

Geduldig ertrug er die zig-Nachfragen, die die Polizei immer noch hatte, und endlich konnte er die Spedition wieder verlassen. Unauffällig musterte er beim Wegfahren den Waldrand, aber er konnte nichts entdecken. Der Beobachterposten hatte natürlich die Stellung gewechselt.

Das Thermometer war tagsüber irgendwo zwischen 30 und 32 ° kleben geblieben. Es war drückend heiß.
Marlene und Tom schmökerten im Schatten und hielten sich an Eiskaffee. Am Spätnachmittag brach Tom zur Jagd auf und Marlene pflückte Himbeeren. Die Ruten dörrten in der Hitze allmählich ein, aber immer wieder fanden sich fingerhutgroße Früchte. An der großen Staude an der Zwingerwand hingen noch wunderbare Johannisbeeren. Die Rispen hatten fast Traubengröße und die prallen roten Früchte wirkten im Gegenlicht wie aus Glas. Sie waren wunderschön. Andächtig pflückte sie die Beeren. *Fast zu schade für Saft.*
Der Kübel füllte sich langsam.
Der Garten blühte in voller Pracht. Die Moschusmalve brachte rosa und weiße Farbkleckse. Das Mutterkraut in Weiß betonte das satte Gelb der Färberkamille und des Rainfarnes. Die Grillen zirpten um die Wette und ein paar dicke Ringelnattern genossen die Wärme der Steine, im Schatten am Pferdestall.
Marlene goss die Fleischtomaten, Paprika und Auberginen an der Stallwand und die großen Töpfe mit den Weinreben am Südbalkon.
Immer wenn sie Wasser schöpfte, musste sie an den Toten oben an der Quelle denken.

Sie war überzeugt davon, dass ihr Vormieter mit der Sache zu tun hatte.

Gegen 17 Uhr endete die Stallwache für Langer und Staudinger. Die Abendmannschaft trat in voller Stärke an. Sie gingen flott und grüßend an Kriminalrat Koller vorbei, bevor er ihnen noch einige mit ähs gespickte Vorhaltungen mit ins Wochenende geben konnte.
Langer erstand noch drei große altrosa Hortensien beim Gärtner. Die passten wunderbar für die Ostecke, fand er. Es machte ihm Spaß, wieder etwas Farbe ins Einheitsgrün zu bringen.
Staudinger hatte noch einen wichtigen Termin beim Sender Wasching.

Glücklich und sonnenmüde kamen Amelie und ihre Mutter aus dem Schwimmbad. Das Wetter hatte noch gehalten und jetzt am Abend war nicht mehr arg viel los gewesen. Sie waren geschwommen und hatten sich gesonnt und sich über ganz banale Dinge unterhalten. Jede vermied es das große Thema Unfall und seine Folgen anzuschneiden. Und der Nachmittag verlief harmonisch wie lange nicht mehr.
Es gibt sie also doch noch, meine kleine Familie!
Amelie genoss es nicht alleine zu sein.
Gut, dass sie die Ledermappe doch nicht gewaltsam geöffnet hatte. Wie hätte sie es Mama erklären sollen?

Aus dem Süden näherte sich eine verschwommene grauschwarze Wolke und dann donnerte es auch schon heftig. Marlene räumte die Stuhlkissen ein und schloss die Dachfenster.
Vorsorglich nahm sie die gesamte Elektronik vom Netz.
Dann setzte sie sich auf den Südbalkon, um das Wetter zu beobachten. Die dunkle Wolke kam nun direkt auf sie zu.
Eigenartig, es geht kein Wind.
Nicht das leiseste Lüftchen bewegte die Blätter der Espe unten. Die Wolken fransten aus, drüben am Gegenhang begann es zu regnen. Hier war es fast beängstigend ruhig. Die Vögel verstummten für kurze Zeit und pfiffen dann, als wollten sie ihre Angst nicht zeigen. Die Zirpen stimmten ein.

Aber es war, als hielte die Natur den Atem an. Allerdings nur kurz, denn schon blitzte es direkt neben dem Haus und gleichzeitig krachte der Donner. Das Wetter war da, aber es regnete nicht.

Wieder war es still. *War das schon alles?*

Es dauerte eine ganze Weile, bis es wieder blitzte und krachte.

Komisches Gewitter.

Und dann klimperten die Blätter in der weiteren Umgebung wie von einem himmlischen Klavierspieler angeschlagen und plötzlich spielte ein ganzes Orchester immer näher.

Schwere Tropfen fielen direkt auf ihre nackten Beine. Sie stand auf und ging ins Haus. Der Regen kam ein wenig zaghaft, so als geniere er sich, alles nass zu machen. Und dann hörte er wieder auf.

Dafür krachten harte Donnerschläge und dazu blitzte es nun auch am Südhorizont heftig.

Marlene hatte keine Angst vor Gewittern, sie liebte sie aber auch nicht. Jetzt öffneten sich die himmlischen Schleusen endgültig und der Regen floss über die geöffnete Klappe aus der Dachrinne in den frisch geschrubbten Grand. Marlene stand in der Dielentüre und sah zu wie er voll lief.

Wo Tom nur bleibt?

Sie räumte ihre Küche auf und setzte sich mit einem Buch ins Wohnzimmer.

Da, wieder ein Blitz und der Donner gleichzeitig. Das Licht erlosch schlagartig. Sie tastete sich in die Küche und fingerte nach Kerze und Zündhölzern. Dann zündete sie den großen Tafelleuchter an und ging damit in den Keller, weil sie etwas gehört hatte.

Es war Tom. Sie leuchtete ihm und legte am Sicherungskasten den Fi-Schalter um. Der Strom war wieder da.

Draußen blitzte und krachte es unvermindert weiter.

Sie bereitete eine späte Brotzeit, und sie besprachen den vergangenen Tag.

Plötzlich begann es zu knistern und zu klappern.

„Es hagelt!“, schrie Marlene und schon nahm die Intensität des Geräusches zu. Es war, als ob jemand mit Steinen aufs Dach und an die Fenster würfe.

Marlene lief hinauf und sah nach den Dachfenstern. Sie waren noch heil, konnten aber jeden Moment unter dem harten Anprall bersten. An die Scheiben schlugen Eisbatzen in Daumennagelgröße. Mit hartem Klack-Klack und Klack-Klack-Klack trafen sie knallend aufs Glas und glitten schräg nach unten.
Der Herr Hund hatte sich unter den Tisch verzogen, dieser ungewohnte Lärm machte ihm Angst.
„Er war den ganzen Abend schon so komisch", erzählte Tom.
„Das habe ich noch nie erlebt, dass er so unruhig unter dem Hochsitz hin und her lief und Wurzeln ausriss. Er muss es schon gemerkt haben, dass da etwas auf uns zukommt."
Das Hageln schien kein Ende zu nehmen.
Blitze, die die Nacht erhellten, eröffneten ein schauriges Bild des Tales. Alles war weiß, Winterlandschaft im Juli.
Auf der Westseite lief die Dachrinne über. Der Aufgang war zum Wildbach mutiert, es war gespenstisch.
Das war's wohl mit der Ernte für dieses Jahr!
Endlich hätte es wieder ein wenig Obst gegeben.
Gut, dass ich schon so fleißig Beeren gepflückt habe und in den letzten Tagen soviel Saft gekocht.
Aus dem Gewittersturm war das Heulen einer Sirene zu hören. Hatte es irgendwo eingeschlagen oder war ein vollgelaufener Keller der Grund des Alarms?
Langsam verstummten die Hagelschläge. Aber die Gewitter rundum hatten sich nun zu einem vereinigt. Gigantische Energieentladungen erhellten den Nachthimmel, der Donner kam gar nicht mehr nach. Es dauerte noch Stunden, bis sich alles wieder beruhigte.
Sie öffneten die Balkontür. Ein eiskalter Hauch wehte herein. Aus dem Tal war das mächtige Rauschen des angeschwollenen Baches zu hören. Und sie wussten wieder, wie klein und machtlos sie der Natur gegenüber waren.

Als die schweren Gewitter aufzogen, war Amelie zu Mama ins Bett gekrochen und hatte sich geborgen gefühlt wie schon lange nicht mehr.
Es wird alles wieder gut werden.

Und trotz des heftigen Unwetters draußen schlief sie tief und fest.
Ihre Mutter fand noch lange keinen Schlaf.
Wo hinein bin ich nun schon wieder geraten?
Sie schien das Unglück anzuziehen. Nur hier bei Amelie war noch so etwas wie Frieden.
Ach könnte ich einfach nur hier bei ihr bleiben und sonst nichts weiter! Und was wäre, wenn ich wieder ganz zu Hause bei Amelie bliebe? Ich habe doch das kleine Auto. Das muss irgendwie zu machen sein! Er kann doch nicht einfach verlangen, dass ich ständig in der Firma beibe!

28.

10. Juli
Der Sonntagmorgen war ruhig, die Natur nach dieser Gewaltentladung erschöpft. Im Tal lagen dichte Nebelbänke.
Tom und Marlene gingen hinaus und betrachteten die Verwüstungen. Die Bäume waren zerzaust, überall lagen grüne Früchte, Blätter und Äste am Boden. Das Gras war platt, als wäre ein Panzer darübergewalzt. Von den Stangenbohnen hing das Laub in Fetzen, die Triebe waren fort. Die Zucchiniblätter glichen Lumpen. Eine Frucht sah aus wie von einem Erschießungskommando beharkt. Die Hokkaido-Kürbisse wiesen nur noch zerrissene Blattreste vor und lagen total am Boden. Der Rhabarber hatte Hagelschläge wie scharfe Bisse und wirkte wie ausgeblutet. Von den Geranien waren nur kahle Stiele geblieben. Die Sonnenblumen hingen grausam geknickt, die Johannisbeer- und Jostabüsche waren durchsichtig geworden und leer. Halbreife Pflaumen, Zwetschgen und Äpfel lagen in großer Zahl unter den Bäumen und über allem hing der Friedhofsgeruch toten und sterbenden Grüns.
Wortlos begannen die beiden die Terrassen zu reinigen. An den Rändern lagen wie Schneewehen zusammengebackene Reste der Hagelschauer.

Auf der Westseite war die Dachrinne übergelaufen und ein Schlammbach hatte sich quer über die Platten nach unten ergossen. Es war schwül warm und bald schwitzten sie heftig.
Mittags machten sie eine kurze Pause, arbeiteten dann aber verbissen weiter, die Wege und Treppen zu reinigen. Der Sonntag war ihnen vergangen.
Dabei konnten sie noch von Glück sagen, dass die Fenster heil geblieben waren. An der Stallwand hatte der Dachvorschuss das Gemüse gerettet und im Treibhaus war auch alles in Ordnung. Die übrigen „Erntearbeiten“ erledigten sie eben jetzt sofort.
In Abwandlung der Witwe Bolte konnte Marlene nur sagen: „Und mein ganzer Erntetraum liegt unter diesem Apfelbaum!“
Sie entsaftete, was möglich war, aber die Äpfel waren auch für Gelee noch zu grün. Der Pflaumenkuchen wurde schon gut, ebenso die Buchteln. Der Saft war vielleicht noch nicht richtig süß, aber das Gelee würde herrlich werden.
Die Freude am Garten war ihnen für die nächste Zeit so ziemlich vergangen. Fast die ganze bisherige Arbeit war umsonst gewesen. Und das war nicht gerade aufmunternd.
Am Nachmittag sahen sie, dass ein paar Kollektor-Röhren auf dem Dach kaputt waren. Auch die Telefonanlage hatte etwas abbekommen, aber das merkten sie erst am Montagmorgen.

Bei der Pension am Wald schwemmten die schweren Regen Erdreich über den Parkplatz. Ein Fuhrunternehmer musste am Sonntagvormittag mit einem Räumschild das Material von der Teerdecke abziehen. Gesine ließ es an der unteren Gartenecke zu einem Berg auftürmen, den die Kinder der Hausgäste sofort mit Begeisterung in Besitz nahmen. Es war nämlich kein fader Sand, sondern richtig schöne Erde, die auch klebte und mit der die Kinder herrlich backen konnten. Die zugehörigen Eltern konnten in Ruhe essen oder Kaffee trinken, sie hatten von der Terrasse aus den Nachwuchs im Blick. Wenn sie auch den Kopf schüttelten über soviel Freude an solchem – Dreck.
„Selten ein Schaden, ohne Nutzen!“, meinte Gesine und lachte über die Kinder, die sich endlich einmal richtig schmutzig machen durften.

Aus dem Spielzeugfundus der Pension hatte sie Förmchen und Schäufelchen zur Verfügung gestellt und auch noch zwei robuste Bagger und Gießkannen. Für die „Erdarbeiter“ war der Waschhauseingang geöffnet. Dort konnte man die Kleinen gleich mit Kleidung unter eine warme Dusche stellen und die Stiefel deponieren.

Am Nachmittag kam Pavel vorbei. Auch er besichtigte den Monte-Batzo. Er erzählte Langer vom Einbruch in der Spedition an der Grenze und vom Verlust des Beobachterpostens.
„Habt ihr keine brauchbaren Spuren?“
„Nein, alles vertrampelt.“
„Und Verdacht habt ihr auch keinen?“
„Doch schon aber das ist schwierig.“
„So genau wollt ich‘s gar nicht wissen“, lachte Langer.
„Gibt’s bei euch auch sowas wie unseren Sender Wasching?“ Und er erklärte Pavel von den vielen Beobachtungen, die sie so erhielten.
„Nicht direkt, nur wenn jemand sich etwas erwartet von der Zusammenarbeit, sonst hört man bei uns nichts, kein Sendebetrieb.“
„Schade.“
Pavel nickte.
„Es gibt große Probleme bei uns, nur zu Ihnen gesagt. Immer wieder werden eigene Leute in Dinge verwickelt. Wie soll ich sagen, sie werden eingefangen. Da ist der Kollege, der seine Raten nicht mehr bezahlen kann und dem großzügig *geholfen* wird. Der andere hat durch einen Brand sein Haus verloren und ist nun total verschuldet und man greift ihm sofort *hilfreich* unter die Arme. Das dicke Ende kommt dann schnell und „man“ erwartet natürlich eine Gegenleistung. *Die* Gefälligkeit und jenes Wegsehen wird verlangt, da ein Dokument und dort eine Unterschrift. Langsam dringt die Mafia so in unser Gefüge ein und du merkst es nicht einmal. Du arbeitest mit Kollegen von denen du nicht genau weißt, sind sie loyal oder hintertreiben sie deine Arbeit? Ich bin manchmal sehr niedergeschlagen, das sage ich Ihnen.“
„Die Mafia probiert es überall, keine Organisation ist da sicher“, tröstete Langer den jungen Tschechen.

„Aber wir dürfen deshalb nicht aufgeben, trotz aller Hindernisse. Wir müssen dran bleiben, so schwer das auch sein kann!
Pavel, Kopf hoch! Wir werden auch diesmal Erfolge haben!
Also darauf trinken wir einen geeisten Himbeergeist, einverstanden?"
„Einverstanden."

29.

Der Montagmorgen war trist und grau, wie es sich gehört.
Die Passauer Zeitung berichtete von einem Tornado, der eine Schneise der Verwüstung durch den Bayerischen Wald geschlagen hatte. Bilder von unpassierbaren Straßen und verdrehten Hochspannungsmasten sprangen ins Auge, neben kaputten Kollektoren am Boden und umgestürzten Lkws.

„Mein lieber Schwan, da war was los!"
Staudinger barst fast, vollgefüllt mit Neuigkeiten bis oben hin.
Vom Sender Wasching gab es laufend Sondermeldungen, die immer wieder telefonisch hereinkamen.
Langer schüttelte nur noch den Kopf.
„Das sind ja die reinsten Kriegsberichterstatter."
„Mir könnten glatt wirklich an Sender aufmachen", verkündete Staudinger stolz.
„Immer direkt am Puls des Volkes!"
Gegen Mittag beruhigte sich die Lage.
Dann kam die Meldung aus der Wachstube, dass man auf einer bayerischen Forststraße einen tschechischen Wagen mit einem bewusstlosen Fahrer gefunden hatte. Er war bereits ins Krankenhaus gebracht worden.
Langer und Staudinger machten sich auf den Weg.
Der junge Mann war zwischenzeitlich aufgewacht und klagte über heftige Kopfschmerzen.

Dann wies er sich aus. Vaclav Kovač war tschechischer Polizeibeamter. Langer rief Pavel an und meldete ihm den Fund seines verschleppten Beobachtungspostens, komplett und unversehrt.
Sie durften den jungen Mann mitnehmen und gingen miteinander essen.

Kovač sprach ausgezeichnet deutsch und erzählte den beiden bayerischen Kollegen, ungemein schauspielerisch begabt von seiner Entführung.
„....und dann haben sie mir gewaltsam ein Tränklein eingeflößt und ich sank hin und erwachte erst wieder in einem bayerischen Klinikbett, aber mit böhmischem Brummschädel!"
Als sie beim Kaffee angelangt waren, kam Pavel, um ihn abzuholen. Die bayerischen Kollegen nahmen noch Spuren vom Fahrzeug, die in beiden Ländern dann durch die Karteien gejagt werden sollten.
„Ihr habt was gut bei uns!", rief Pavel zum Abschied.
„Verschleppen die einfach an ganzen Beobachterposten. Sachen gibts!" Staudinger schüttelte den Kopf.

Mittags gegen Eins kam wieder jener unauffällige Kombi zur bekannten Spedition und lud zehn Kühlbehälter in den Laderaum eines wartenden Lkws.
Kasparek legte den Gang ein und fuhr los.
Jetzt bin ich wieder bei dieser alten Mistkarre gelandet. Na hoffentlich stimmen die Bremsen wenigstens soweit, dass ich wieder anhalten kann!

Der heutige tschechische Beobachter hatte sich eine Liste angelegt: wer, wann und was und die Uhrzeit. Er war ein Mann mit Ordnungssinn.
Vielleicht sollte ich die unterschiedlichen Einträge in Farbe machen und später auf Grund der Angaben eine aussagekräftige Grafik.
Dazu hörte er einen Musiksender und wippte mit, dass sich das ganze Auto rhythmisch bewegte.

Amelie saß in der Schule und träumte mit offenen Augen. Das Grau draußen kontrastierte erheblich mit ihren sonnigen Erinnerungen

an das Wochenende. Mama hatte versprochen wieder ständig bei ihr zu wohnen. Sie hatte abgenommen, aber am Montagmorgen war sie nicht mehr so blass und nervös wie am Samstagmittag. Sie hatte sich auch gut erholt.
Amelies geistige Abwesenheit war auch ihrer Lehrerin schon aufgefallen. Darum sprach sie sie jetzt direkt an und holte Amelie zurück in den Montagalltag. Amelie nahm sich zusammen, sie wollte keinen Ärger.

Nach den letzten schweren Gewittern, hatten sich die Tiefs irgendwie über Deutschland verhakt. Sie zogen beharrlich ihre Kreise von West nach Ost wie ein großes Wolkenkarussel und schaufelten große Regenmengen herein. Dazwischen waren winzig kleine warme Sonnenfenster, aber sie reichten nicht aus. Höchstens trugen sie dazu bei, dass man die Hoffnung auf Sommer nicht ganz verlor.
Marlene hatte die Zentralheizung wieder eingeschaltet. Im Büro war es einfach zu kühl.
Die starken Regenfälle holten viele weitere Äpfel und Pflaumen von den Bäumen und Marlene buk, den in ihren Augen hundertsten Zwetschgenkuchen.

Müssig war wieder einmal sehr nervös. Die Fuhre lief gerade und da konnte viel passieren. Um sich abzulenken, spielte er auf seinem Laptop ein Kartenspiel, das half. Er unterbrach nur immer einmal kurz, wenn seine Sekretärin auftauchte. Es war ihm dann doch peinlich bei so einer „Tätigkeit" ertappt zu werden.
Sie will nicht mehr hier wohnen. Auch gut, dann muss sie eben jeden Tag fahren!
Deshalb gab es keinen Streit, ihr Verhältnis war angespannt genug, er wollte es nicht noch weiter strapazieren. Er war auf ihre Loyalität angewiesen. Wegen der nun anfallenden Benzinkosten, erhöhte er großzügig ihr Gehalt.
Endlich, gegen 19 Uhr kam das erlösende Fax – Ersatzteile eingetroffen und in Ordnung.

Diese Nachricht erhielt auch die vereinbarte Bank und würde das Geld auf ein drittes Konto überweisen.
Frechheit siegt!
Müssig rechnete noch einmal kurz durch wie viele Sendungen er noch brauchte um seine Schulden zu bezahlen. Er atmete auf und fuhr zurück in seine Pension.

Fleißiger Mann, dachte der Beobachter und trug die Uhrzeit in seine Liste ein. *Kein Wunder, dass die Deutschen immer Erfolg haben, bei dem Einsatz.*

Müssig gönnte sich noch einen Cognac als Schlaftrunk und ging bald nach oben. Kaum war er um die Ecke verschwunden, kam Langer nach Hause.
Er begrüßte freudig seine Gesine, die schon mit dem Abendessen auf ihn wartete und ließ seinen Polizeialltag hinter sich.
Die Stimmung der Gäste schwankte beträchtlich, je nach Witterung. Als neues Zugpferd, auch bei Schlechtwetter, hatte sich die Ilztalbahn erwiesen. Sie fuhr zwar vorerst nur am Wochenende, aber Gesines Gäste waren begeistert.
„Diese herrliche Landschaft und diese Ausblicke und das nette Personal! Da könnte sich die Deutsche Bahn glatt was abkucken, aber wirklich! Da ist man noch gern gesehener Gast, da wollen wir noch einmal fahren und dann in Passau ein wenig bummeln!"
„Wir könnten eigentlich auch einmal mitfahren", schlug Langer vor. Gesine nickte begeistert. Die B 12 war ihr ein Alptraum. Aber so konnte man in aller Ruhe unterwegs sein, fern vom Straßenverkehr.
„Das ist eine prima Idee!
Magst du noch einen Nusspalatschinken als Betthupferl?"
„Immer."
Er folgte ihr in die Küche, und als sie die wunderbaren Pfannkuchen aßen, fragte er sie:
„Was hältst du davon, wenn wir auch einmal verreisen, so wie Tom und Marlene es halten?"
„Ist das ein ernsthafter Vorschlag?"

„Aber natürlich!“
Sie nickte versonnen.
„Wenn ich den Termin rechtzeitig weiß, kann ich das schon einrichten.“
„Ich besorge mir Unterlagen und dann planen wir!“
Gesine nickte glücklich.

In der großen Klinik waren schon viele Fenster finster, der gedrosselte Nachtbetrieb hatte längst begonnen. Im Verwaltungstrakt gab es nur noch ein Licht, es drang aus dem Büro des Chefarztes.
„Sie sind also nicht damit einverstanden?“
Der junge blonde Arzt hinter dem imposanten Chefschreibtisch blickte geringschätzig auf den älteren Kollegen. Seine Augen waren hart, sein Auftreten wie immer arrogant.
„Und was wollen Sie machen, wenn ich *nicht damit aufhöre?*“, fragte er lauernd.
„Ich werde an die Öffentlichkeit gehen“, antwortete der Ältere ruhig.
„Wollen Sie mich erpressen?“
Aufgebracht schob er seinen Sessel zurück und sprang auf. Er trat ans Fenster und sah hinaus auf die Lichter der Stadt, wie um dort eine Lösung zu finden.
Nach einer Weile drehte er sich um und sagte kalt:
„Na dann tun Sie, was Sie nicht lassen können. Sie werden ja sehen, wie weit Sie damit kommen!“

30.

Vaclav Kovač war wieder im Innendienst. Seine Kollegen hatten sich genüsslich das Maul zerrissen über seinen unfreiwilligen Ausflug nach Bayern. Sie nannten ihn nur noch ihren „výletník", ihren Ausflügler. Darum stürzte er sich auch mit Hingabe auf die Untersuchungen, die im Zusammenhang mit der verdächtigen Spedition liefen.
Von den deutschen Behörden war ein Phantombild eingelaufen, das er seit einer Weile genauer betrachtete.
Den Mann auf dem Bild, den kenne ich. Den habe ich erst kürzlich gesehen. Aber wo?
Als geübter Zeichner übertrug er das Bild auf ein leeres Blatt Papier. Dann verpasste er dem Kopf eine Brille, einen Bart und einen supermodernen Kurzhaarschnitt.
„Da haben wir es ja!"
Er stieß einen Jubelschrei aus, dass der Kollege am anderen Schreibtisch beinahe vom Stuhl fiel.
„Jeschusch-Mariand-Josef, was ist los? Willst, dass ich mich zu Tode erschrecke?"
„Da sieh her!", damit hielt er dem Kollegen das Fahndungsbild und seine Zeichnung unter die Nase.
„Was so Kindergeschmiere alles zutage bringt!" Dann bückte er sich schnell, weil er einem Wurfgeschoß ausweichen musste.
Kovač eilte zu Pavel Studinka, der die Ermittlungen leitete.
„Ich habe da etwas entdeckt!"
Und Kovač sollte an diesem Tag ein zweites Erfolgserlebnis haben, der Bericht über einen dunkelblauen SUV, entdeckt auf dem Parkplatz der bekannten Spedition, landete auch auf seinem Tisch.
Pavel Studinka freute sich über den Erfolg seines engagierten Mannes, dem man so übel mitgespielt hatte.

„Mia ham den Kieler gfunden!", rief Staudinger erfreut, als er Pavels Fax erhielt.

„Wo denn?"
Staudinger schob die kurz vorher angefertigte Zeichnung über den Schreibtisch.
„Menschenskinder, das ist doch der eilige Geschäftsmann, der bei uns wohnt!"
„Was mach ma jetzt?"
„Wenn wir ihn gleich festnehmen, kommen wir nie dahinter, was er so alles treibt!"
„Na ja, die Tschechen beobachten ihn schon eine ganze Weile. Es hat aber noch nichts gebracht, nur einen verschleppten Beobachter."
„Ich werde mich mit Pavel beraten."

Sie trafen sich auf dem B 12 Parkplatz Wasserscheide.
„Also, unser gesuchter Kieler ist zum Herrn Müssig mutiert. Hier in Bayern hat er einen Motorradfahrer totgefahren. Dann wechselt er seine Identität und steigt bei euch gleich groß ins Import-Export-Geschäft ein. Er muss weitreichende Verbindungen haben."
Pavel nickte.
„Unsere Beobachtungen haben noch nichts ergeben, aber es wäre falsch, ihn jetzt schon aus dem Verkehr zu ziehen. Es läuft etwas, ich spüre es ganz deutlich."
„Ich schlage vor, wir nehmen mit Hilfe der Bundespolizei noch einmal die Empfängerfirmen in der BRD genauer unter die Lupe."
„In Ordnung, und wir beleuchten seine Konten und die Verbindungen im Osten."
Sie verabschiedeten sich mit Handschlag und trennten sich.
Ein Richtmikrofon wurde sorgfältig wieder eingepackt und der stille Mithörer stieg in einen unauffälligen dunklen Polo mit tschechischem Kennzeichen.

Trotz Drängens erhielt Müssig in nächster Zeit keine der gewünschten lukrativen Lieferungen mehr. Man sagte ihm auch nicht, warum. Das Geschäft lief trotzdem gut. Er hatte günstig einen umgebauten Lkw für Holzpellets erstanden und belieferte nun mit Dumpingpreisen den bayerischen Grenzraum.

Die Pellets erhielt er direkt aus der Nachbarschaft. Ein Sägewerker hatte den richtigen Dreh gefunden, Holzmehl mit fein gehäckseltem Müll so zu vermischen, dass es auf den ersten Blick nicht auffiel. Das bittere Erwachen würde es bei den Abnehmern erst im Winter geben, wenn der eingeschmuggelte Müll die Brennnester der Heizungen mit Schlacke verbacken würde. Das Gütesiegel auf Angebot und Rechnung war natürlich gefälscht. Müssig beglückwünschte sich zu seiner Geschäftsidee, die ohne großen Aufwand soviel einbrachte. Natürlich hatte er den Hersteller noch kräftig im Preis gedrückt, ihm aber eine große Abnahme zugesagt. Der hatte zähneknirschend eingewilligt. Bis die Sache aufflog, würde Müssig schon aus dem Geschäft ausgestiegen sein. Den Lkw wollte er baldmöglichst weiterverkaufen.

Amelie genoss es, dass ihre Mutter wieder regelmäßig zu Hause war. Gemeinsam verließen sie am Morgen die Wohnung und Amelie kochte am späten Nachmittag. Wenn die Mutter kam, war das einfache Essen fertig und sie aßen gemeinsam und besprachen ihren Tag. Natürlich unterhielt sich Amelie weiter mit der Oma, aber nicht mehr in dem Umfang wie vorher.

Über den Unfall hatten sie sich immer noch nicht ausgesprochen. Beide mieden das Thema, aber Amelie wurde langsam ungeduldig.

Was ist eigentlich mit der Beerdigung? Müsste die nicht schon längst gewesen sein?

An diesem Abend wollte sie es wissen.

„Wann war eigentlich die Beerdigung?“, fragte sie so beiläufig wie möglich.

Ihre Mutter hob ruckartig den Kopf. Sie war blass geworden.

Dann räusperte sie sich.

„Vor vier Wochen.“

„Und warum hast du mich nicht mitgenommen?“, rief Amelie entrüstet.

„Du hattest Schule.“

„Als wenn das ein Grund wäre!“

Amelie sprang auf, dass ihr Stuhl umfiel und lief in ihr Zimmer. Die Türe knallte zu und der Schlüssel knirschte im Schloss.

Amelies Mutter ließ den Kopf hängen und weinte lautlos. Dann, nach unendlich langer Zeit, räumte sie den Tisch ab.

Kasparek hatte wieder einmal Besuch von der Polizei. Das wurde langsam zur Gewohnheit. Sie wollten wissen, wo er seinen SUV her hatte und ob der nicht beschädigt war.
In der Zwischenzeit war er so schlau, lieber gleich mit der Wahrheit herauszurücken, die fanden sie sowieso heraus.
„Na ja, Woitec, der Schrotthändler, hat doch immer gebrauchte Wagen. Und als ich ihn da stehen sah, habe ich mich sofort in ihn verliebt. So einen Wagen wollte ich schon lang, aber neu ist der einfach zu teuer für mich. Wegen der Beule konnte ich den Woitec noch weiter herunter handeln, außerdem hatte ich noch was gut bei ihm."
Auf den fragenden Blick rückte er damit heraus, dass er hin und wieder Originalersatzteile für ihn mitbrachte, so nebenbei.
„Die kleine Beule am Wagen habe ich selbst repariert. Jetzt ist er wieder wie neu!
Was ist mit dem Wagen?"
„Damit wurde jemand totgefahren."
„Was?" Kasparek erschrak.
„Damit habe ich nichts zu tun!"
„Nein, nein, das wissen wir."
Der Schrotthändler stellte sich eine Weile dumm. Erst als man ihm drohte seine Bücher mitzunehmen und den Platz gründlich zu untersuchen, lenkte er ein.
„Na ja, der Kerl hat gesagt, er hätte die Karre beim Einparken lädiert. Warum sollte ich das nicht glauben? So weit hat es ja nicht gefehlt."
Der Polizist zeigte ihm ein Foto.
„War es dieser Mann?"
Woitec runzelte die Stirn.
Der Beamte holte die Zeichnung heraus.
„ Ja, ja, das war er."
„Gut! Übrigens, hast du keine Lichtmaschine für einen 95er Škoda? Eine neue ist mir zu teuer, weil die Kiste schon so alt ist."
Woitec kratzte sich am Kopf und nickte.

„Komm mit.“

31.

Nach den letzten heißen Tagen gab es heftige Regenfälle. Die Morgen waren grau und nebelig, als zöge schon der Herbst herauf.
Staudinger brachte einen fünf Liter Karton Apfelsaft mit. „Die Apferl hob i eigenhändig gwürgt!“, behauptete er.
„Na, na.“ Mundl aus der Wachstube schüttelte nur den Kopf.
„Ia, da Gartenbauverein hot a Press und do kann ma vo de eignen Äpfel Saft machen und a glei pasteurisieren und abfuilln. A prima Sach is des!“
Zwei Tage lang hatte dann die Hälfte der Belegschaft Durchfall, einige vertrugen den pur genossenen Saft offenbar nicht.
„Aber guat war a scho!”, kommentierte Mundl.
„Nur so schneii meng ma koan mehr“
„Is ja nur, weils nix Ordentlichs gewohnt seits!“
Staudinger feixte und der Sender Wasching lachte.

Langer saß über den Akten und blickte geistesabwesend zur Wand.
„Wos ist los?“
„Weißt, was ich mir schon länger überlege?“
„Nein.“
„*Warum* hat man dem Würfl die Papiere gestohlen? Das muss doch einen Grund gehabt haben.“
„Hmhm.“
Staudinger zog seine Stirn in dicke Dackelfalten und dachte angestrengt nach.
„Für Irgendwas bei dem man die Papiere braucht“, schlug er vor.
„Da wär ich jetzt nicht drauf gekommen!“
„Also, wann braucht man Papiere?“
„Als Identitätsnachweis dem Staat gegenüber.“

„Oder einer Bank gegenüber."
„Menschenskinder!"
„Wenn man was abheben oder abholen will."
„Wir müssen sofort in Demlaks alte Bank, da muss es etwas geben auf den Namen Würfl!"

Sie gingen zu Fuß.
Der Nebel hatte sich endlich verzogen, hinter fahlen Wolkenschichten kam immer wieder einmal die Sonne durch und wärmte gleich wie im Sommer.
„Mei, war des sche, wenns sche war'!", schwärmte Staudinger.
„Hoffentlich bleibts no aso, ich hob no an Hauffa Arbeit im Garten."
Etwas atemlos kamen sie an.
Vormitttägliche Ruhe lag über der großen Halle. Hier schien die Zeit langsamer abzulaufen, sie kostete schließlich.
Langer zeigte seinen Ausweis und verlangte die Offenlegung sämtlicher Konten auf den Namen Otto Würfl.
Die Bankangestellte zögerte und holte dann ihren Vorgesetzten.
Ein Enddreißiger, schlank und sportlich elegant gekleidet, nahm sich ihrer an.
„Bitte kommen Sie mit."

Sie wurden in ein verglastes Büro gebeten, das noch dezent nach Rauch roch.
Es gab tatsächlich ein Sparkonto auf den Namen Otto Würfl.
Allerdings war es auf zehn Jahre gesperrt, mit einer Verzinsung zu 5 %.
Es wies ein Guthaben von 318.591,78 € auf.
Der Grundstock des Guthabens waren jährliche Einzahlungen von jeweils 24.000 €.
„Sauber!", entfuhr es Staudinger.
„Woher kamen diese Einzahlungen?", wollte Langer wissen.
„Das sind Daueraufträge, Absender Paul Kramer."
Sie ließen sich die Adresse geben.
„Gibt es auf den Namen Eugen Berger auch Konten?"

Der junge Mann sah noch einmal nach und verneinte dann. Beschwingten Schrittes gingen sie zurück ins Büro.

Erwartungsgemäß gab es keinen Paul Kramer unter der angegebenen Adresse. Es fand sich nur einer und der war erst sieben Jahre alt.
„Nehmen wir einmal an, Demlak versteckte sich unter diesem Namen“, begann Langer.
„Wenn er mit dem Bankraub zu tun hatte, brauchte er ja diese beiden Helfer, und nehmen wir weiter an, er hat für die beiden dieses Sparkonto angelegt. Wenn sie den Mund hielten und ihre Strafe absaßen, hatten sie ein gutes Startkapital.“

„Das könnt er heute nicht mehr machen“, bemerkte Staudinger.
„Warum?“
„Na, mit den miserablen Zinsen, dies jetzt zahlen.“
„Und Würfls Frau musste das Haus verkaufen.“
„Wenns nur no a bißl zugwart hätt. Des is gscheid bled glaufa.“
„Aber der Handel ging anscheinend nur zwischen Demlak und Würfl. Vielleicht hat Eugen Berger gar nichts davon gewusst. Es gibt kein Konto auf seinen Namen. Und dann hat er herausgefunden, dass da etwas lief und deshalb hat er Würfl halb totgeschlagen und ist mit allen seinen Papieren hergekommen.“
„Aber warum hot er dann net glei des Geld abgholt und is damit verschwunden?“, warf Staudinger ein.
„Vielleicht hat ihm Würfl doch nicht alles gesagt. Außerdem hätte er dazu ja das Sparbuch gebraucht und das haben wir bisher nicht gefunden.“

Kriminalrat Koller japste nach zahlreichen „ähs“ nach Luft. Er wollte sofort eine äh Pressemitteilung herausgeben. Langer konnte es ihm aber ausreden. Besonders mit dem Hinweis auf die schwebende Beobachtung Kielers.
„Na ja, äh da muss ich ihnen äh doch recht äh geben“, lenkte er schließlich ein.

An diesem Abend fuhr Langer sehr beschwingt nach Hause. Ein bunter Strauß lag auf dem Beifahrersitz. Gesines Augen leuchteten auf, als er ihn ihr überreichte.
„Ach, ist der schön! Gibt es was zu feiern?"
Langer strahlte sie an.
„Ein bisschen."
Als die beiden zum Essen Platz nahmen, sah Langer Müssig draußen vorbei in den Salon gehen.
„Das ist er übrigens", wisperte er.
„Wer?"
„Na, dein Dauergast! Er ist der Mann, den wir gesucht haben!"
„Nein! Ist er gefährlich?"
„Na ja", meinte Langer lahm.
„Und da lasst ihr ihn immer noch frei herumlaufen?"
Gesines Stimme war scharf geworden.
„Reg dich nicht auf, es geht um noch größere Zusammenhänge. Du bist doch sonst so gelassen."
„Wie soll ich das verstehen?"
Da lag ein gefährlicher Unterton in ihrer Stimme.
„Menschenskinder Gesine, du weißt doch, wie ich das meine. Es ist ein großes Kompliment!"
„So so. Und hast du eine Ahnung, wie er reagiert, wenn er merkt, dass da was im Busche ist?"
„Wir haben alles unter Kontrolle."
„Na, da bin ich ja beruhigt", meinte sie sarkastisch.
Die gefüllten Auberginen und Paprika schmeckten Langer dann doch nicht so gut wie sonst.
Hätte ich ihr bloß nichts gesagt. Aber es ist doch zu ihrem Besten, sie muss doch Bescheid wissen!
„Ich werde Staudinger zu deinem persönlichen Schutz hier als Ober einstellen", eröffnete er ihr beim Dessert. Dabei schöpfte er spielerisch Vanillesoße über seine Zwetschgennudeln, bis sie aussahen wie vergletschert.

„Morgens, wenn ich das Haus verlasse, wird er hier antreten und nach Dienstschluss löse ich ihn wieder ab. Gnädige Frau wird also rund um die Uhr beschützt."
Dabei grinste er sie so zärtlich an, dass sie ihm nicht böse sein konnte.
„Du kannst deinen Staudinger behalten!"
Langer war verblüfft.
„Warum?"
„Pavel hat mir heute den gleichen Vorschlag gemacht. Er fängt ab sofort wieder als Kellner an."
„Na prima!"

32.

Müssig war unruhig. Er hatte so ein ungutes Gefühl. Es gab keine direkten Anzeichen, aber irgendetwas war im Gange, das spürte er. Am liebsten wäre er einfach irgendwo hingefahren, nur weg von allem. *Wahrscheinlich bin ich nur überarbeitet. Oder wie heißt das heute, ich leide am Burn-out-Syndrom. Diese Spedition geht mir langsam zu sehr an die Nerven. Bisher habe ich weitgehend alleine gearbeitet oder mit Karel, aber hier sind zu viele beteiligt, das erhöht das Risiko.*
Er heftete die restlichen Papiere ab und machte früher Schluss. Der Sekretärin gab er frei. Die noch eintreffenden Fahrer konnten ihre Papiere in den großen Briefkasten werfen. So ging das nachts ja auch. *Warum sitze ich eigentlich meine acht bis neun Stunden im Geschäft ab? Das ist doch gar nicht nötig! Aber alte Gewohnheiten lassen sich einfach nicht so schnell ablegen.*
Seufzend stieg er in sein Auto. Er fühlte sich allein und unsicher. Zu sehr war er dem Zufall ausgeliefert.
Amelie und ihre Mutter gingen sehr vorsichtig miteinander um. Aber Amelie konnte es nicht verwinden, dass sie so als Kind behandelt wurde.

Wieder einmal fragte sie die Oma auf dem Friedhof um Rat. Und die riet, wie immer, zur Geduld.
„Wenn du meinst Oma!“, verabschiedete sie sich schließlich ein wenig enttäuscht und fuhr dann lustlos mit dem Rad ziellos durch die Stadt.

Dem tschechischen Beobachter mit dem Steckenpferd Statistik, war etwas aufgefallen. Die eine Zeit lang wöchentlichen mittäglichen Lieferungen eines Kastenwagens, blieben schon seit längerem aus.
Pavel Studinka meinte: „Es waren vielleicht nur befristete Geschäftsverbindungen!“
Trotzdem wurde der Fahrzeughalter des liefernden Wagens ermittelt. Das Auto gehörte zum Wagenpark des Krankenhauses einer größeren tschechischen Stadt. Und das machte Pavel hellhörig.
Gerüchte um dieses Krankenhaus gab es schon längerer Zeit. Die „Sterberate“ soll besonders hoch sein. Er nahm Verbindung mit den Meldebehörden auf, um diese Sache selbst zu überprüfen. Die Anzahl der Todesfälle war in letzter Zeit ziemlich gleichbleibend, hatte aber kürzlich auffallend abgenommen. Das war interessant, konnte aber auch Zufall sein.
Der bekannte Wagen wurde ab sofort beobachtet. Schnell stellte sich heraus, dass weiter „geliefert“ wurde, aber nur mehr alle vier Wochen. Empfänger war nun eine Spedition in der Nähe vom österreichischen Grenzübergang Freistadt.
Pavel pfiff durch die Zähne.
In den nächsten Tagen würde man eine Polizistin als Schwesternhelferin in das verdächtige Krankenaus einschleusen.
Libussa Sedlova hatte da ihre Methoden.

Die Schönwetterperiode hielt an. Nach kühlen Morgen kletterte das Thermometer mittags auf über 25 °, der Sommer kam noch einmal zurück.
Staudinger arbeitete sich wie ein Maulwurf durch seinen Garten und erntete und schnitt und jätete. Sein Gartenparadies war vom Hagel verschont geblieben.

Im Büro erzählte er dann Langer von seinen Großtaten. Zum Beweis brachte er dunkelblaue Bohnen und Fleischtomaten mit 400 g.
„Du könntest glatt auf den Wochenmarkt gehen und dir was dazu verdienen“, lästerte Mundl aus der Wachstube und biss in eine große Birne aus Staudingers Erntekorb.
Langer roch genießerisch an einem Apfel.
„Der duftet sogar noch!“, schwärmte er.
„Ja, ja, sowas kriagst im Geschäft gar nimmer, des is a ganz a oide Sorten“, erklärte Staudinger stolz.

Ein Fax lief ein und holte sie in den Alltag zurück.
Pavel Studinka brachte sie auf den neuesten Stand. Er berichtete vom verdächtigen Krankenhaus und den Beobachtungen in der Spedition.
„Das hört sich stark nach Organhandel an“, murmelte Langer.
„Du moanst Spenderherzen und sowas?“
„Naja, ob die gerade – gespendet wurden, ist die Frage.“
„Da gehts um a Menge Geld.“
Langer nickte. „Und das setzt die Hemmschwelle ganz schön herunter.“

„Woaß ma scho wohin diese Organe gehen?“
„Nein. Offiziell werden die ja in Holland verteilt, aber es sieht so aus, als gäbe es einen grauen Markt, Organe auf Bestellung sozusagen. Die Auftraggeber zahlen jeden Preis und die Operation geht sofort über die Bühne. Keiner der Beteiligten hat ein Interesse, das bekannt werden zu lassen. Ansatzpunkte könnten große Krankenhäuser oder gut ausgestattete Privatkliniken sein, aber es ist schwer da heran zu kommen, nur so auf Verdacht. Es wird auch gemunkelt, die Organe kämen zum Großteil aus dem Osten und die Mafia wäre der Drahtzieher.“
„Da griagt ma ja a Gänshaut, wenn ma des hört.“
Langer nickte.
Staudinger sah sofort im Internet nach.
„Do schau her, bei Eurotransplant heißts unter Organhandel: „Darunter versteht man die illegale Entnahme oder Vergabe bzw. Transplantation von Organen und Gewebe.“

Er kramte weiter.
„... im Gegensatz zu erlaubten Organspenden an Verwandte, ist es verboten, Lebendspenden gegen Belohnung anzubieten."
„Da geht es in erster Linie um Nieren. Wir haben es hier aber mit Organen Verstorbener zu tun.".
„Jetzt wirds interessant. Bei uns in Deutschland ist die Entnahme von Organen nach dem Tode legal, wenn es einen Spenderausweis gibt oder die Hinterbliebenen nach dem mutmaßlichen Willen des Toten entscheiden. In Tschechien ist jeder Spender, der nicht ausdrücklich widersprochen hat.
Und weil es hierzulande immer noch zu wenige Spender gibt, haben geschäftstüchtige Leute sofort diesen „Markt" entdeckt, wenn er auch illegal ist."
Langer nickte.
„Ich habe irgendwo gehört, ein Mensch kann mit seinen gespendeten Organen acht Leuten das Leben retten."
„Aber immer sind sie sich noch nicht einig, wann einer wirklich tot ist!", warf Staudinger ein.
„Da gibt es welche, die behaupten, ein Hirntoter wäre noch nicht richtig tot, solche Leute könnten noch Blutdruck und Körpertemperatur regulieren und sogar Infektionen bewältigen. Da hat es schon hirntote Schwangere gegeben, die von gesunden Kindern entbunden wurden."
„Hast das auch aus dem Internet?"
„Ja freilich. Da schau her, das geht sogar soweit, dass du dich vor Antritt einer Reise informieren sollst, dass du nicht unfreiwillig im Ausland zum Organspender wirst!"
„Für Fragen der Organentnahme gelten die Regeln des Landes, in dem man sich aufhält. Vor Reiseantritt sollte man unbedingt einen Organspende-Ausweis ausfüllen, darin kann man einer Entnahme nicht nur zustimmen, sondern auch widersprechen."
„Hör auf, da raucht einem ja der Kopf!"
„Ja, da wennst dich einmal genauer damit befasst, da kommst erst zum Denken. Ich könnte mir ja vorstellen, dass viele schon deswegen kein

Organ spenden wollen, weils ganz einfach Angst haben, dann nicht mehr richtig behandelt zu werden, meinst nicht?“ Langer nickte.
„Andererseits, wenn ich nur noch mit Hilfe unserer Gerätemedizin als halber Mensch dahin vegetiere, ist das dann noch lebenswert? Ein schnelles Ende wäre mir lieber und nebenbei hätten noch ein paar andere Leute was davon“, warf er ein.
„Ja, aber diesem illegalen Markt könnte man nur begegnen, wenn man grundsätzlich jeden zum Spender erklärt. Es gäbe ja das Widerspruchsrecht. Die große Nachfrage könnte schnell und legal befriedigt werden. Solange aber jeder Staat sein eigenes Süppchen kocht, ist das nicht auszutrocknen.“

An diesem Abend fragte Amelie vorsichtig nach, wo ihre Mutter nun arbeite. Sie war fast erstaunt, als sie eine umfassende Antwort erhielt. In einer tschechischen Spedition sei sie, allerdings unter deutscher Leitung. Die Bezahlung sei so gut, dass sie Amelie im Herbst neu einkleiden könne, und dass es auch noch für ein paar Extras reiche.
Das war eindeutig ein Friedensangebot. Amelie nahm es an und fragte nicht weiter.

Müssig brauchte Abstand vom Alltag, darum war er nach Passau gefahren. Abends war auf der B 12 nicht mehr so viel los. Er suchte sich einen Platz auf einer Innterrasse und stellte sich ein sechsgängiges Menü zusammen. Die Mauern strahlten noch die Tageswärme ab. Der Inn floss ruhig dahin und es war angenehm ruhig. Auf der Terrasse saß nur noch ein älteres Ehepaar, das sich beharrlich anschwieg. Müssig löffelte mit Genuss seine Kürbissuppe und überdachte seine Lage.
Dunkelrot übergoss die untergehende Sonne die Uferlandschaft. Das Gemäuer des alten Gasthauses erglühte und dunkelte dann langsam. Beim kleinen Pfifferling-Omelett beschloss Müssig nicht mehr nachzudenken, sondern einfach nur zu genießen.
Eine Gruppe Studenten kam eifrig diskutierend in den Gastgarten. Sie schoben mehrere Tische zusammen und lärmten unbekümmert.
So jung müsste man noch einmal sein, mit dem Wissen von heute!

Müssig kämpfte gegen seinen Stimmungsumschwung an und konzentrierte sich auf sein Seezungenröllchen, das ein wenig verloren wirkte auf dem großen Teller, begleitet nur von ein paar einsamen Salatblättchen mit Mandeln. Das dunkelrosa Steak brachte ihn wieder auf freundliche Gedanken und beim Heidelbeerkuchen schüttelte er schon den Kopf über sich und seine seltsamen Anwandlungen. Nach dem doppelten Espresso und dem kleinen Cognac war er wieder restlos mit sich und der Welt zufrieden.
An seiner guten Stimmung konnten auch die jungen Leute nicht rütteln, die lautstark zu streiten begonnen hatten. Das ältere Ehepaar ergriff gleichzeitig mit ihm die Flucht hinaus in die Septembernacht, die noch nach August roch.
Er bummelte den Innkai entlang, bis der Wind vom Wasser zu kühl wurde und erste Nebelschleier den Fluss verhüllten. Auf der Fahrt zurück in sein kompliziertes Leben fasste er einen Entschluss. Langsam fuhr er durch die Nacht, sein tschechischer Schatten mit brüllend leerem Magen hinterher.

Langer saß mit Gesine zum Tagesausklang noch bei einem Glas Prosecco.
Dass ihr Hausgast mit Organhandel zu tun hatte, erschütterte Gesine.
„Gerede über diese Dinge gab es bei uns an der Grenze immer. Da sind grausliche Sachen erzählt worden, von Überfallenen, denen dann eine Niere fehlte und lauter solches Zeug. Aber Beweise gab es nie."
„Hier geht es ja auch um Organe und Gewebe, die anscheinend illegal von einer Klinik vermarktet werden", warf Langer ein.
„Ja, es gibt einfach zu wenig Spender bei uns. Ein Hausgast hat mir erst gestern von seinem Sohn erzählt. Der ist knapp 40 und hat durch irgendeine Infektion eine Herzschädigung.
Seit über einem Jahr liegt er mehr tot als lebendig in einer Klinik und wartet sehnsüchtig auf ein Spenderherz. Ob er die Wartezeit überlebt, ist fraglich."
„Ist schon klar, wenn nun jemand genug Geld und Verbindungen hat, der wird sich anderswo umschauen, dass er schnellstens an ein „Ersatzteil" kommt."

„Ersatzteil? Das Wort gefällt mir nicht. Macht dich dein Beruf manchmal so hart?"
„Es ist nicht zynisch gemeint. Ein technischer Ausdruck hilft manchmal zu mehr Versachlichung, zu einem gewissen Abstand zur grausigen Wirklichkeit. Das ist ein wenig Eigenschutz."
Gesine nickte verständig.
Ich habe es ja nur mit den menschlichen Grundbedürfnissen Hunger und Durst zu tun.
Aber ständig mit den Abgründen der Gesellschaft konfrontiert zu sein, das muss man auch irgendwie wegstecken können.
„Es gibt Religionen, für die der Leichnam eines Menschen unversehrt sein muss", begann Langer wieder.
„Jüdische Gesetze zum Beispiel verlangen deshalb die schnellstmögliche Beerdigung und eine Feuerbestattung gibt es nicht. Bei den Katholiken gilt die Organspende als Ausdruck der Nächstenliebe. Angeblich hat sogar Papst Benedikt einen Spenderausweis."
„Gibt es denn keine Altersbeschränkung?", warf Gesine ein.
„Nein. Aber weil zu wenige Organe gespendet werden, gibt es lange Wartelisten, die nach Notwendigkeit, Erfolgsaussicht und Dringlichkeit aufgestellt werden. So rückt ein „Wartender" auf seinem Rangplatz langsam nach vorne. Das alles wird ärztlich ständig überprüft."
„Woher weißt du das alles?"
„Staudinger und ich haben uns heute im Internet ein wenig schlau gemacht. Wenn man nicht direkt betroffen ist, setzt man sich ja mit der Sache gar nicht auseinander."
„Ja, das stimmt. Andererseits, woher nimmt die Medizin das Recht, Sterbende oder Schwerkranke, so sie hirntot sind, als menschliche Ersatzteillager zu verwenden?"
Langer sah Gesine erstaunt an.
„Mein Hausgast hat mir Näheres erzählt. Fairerweise denkt er auch an den Spender als Menschen. Wer weiß denn, ob so ein Hirntoter nicht doch noch etwas fühlt?
Stell dir vor, du hast einen Autounfall und man stellt deinen Hirntod fest. Vielleicht bekommst du alles mit. Du hörst, wie sie über dich

verhandeln, als wärst du ein Auto, das ausgeschlachtet werden soll, und dann beraten sie ob mit oder ohne Narkose…!“
„Gesine hör‘ auf, das ist ja grauslich!“
„Aber das sollte man doch auch bedenken bei der Sache!“
„Ja natürlich. Da fällt mir ein, was unser Gerichtsmediziner einmal sagte: Wirklich tot ist ein Mensch erst, wenn die Totenstarre eintritt und Totenflecken erscheinen.“
„Organe müssen gut durchblutet und frisch sein, damit es beim Empfänger keine größeren Schwierigkeiten gibt“, hat mein Gast gesagt, „und das sind sie beim Gehirntod. Wenn sein Sohn ein Spenderherz bekommen sollte, ist die Sache ja noch nicht ausgestanden.
Die Frage ist, wird das Herz vom Organismus angenommen? Und außerdem muss der Empfänger ständig Medikamente einnehmen, dass das eigene Immunsystem es nicht doch noch abstößt. Dazu wird er immer wieder ins Klinikum müssen und dort werden kleinste Proben vom Herzen entnommen, ob es auch wirklich gut durchblutet ist.
Stell dir vor, was der Empfänger da alles durchmacht! Und immer hat er dabei im Hinterkopf, wie lange die Sache wohl gut geht. Wiegt das alles das Weiterleben auf?“
„Wir alle hängen doch an unserem Leben, das sind dann doch noch geschenkte Jahre“, warf Langer ein.
„Und was ist mit denen, die nicht spenden wollen und dann plötzlich selbst ein Organ brauchen?
Haben die einen Anspruch darauf? Gibt es überhaupt das Recht auf ein Stück Körper eines Anderen, auch wenn der hirntot ist?
Klaus, wenn mit mir einmal was ist, lass schnell alle Apparate abschalten, und ich möchte ganz bleiben!“
Gesine war sehr ernst geworden. Langer nahm sie schweigend in die Arme.

33.

Die Tage übertrafen sich mit Sonnenschein und Wärme. Der Herbst brachte ein stabiles Hoch, das der ganze Sommer nicht erreicht hatte. Aber jede Nacht bekamen die Birken neue goldene Strähnen. Der wilde Wein hatte sich für dunkelrot entschieden.
Staudinger hatte so lange „gebenzt“ wegen des Škubánky-Rezeptes, bis Langer mit ihm nach Dienstschluss Hilde Würfl aufsuchte.
Sie sah ganz erschrocken auf die beiden Beamten, die da so plötzlich und unerwartet vor ihr auftauchten.
„Wwwas wollens denn jetzt scho wieder vo mir?“, stotterte sie. Dabei zitterte sie so heftig, dass die beiden Angst hatten, sie könne umkippen.
„Nur keine Aufregung, können wir herein kommen?“
Sie bebte noch heftiger.
„Nnnnein, des passt mir jetzt gar net. I hob a gar nix mehr o“, wehrte sie verlegen ab.
Dabei sah man deutlich ihre Küchenschürze über der Alltagskleidung.
Irgendetwas stimmt da nicht.

Langer sah zu Staudinger, der zweifelnd die Augen zusammengekniffen hatte.
„Na dann kommen wir eben morgen wieder!“, rief er laut und die beiden traten den geordneten Rückzug an.
Als sie um die Hausecke und außer Sicht waren, sahen sie sich gründlich um.
Zwei Häuser weiter stand ein Škoda mit tschechischem Kennzeichen.
„Siehst du auch, was ich sehe?“
Staudinger nickte.
„Das ist doch der Wagen von dem Kieler, der jetzt Müssig heißt.“
„Da werds ihm wieder ihre Škubánky machen müssen, aber ordentlich eingschüchtert hat er die Frau.
Was mach ma jetzt?“

„Frag mich was Leichteres."
Staudinger rieb sich seinen üppigen Haarschopf, wie um das Denken anzuregen.
„Wenn wir warten, bis er herauskommt, können wir ihn nicht festnehmen, weil wir ihn ja noch beobachten. Verschaffen wir uns den Eintritt mit Gewalt, bringen wir die Frau Würfl in Gefahr. Es könnt ja sein, dass er ausrastet. Man sagt von ihm, dass er sehr aufbrausend ist."
„Also laß mas weiterkochen und fahr ma heim", schlug Staudinger vor.
Langer nickte, wenn ihm auch nicht ganz wohl war.
Sie gingen weiter.
„Hast den dunklen Wagen gsehen, drei Häuser weiter?"
„Ja, ein Tscheche, wahrscheinlich sein Schatten. Na, der ist beschäftigt!"

Als die beiden Beamten gegangen waren, ließ Müssig die Waffe sinken.
Hilde Würfl drehte sich zitternd um.
„Sie sind weg."
„War ja nur ein Scherz!", lachte Müssig ein wenig hölzern und zündete sich mit seiner kleinen, täuschend echt aussehenden Pistole eine Zigarette an.
„Jetzt können Sie weiterkochen."
Mit fahrigen Fingern stach Hilde Würfl wieder Nockerl aus dem Kartoffelteig.
Gesponnen hat er ja schon immer, aber so verrückt war er eigentlich nie, der verrückte Preuße!

„Jetzt hätt' ma die berühmten Škubánky schon einmal sehen, vielleicht sogar probieren können", moserte Staudinger.
„Und so nah war i scho am Rezept!"
„Das wird schon", tröstete ihn Langer.
„Kommt Zeit, kommen Škubánky!"
„Die wären vielleicht auch was für euer Restaurant, so ein bodenständiges bayerisch-böhmisches Rezept."
„Hmm, ja, schon. Aber erst möchte ich sie schon probieren."

„Ja sowieso!“

Libussa Sedlova war eine dralle Blondine. Das üppige, lockige Haar trug sie gern hoch aufgetürmt, und weil sie nicht sonderlich groß war, gehörten auch hochhackige Schuhe zu ihrem Standard. Im Krankenhaus musste sie zu ihrem Leidwesen allerdings auf flache weiße Berufsschuhe ausweichen.
Der weiße Kittel und das Häubchen standen ihr ausgezeichnet und das wusste sie auch.
Ansonsten gab sie sich sehr anstellig und ein wenig naiv. Darum konnte sie auch dumme Fragen stellen. So erhielt sie schnell ein Bild vom Betrieb, vom Ablauf und den maßgeblichen Leuten.
Schnell fand sie heraus, dass Wassili Botev das Sagen hatte. Der junge russische Arzt war noch nicht lange an der Klinik. Gleichzeitig mit einem neuen gespendeten Kernspintomografen hatte er hier seinen Dienst angetreten. Er war sozusagen die „Dreingabe“, die man der Klinikleitung aufs Auge drückte. Schnell stieg er zum Chefarzt auf. Das geschah weniger wegen seines Könnens, denn damit sollte es nicht sonderlich weit her sein, sondern wegen des Einflusses seiner Gönner.
Zähneknirschend sahen die übrigen Ärzte zu, wie er „herumstümperte.“ So drückte es Dr. Jelen aus, als er der einfühlsamen Libussa sein Herz ausschüttete. Sie hatte ihm ihres vorher attraktiv verpackt präsentiert und er war sofort hingerissen.
Die anderen Chirurgen waren machtlos, wollten sie ihre Stelle behalten, mussten sie schweigen und weitermachen wie bisher.
Im Laufe des romantischen Abends erzählte Dr. Jelen, was in der Klinik lief.
Libussa bekam langsam eine Gänsehaut. Er berichtete von abgebrochenen Operationen und Kunstfehlern und der sofortigen Organentnahme. Botev weidete die Patienten regelrecht aus, dafür reichte sein Können. Assistenten kümmerten sich um den Rest der verwertbaren Teile. An manchen Tagen wurden drei Lieferungen an die Verteiler fällig und immer pressierte es. Die kostbare Fracht war leicht verderblich. Die Organe wurden dann nicht, wie eigentlich vorgeschrieben,

an heimische Patienten weitergegeben, sondern verschwanden, wahrscheinlich ins Ausland.

Die Patienten „verstarben“ an plötzlichem Herztod, Allergieschocks und unerkannten Vorerkrankungen. Botev war nicht wählerisch. Er entnahm auch verbrauchte Organe. Die Begleitpapiere waren leicht zu fälschen und bei den Alten stellte selten jemand den plötzlichen Tod in Frage und aufgebahrt wurde keiner mehr. Die Särge blieben zu.

„Bitte erzähl‘ das ja keinem Menschen“, bat Dr. Jelen die schöne Libussa. Diese Leute im Hintergrund sind nicht zimperlich. Einen Kollegen, der das alles nicht weiter hinnehmen wollte, haben sie schon verschwinden lassen, Dr. Kreiči. Alle haben Angst.

Libussa beruhigte ihn.

An diesem strahlenden Donnerstagmorgen bekam Müssig nach langem wieder einmal eine „Lieferankündigung.“ Sofort zog sich sein Magen zusammen. Er holte tief Luft und machte den Termin für 13 Uhr aus. Die Stunden zogen sich unendlich hin.

Ständig ging ihm durch den Kopf, was alles schief gehen könnte. Er lenkte sich mit Computerspielen ab und ließ auch das Mittagessen aus. Es hätte ihm sowieso nichts geschmeckt.

Pünktlich um 13 Uhr fuhr der bekannte Kastenwagen vor.

Der tschechische Beobachter im Wäldchen macht sofort Meldung und die Maschinerie lief an.

Bereits am zweiten Parkplatz hinter der Grenze lauerten die Schleierfahnder.

Kasparek erschrak, als sie seinen Truck stoppten.

Was wollen denn die schon wieder?

Gehorsam stieg er aus und präsentierte seine Ladepapiere. Man überflog sie flüchtig, machte sich Notizen und dann konnte er weiterfahren.

Na, das ist ja gut gegangen!

Erleichtert fuhr er weiter.

Befehlsgemäß rief er in der Spedition an und berichtete von seinem Zwangsstopp.

Müssig erschrak und begann nervös zu telefonieren. Dann sah er auf die Uhr. Es würde noch eine Weile dauern.

Von Kasparek unbemerkt, hatten die Grenzschützer seinem Lkw einen kleinen leistungsstarken Sender verpasst. So konnte man die Fahrt bequem auf dem Computer verfolgen.
Für das angegebene Ziel seiner Lieferung hatten sie die beste Route vorgegeben und schon bei Passau wich der Lkw von dieser Wegstrecke ab.
„Wo fährt er denn hin?"
Kasparek kroch durch den Stadtverkehr und hielt kurz darauf plötzlich an.
„Was ist denn da?"
„Der Haltepunkt ist am Kleinflugplatz Vilshofen."
Keine fünf Minuten später fuhr Kasparek wieder in Richtung Autobahn und auf seiner vorgegebenen Route.
„Verflixt und zugenäht!"
Die Polizei konnte nur in Erfahrung bringen, dass eine Kuriermaschine auf den Lkw gewartet hatte. Man hatte fünf Plastikbehälter umgeladen und dann war das kleine Flugzeug sofort wieder gestartet. Zielpunkt war Frankfurt.
Die Nachfrage bei der Luftraumüberwachung ergab allerdings ein anderes Ziel: die Schweiz.
Die geplante Razzia bei der Frankfurter Zielfirma wurde abgeblasen und die Schweizer Behörden eingeschaltet. Bis die Polizei zum kleinen Schweizer Flughafen kam, war die fremde Kuriermaschine bereits fort.
Man hatte sie alle ausgetrickst.

Müssig fuhr längst pfeifend in seine Pension zurück und leistete sich nach der Aufregung ein üppiges Abendessen.
Bei Gesine gab es heute Abend Lachs im Spinatmantel, gebacken in Blätterteig. Dann gönnte er sich eine kleine böhmische Schwammerlsuppe. Als Hauptgericht nahm er das Rehschäuferl gekocht auf Tafelspitzart mit Apfelkren und als kleinen Ausklang Walnußpalatschinken.

Bei Espresso und geeistem Birnengeist überschlug Müssig, was er heute verdient hatte. Zufrieden verschwand er in seinem Zimmer und Pavel zog seine blütenweiße Kellnerjacke für diesen Tag aus.
Er trank noch einen Kaffee mit Gesine, bis Langer kam.
„Man hat uns ganz schön auflaufen lassen, nicht wahr?"
„Wir kriegen sie!", knurrte Pavel zum Abschied.

34.

Libussa Sedlova suchte nach Beweisen für Botevs dubiose Aktivitäten in der Klinik, obwohl ihr klar war, dass es da nicht viel geben dürfte. Hauptindiz wären die Leichname der so plötzlich Verstorbenen. Aber dafür brauchte sie Namen.
Sie hatte Spätdienst an diesem Abend. In der Verwaltungsebene brannte längst kein Licht mehr. Bewaffnet mit einer starken Taschenlampe machte sie sich auf den Weg. Wie erwartet waren die Stahlschränke mit den Patientenblättern verschlossen. Sie aufzubrechen kostete Zeit und hinterließ Spuren. Also befasste sie sich mit den Computern. Die Rechner waren nicht einmal passwortgeschützt. Das verwunderte sie ein wenig. Hochkonzentriert machte sie sich an die Arbeit.
Von ihr unbemerkt war ein dunkler Wagen auf den Parkplatz gefahren. Sie hatte eben einen größeren Datensatz auf ihren Stick geladen, als sie laute Schrittgeräusche vom Gang vernahm.
Schnell fuhr sie den Rechner herunter, zog den Stick ab und kroch unter den Schreibtisch.
Gerade noch rechtzeitig, weil gleich darauf das Licht aufflammte.
Es war Botev.
Mit raschen Schritten ging er zu den Aktenschränken und sperrte auf. Eine Weile suchte er herum und entnahm dann einen Stoß Papiere. Er sperrte ab, löschte das Licht und verschwand wieder.
Das war knapp.

Libussa wartete noch eine Weile, dann hörte sie einen Wagen vom Parkplatz fahren.
Warum habe ich den vorher nicht gehört?
Sie schlich zur Türe. *Verdammt, er hat abgesperrt!*
Was mache ich jetzt?
Eines der großen Glasfenster ließ sich öffnen. Sie sah hinunter.
Das sind fast drei Meter, aber es hilft nichts.
Sie setzte sich auf die Brüstung und drehte sich zur Hauswand. Mit festem Griff umschloss sie den unteren Fensterrahmen und krabbelte so die Wand außen hinab bis sie ausgestreckt hing. Dann erst ließ sie sich fallen.
Die Rosen unten setzten ihr schmerzhaft zu, aber das Erdreich war weich. Ein wenig undamenhaft war sie ins Beet gepurzelt und dabei verlor sie unbemerkt den Datenstick.
„Na, wenigstens bin ich noch ganz!"
Sie rappelte sich auf und putzte die Erde vom Kittel. Sie sah sich um und lief so schnell wie möglich wieder hinein, bevor jemand ihre Abwesenheit bemerkte.
Was sie dabei übersah war, dass Botevs Wagen immer noch auf dem Parkplatz stand.

Den einzigen Namen, den die tschechischen Behörden bisher hatten, war der von Dr. Kreiči.
Pavel Studinka ging an diesem Abend noch einmal die Vermisstendatei durch.
Dr. Kreiči war vor etwa drei Wochen von seiner Frau als vermisst gemeldet worden. Vom Krankenhaus verlautete, dass er seinen Dienst ganz normal beendet hatte. Zu Hause war er allerdings nie angekommen. Es gab auch keinen Verkehrsunfall zum fraglichen Zeitpunkt. Auch sein Wagen war verschwunden, es war ein älterer BMW.
Pavel Studinka studierte die Wegstrecke auf der Karte. Die Straße führte ein gutes Stück direkt am See entlang.
Er forderte für den nächsten Tag Taucher an.

Gesine schaltete die Spätnachrichten ab.

„Euro-Schutzschirm und Aufgeregtheiten. Ich kann es bald nicht mehr hören! Da schummelt sich einer mit falschen Zahlen in den Euro-Verbund und wir dürfen jetzt dafür geradestehen. Normalerweise wäre so ein Vertrag gar nicht zustande gekommen. Aber was ist heute noch normal?"
Langer nahm sie in die Arme.
„Keine Angst, irgendwie werden sie die Sache schon schaukeln."
„Ich befürchte nur, dass das Ganze wieder in eine Währungsreform mündet. Das gab's ja schon dreimal. Vielleicht sollte ich noch ein paar größere Anschaffungen machen."

Als Libussa morgens todmüde nach Hause kam, bemerkte sie an ihrem Türschloss Einbruchsspuren. Sofort war sie hellwach. Langsam und vorsichtig betrat sie die Wohnung. Dr. Botev saß auf ihrem Küchenstuhl.
„Was fällt Ihnen ein hier einzubrechen!", fuhr sie ihn unwirsch an und schleuderte ihre Handtasche in die Ecke.
Nur nicht einschüchtern lassen. Angriff ist immer die beste Verteidigung.
„Ich habe erst heute Abend wieder Dienst und nun verschwinden Sie bitte, ich muss schlafen!"
Botev musterte sie erstaunt. Das hatte er nicht erwartet.
Er hatte sich vorgestellt, dass sie verängstigt reagieren würde, darum griff er sie sofort an.
„Was hatten Sie heute Nacht in den Büroräumen zu suchen?"
Sie drehte sich aufreizend langsam um.
„Was haben *Sie* mit der Verwaltung zu tun?"
Über diese Unverfrorenheit war er restlos verblüfft und erst einmal sprachlos.
Libussa suchte krampfhaft nach einer glaubwürdigen Ausrede.
„Ach wissen Sie, es ist mir ein bisschen peinlich", begann sie dann stotternd.
„Mein Freund", es gelang ihr tatsächlich rot zu werden.
„Er hatte so eine Geschlechtskrankheit und jetzt behauptet er, er wäre geheilt. Aber ich traue ihm nicht und da wollte ich in den Akten nachsehen, ob das auch stimmt!"

Botev sah sie zweifelnd an.
„Und da müssen Sie nachts ins Büro eindringen?"
„Na ja, es wäre doch peinlich wenn ich nachfragen würde und wer weiß, ob man mir das überhaupt sagen dürfte. Da hab ich eben gleich selbst nachgesehen."
Botev musterte sie eindringlich.
Libussa hatte ihr unschuldigstes Gesicht aufgesetzt und hielt seinen Blicken stand.
„Noch so etwas und Sie fliegen! Ist das klar?"
Sie nickte zerknirscht und schloss, endlich aufatmend, hinter ihm die Tür.
Mensch, das war knapp!
Sie suchte nach dem Datenstick und fand ihn nicht.
Verflucht, wo ist der geblieben?
Vielleicht steckt er noch in der Kitteltasche, da muss ich abends gleich nachsehen.
Oder ich habe ihn verloren, dann kann es nur beim Sprung aus dem Fenster gewesen sein.
Beim Gedanken daran rieb sie sich den rechten Knöchel. Sie war etwas schief am Boden aufgekommen und hatte ihn ein wenig verdreht. Sie legte eine kühlende Kompresse über und legte sich endlich schlafen.

Der Tauchgang am Seeufer dauerte nicht lange. Schon beim zweiten Versuch fand man Dr. Kreičis Wagen. Er saß noch am Steuer. Dass er nicht freiwillig ins Wasser gefahren war, bewies die Schusswunde an seinem Hinterkopf.

Lerche Staudinger kam an diesem sonnigen Morgen schon pfeifend ins Büro.
„Was ist denn mit dir los, schon so gut aufgelegt in aller Früh?", fragte Mundl aus der Wachstube und gähnte über einem frischen Haferl Kaffee.
„Freitag is, glangt des net?", lachte Staudinger, „ und am Montag is a Feiertog, des is no a Grund!"
„Do hob i Dienst!", grummelte Mundl.

„Mittendrin host a wieder frei!“, tröstete ihn Staudinger.
„Und mia sitzen dann herin.“
Staudinger riss die Fenster auf, um die Sonne herein zu lassen.
Langer kam zu spät.
„Unfall auf der B 12“, entschuldigte er sich.
„Gibt's was Neues?“
„Erst wenn ma bei da Frau Würfl waren!“
Staudinger wäre am liebsten sofort aufgebrochen.
Aber Langer bremste ihn.
„Wir können die Frau doch nicht aus dem Bett holen. Besser wir erledigen erst noch unseren Bürokram.“
Staudinger widmete sich Max, seinem Computer.
Von den Schweizer Behörden kam die Meldung über die Empfängeradresse der gestrigen „Lieferung.“ Es handelte sich um eine Schönheitsklinik in Arosa.
„Des passt doch prima!“
Langer nickte.
„Gib das gleich an Pavels Büro weiter.“

Hilde Würfl war nicht erstaunt, die beiden Polizisten schon wieder zu sehen.
„Kommens rein.“ Sie ging voran in die kleine Küche.
Es lag noch ein leichter Geruch von gebackenen Kartoffeln und Speck im Raum.
Staudinger schnüffelte vernehmlich.
„Hams Škubánky gmacht?“
„Ija.“
„Is do wos über blieben?“
Langer schüttelte vorwurfsvoll den Kopf.
„Ja, a paar san no do.“
Staudinger war nicht mehr zu bremsen.
„Kannt i“, meinte er dann doch etwas verlegen, „de amoi probieren?“
Hilde Würfl lachte.
„Freilich.“

Sie holte eine schwarze Blechreine aus dem Rohr und Staudinger setzte sich erwartungsvoll an den Tisch. Es fehlte nur noch, dass er sich eine Serviette umband und Gabel und Messer links und rechts auf dem Tisch aufstellte.

„Se sand hoit scho vo gestern und koit“, meinte Hilde Würfl entschuldigend.

In der Reine lagen dicke Nockerl mit Speckstücken überbacken.

„Owa s Lumpakraut dazua mach i Eana warm, wartens!“

Eilig stellte sie einen kleinen Stahltopf auf eine Elektroplatte.

„Wollens net a probieren?“ Fragend sah sie Langer an.

Der nickte nur und setzte sich auch an den Tisch.

„So war das aber nicht geplant“, meinte er lahm.

„Hörens auf, i war doch heilfroh gestern, dass so schneii wieder verschwunden sand“, gestand ihnen Hilde Würfl.

„Wissens, Hunger wenn der hot, is a gar net zum aushalten. Sogar an Revolver hot a außazong, wias gläut ham! Er möchte nicht gesehen werden.“

„Wer er?“, fragt Staudinger nach.

„Na, der oide Kieler. I hättn eh boid net kennt mit seinem Maschkera, aber wiar a an Mund aufgmacht hot, dann scho. Wissens, i hob ja lang putzt bei dene…“

Und Hilde Würfl erzählte. Lange Jahre war sie bei der Familie Kieler, beobachtete, wie die Tochter aufwuchs, und Kielers Wutauftritte beim geringsten Anlass. Seine Frau war immer unterwegs und wurde langsam vergesslich. Die Tochter hatte sie vorher schon ständig abgeschoben und nun ging es gar nicht mehr anders. Eine einsame Witwe, Ottilie Schwinger, kümmerte sich gerne um das Kind. Immer mehr übernahm sie die Stelle der Mutter und wurde dem Mädchen zum festen und liebevollen Anker. Mit knapp 16 Jahren wurde Vera schwanger. Von wem, wollte sie nicht sagen. Alle Drohungen Kielers nützten nichts, sie schwieg und sie wollte das Kind auch bekommen. Kurz darauf zog die ganze Familie wieder hinauf nach Hessen, weil Kielers Frau in ein Pflegeheim sollte. Aber Vera kam mit dem Baby zurück und zog bei Oma Schwinger ein.

Das süß-saure Lumpa-Kraut war heiß. Hilde Würfl richtete zwei ordentliche Portionen Škubánky mit dem Kraut an und die beiden aßen mit Genuss.
„Ah, sand de guat!", Staudinger verdrehte die Augen vor Begeisterung.
„Gell des Rezept schreibens ma auf!"
„Mei, so was Bsonderes is des a wieder net!", wehrte Hilde Würfl bescheiden ab.
„Jo, jo, de schmeckan pfundig und des Kraut dazua a!"
Auch Langer war davon angetan.
„Gibt es die Škubánky nicht auch süß?"
„Ia scho, owa des is a ziemliche Batzerei. Da wern d Kartofferl no mit Muich aufkocht und dann kimmt a Mohn dazua. Owa uns warn de herzhaften Sauan owei liaba!"

„Möchten Sie eine Anzeige machen wegen gestern Abend?"
Hilde Würfl sah Langer ganz erschrocken an.
„Ah, warum denn? Er hot se ja dann eh schneii wieder beruhigt!"
„Sogar entschuidigt hot a se bei mia. Des is wos ganz wos Seiitens bei dem!"
„Ich hoffe, Sie nehmen mir den kleinen Scherz nicht übel!", hot a gsagt.
Dabei ahmte sie seine tiefe Stimme nach.
„Ja und ausgefragt hot a mi. Wias mir finanziell so geht und ob i gut über d Runden komm. Und wie es der Vera geldlich so geht, wollt er wissen und wann i den Greislinger Hansi zletzt gesehen hab."
„Sie kannten Hans Greislinger?"
„Ja freilich, der ist doch beim Kieler immer ein- und ausgangen. I war ja froh, dass die Vera und er, naja dass die Zwoa sich so gut verstanden ham. Mein Mo hob i des a no erzeiiht."
Sie schwieg.

„Gut, heute Nachmittag kommen Sie zu uns und dann schreiben wir ihre Aussage auf, ja?" „Wenns unbedingt meinen!"
Die beiden verabschiedeten sich und bedankten sich noch einmal herzlich fürs Essen.

„Na endlich hast dein Rezept!“
Staudinger grinste.
„Soll ich‘s kopieren für die Frau Gemahlin?“
„Ja, das machst.“

35.

Im Telefonbuch gab es keine Vera Kieler, aber eine Ottilie Schwinger. Staudinger versuchte es mehrmals, aber niemand ging ans Telefon, darum schrieb er ein Brieflein.

Amelie nahm die Post mit hinauf in die kleine Wohnung. Auf einem Brief war ein Polizeistern. Sie erschrak.
Hat die Mutter etwas angestellt? Heute muss sie endlich erzählen, was eigentlich los ist.
Sie drückte die Wohnungstür auf, legte die Briefe zum Telefon und begann den Tisch zu decken.

Kasparek war an diesem sonnigen Freitagmorgen pfeifend zur Arbeit gekommen.
Heute standen nur kurze Fuhren an.
Oleg, der gerade aus dem Büro kam, warf ihm noch einen warnenden Blick zu. Aber da brüllte Müssig schon los. Mit hochrotem Kopf, geduckt wie ein angreifender Stier, kam er auf ihn zu.
Kasparek wich erschrocken zurück.
„Du Rindvieh, du Hornochse!“, dann schnappte er nach Luft.
„Was ist denn los, Chef?“, fragte Kasparek kleinlaut.
„Was los ist? Das ist los!“
Damit öffnete Müssig seine Hand. Ein kleines, nussgroßes Stück Metall lag darin.
„Was ist das?“
„Das ist eine Wanze.“

„Wanze?“
„Ein Sender, du Blödmann! Jemand hat dir hinten einen Sender an den Wagen geklebt und du hast es nicht einmal gemerkt!“
Müssig ließ sich schwer atmend auf seinen Sessel fallen.
„Aber wie…?“
Kasparek war ratlos.
„Die haben dich doch kontrolliert. Das hast du noch gemeldet. Und dabei müssen sie dir das Dings verpasst haben!“
„Ja, woher sollte ich denn das ahnen?“ Auch Kasparek war laut geworden.
Müssig wischte den Einwand zur Seite.
„Man muss bei denen mit allem rechnen. Und das ausgerechnet bei der Lieferung!
Hast du überhaupt eine Ahnung, was das für Auswirkungen hat?“
Müssig sprang auf.
„Aber ich kann doch nichts dafür!“, wehrte sich Kasparek aufgebracht.
„Ich lasse mich da nicht heruntermachen, nur wegen dieses blöden Senders. Ich möchte sofort meine Papiere!“
Müssig starrte ihn verblüfft an.
„Ich möchte meine Papiere!“, äffte er ihn nach.
„Und damit meinst du, ist alles erledigt?“
Drohend kam er näher.
Kasparek war auf den Schlag gefasst, parierte ihn sofort und beantwortete ihn zielgenau mit einem rechten Schwinger.
Müssig ging sofort schwer zu Boden.

„Was ist hier los!“
Die Sekretärin stand erschrocken in der Tür.
„Kleine Auseinandersetzung“, meinte Kasparek lapidar.
„Mach mir meine Papiere fertig, ich warte solange draußen.“
Kopfschüttelnd sah sie ihm nach.
Langsam kam Müssig wieder zu sich.
„Das hast du nun davon, dass du immer gleich auf alle Leute losgehst!“
Sie half Müssig auf die Beine und brachte ihm ein feuchtes Tuch.
„Soll ich nun seine Papiere fertig machen?“

Müssig nickte.
„Ich will den Scheißkerl nicht mehr sehen!"
Sie verschwand wieder hinter der Türe.
Oleg hatte die lautstarke Auseinandersetzung und deren Ausgang unter die Leute gebracht.
Sie standen draußen zusammen.
„Das hast du gut gemacht!"
„Was bildet sich der Kerl ein?"
„Wir müssten alle aufhören, sofort!", sagte einer.
Kasparek nickte.
„Das täte ihm weh!"
„Du hast uns letztes Mal geholfen, jetzt helfen wir dir!"
„Kommt, wir kündigen!"
Einträchtig stürmte die ganze Mannschaft das Büro.
Müssig konnte brüllen soviel er wollte. Er verlegte sich aufs Bitten, bot Lohnerhöhungen. Nichts half. Alle wollten ihre Papiere. Sofort.
Gegen neun Uhr war der Laden leer.
Einsam lag der Betriebshof in der strahlenden Sonne. Der Wind wehte eine Zeitung über den leeren Platz. Die Lkws genossen mit geschlossenen Augen die Ruhe.
Müssig saß bleich und erschöpft an seinem Schreibtisch.
Als die Sekretärin hereinkam, fragte er tonlos: „Und du, willst du auch deine Papiere?"
„Ja, wozu brauchst du mich denn überhaupt noch?", fragte sie mitleidlos.

Der Beobachter schüttelte den Kopf.
„Was ist denn da los?"
Und dann machte er Meldung.
„Sieht nach Streik aus. Die Fahrer haben gegen Neun das Gelände verlassen. Die Lkws stehen alle im Stall!"
„Pass auf, ob Müssig nicht abhaut", bekam er zur Antwort.
Keine halbe Stunde später stieg Müssig mit einem Köfferchen in seinen Škoda und brauste ab.
Sein Schatten folgte.

Pavel Studinka verständigte Kommissar Langer.
„Ihr müsst wahrscheinlich die Verfolgung übernehmen!"
„Klar, danke."
Langer begann zu telefonieren.

Müssig brauste im ersten Zorn über die alte Grenze. Die Matten ringsum waren schon saufarben, der Hochwald dunkelgrün und der Himmel unverschämt blau. Aber heute hatte er keinen Blick dafür.
Es wäre unklug auch noch die Hotelrechnung offen zu lassen. Es reicht, dass ich der Russenmafia eine Unsumme schulde.
Deshalb nahm er die Abzweigung und fuhr zur Pension am Wald.
Er packte eilig seine Sachen, und Gesine machte ihm die Rechnung.
„Na, bis nächstes Jahr?", fragte sie betont munter beim Abschied.
„Nee, nee ", meinte er nur und fuhr los.
Der bayerische Schatten wartete an der Freyunger Stadtgrenze. Er nickte dem tschechischen Kollegen noch zu und nahm die Verfolgung auf.
Müssig quälte sich hinter zahlreichen Lkws nach Passau. Das bescherte ihm eine Menge Zeit um in Ruhe nachzudenken.

Libussa Sedlova kam ein wenig früher zum Dienst. Im Kittel fand sie den Datenstick nicht, darum ging sie mit einer Zigarette die Klinikfront entlang. Der Parkplatz war fast leer um diese Zeit. Sie kam zum Rosenbeet und sah sich um.
„Was suchen sie denn da?"
Botev war aus seinem Wagen gestiegen. Offensichtlich hatte er sie erwartet.
Verflixt und zugenäht, der schon wieder!
Sie wandte sich in einer fließenden Bewegung um und schenkte ihm ihr strahlendstes Lächeln. Dabei ließ sie ihren Ring vom Finger gleiten.
„Ach, ich habe gestern anscheinend meinen Ring verloren."
Sie wandte sich wieder dem Rosenbeet zu.
Hoffentlich hat er nicht schon herumgesucht!
Botev kam bedrohlich näher.

Da sah sie den Stick. Er lag direkt unter einer Staude, aber ihr Ring zu weit daneben.
Mit einem schnellen Schritt trat sie fast in den Dornenstrauch und drehte sich zum Ring.
„Da liegt er ja!"
Sie hob ihn auf, putzte ihn ab und zeigte ihn Botev.
Als jemand vom Eingang her nach ihm rief und er sich umdrehte, bückte sie sich schnell, holte den Stick und ließ ihn in der Kitteltasche verschwinden. Botev musterte sie noch einmal prüfend und musste wieder hinein.
Libussa rauchte betont langsam ihre Zigarette zu Ende.

Keine zwanzig Minuten später erschien Pavel Studinka mit einem Blumenstrauß. Er fragte Libussa am Empfang, in welchem Zimmer seine Freundin liege. Sie sah nach und erklärte ihm charmant lächelnd, dass die Freundin bereits heute Morgen entlassen worden sei.
„Oh!", tat Pavel erstaunt.
„Darf ich *Ihnen* die Blumen geben?", fragte er lächelnd.
„Oh vielen Dank!", freute sich Libussa und ließ dabei unauffällig den Datenstick in seine Hände gleiten.

Kasparek und die übrigen Fahrer saßen in einer kleinen Straßenkneipe. Die Stimmung war gedrückt. Manch einer bereute schon, die Arbeit so schnell hingeworfen zu haben. Kasparek selbst machte sich die größten Vorwürfe.
Ich bin schuld an dem ganzen Schlamassel. Ich habe mich zu schnell hinreißen lassen.
Was muss der Kerl auch gleich auf mich losgehen wie ein Stier!
Wie soll es nun mit uns weitergehen?
Soll ich zurückfahren und mich entschuldigen?
Vielleicht kann ich so alles wieder einrenken.
Aber für diesen Schritt hatte er bereits entschieden zu viel getrunken.

36.

Amelie saß über ihren Hausaufgaben, als ihre Mutter, weit früher als erwartet, erschien.
Sie hatte auch schon eingekauft.
„Nanu, du hast schon frei?"
„Ich werde auch nicht mehr hinfahren. Der Chef hat das Handtuch geworfen."
„Du bist arbeitslos?", hauchte Amelie.
„Na ja, nicht direkt. Komm, lass uns essen!"

Ein Passauer Kollege übernahm Müssigs Verfolgung in der Ilzstadt. Der Škoda fuhr zügig die B 12 hinein und bog dann auf der Donaubrücke in Richtung Bahnhof ab.
„Aha", sagte sein Schatten und setzte sich knapp hinter ihn.
Müssig stellte den Wagen auf dem Dauerparkplatz ab und nahm Köfferchen und Rolli mit zum Bahnhof.
Er studierte gründlich den Fahrplan und ging zielstrebig zu den Bahnsteigen hinaus. Als er plötzlich zwei Uniformierte direkt auf sich zukommen sah, hielten das seine Nerven nicht mehr aus. Er kehrte um und lief panisch los.
Nur fort, fort!
Einmal drehte er sich kurz um. Dabei rempelte er wartende Passagiere und dann stürzte er über die Bahnsteigkante auf ein Gleis hinunter, direkt vor die einfahrende Ilztalbahn.
Sie kam glücklicherweise im Schritttempo und war schon knapp an ihrem Haltepunkt. Deshalb konnte sie noch rechtzeitig stehen bleiben.
Kreidebleich stürzte der Zugführer heraus und holte den Verletzten mit Hilfe der beiden Bahnpolizisten auf den Bahnsteig.
Schnell bildete sich eine Zuschauertraube.
Müssig war bewusstlos, sein Kopf blutüberströmt. Er war auf das geschotterte Gleisbett gestürzt.

Nur Minuten später holte ihn ein Sanka ab.
Die Polizei stellte sein Gepäck sicher.

„Sie haben ihn“, stellte Langer befriedigt fest.
„Grod no“, schnaufte Staudinger.
„I kann überhaupt net versteh, warum man den no wegfahren hot lossen!“, meinte er aufgebracht.
„Er hätte ja in Passau noch einen Komplizen haben können“, belehrte ihn Langer.
Staudinger brummte etwas Unverständliches und hackte weiter das Protokoll über die Befragung von Hilde Würfl in seinen unschuldigen Max.

Pavel Studinka hatte nach Durchsicht der Datensätze von Libussas Stick die Exhumierung von fünfzehn Toten durchgesetzt. Der Friedhofswärter rückte mit schwerem Gerät an. Er war froh, dass das Wetter noch so gut und der Boden trocken war.
Am Abend gab es erste Ergebnisse. Die beiden zuerst untersuchten Leichname waren nur noch ausgeplünderte Hüllen. Aber nirgends fanden sich Hinweise, wo Organe und Gewebe gelandet waren. Es gab keine Empfängerdaten. Also lag nahe, dass das Material vermarktet worden war. Der Staatsanwalt schrieb einen Haftbefehl für Dr. Botev aus.
Aber die Polizei kam zu spät. Sie fand Botev erschossen in seinem Wagen. Der Schuss war allerdings von außen durch die Scheibe gekommen.
„Da hat man ihn schnell noch mundtot gemacht“, seufzte Studinka.

Müssig erwachte mit starken Kopfschmerzen.
Blinzelnd sah er sich um.
Wo bin ich hier? Verdammt, was ist passiert?
Er fühlte vorsichtig nach dem Kopfverband, behindert von einem dünnen durchsichtigen Schlauch, der in sein Handgelenk mündete.
„Na, wieder da?“
Eine adrette Schwester tauchte neben dem Bett auf.

„Wie fühlen Sie sich?"
„Miserabel!"
„Das ist gut!"
„Na Sie haben Nerven!
Was ist eigentlich passiert?"
„Wissen Sie es nicht mehr?"
Er wollte den Kopf schütteln, ließ es aber sofort wieder bleiben.
„Sie haben Kopfschmerzen?"
„Und wie."
„Na, das gibt sich wieder in ein paar Tagen. Wichtig ist, dass Sie sich ausruhen."
Damit verschwand sie aus seinem Gesichtsfeld.
Müssig dämmerte dahin.
Bilder tauchten vor ihm auf, die er nicht einordnen konnte, erschreckende Bilder. Erschöpft schlief er wieder ein.
Der Bewacher vor seiner Türe unterhielt sich lange Zeit mit einem neuen Sudokuheft.
Plötzlich hörte er Lärm und Gepolter aus dem Zimmer. Er warf sein Heftchen auf den Boden und lief hinein.
„Ich will hier raus!", kreischte Müssig.
Er saß schon rittlings auf der Fensterbank. Vom Handgelenk tropfte Blut, er hatte sich den Tropfschlauch herausgerissen.
Der Polizist lief auf ihn zu und konnte ihn gerade noch an einem Bein festhalten.
„Hilfe!", rief er.
Müssig kreischte draußen wie eine Furie und schlug mit dem Kopf immer wieder an die Hauswand.
„Iatz glaub i, is a narrisch worn!", meinte der Beamte schnaufend, als sie Müssig mit vereinten Kräften wieder ins Zimmer holten.
Der wehrte sich heftig. Durch den Kopfverband sickerte Blut und er sah gehetzt um sich.
„Ich will hier raus!", rief er plötzlich und sank heulend zusammen.

Langer kam wieder einmal früher nach Hause.
„Hallo!"

Gesine lief ihm erfreut entgegen.
„Das ist schön, dass du schon da bist!"
Sie schlang die Arme um ihn und drückte ihn.
Ein älterer Hausgast schmunzelte hinter seiner Zeitung. Seine Frau verzog missbilligend das Gesicht.
„Immer diese Sexszenen in aller Öffentlichkeit!", empörte sie sich halblaut.
Langer hatte es gehört.
Schnell zog er Gesine in die Küche und dort explodierte er fast vor Lachen.
„Hast du das gehört?"
Gesine lachte auch.
„Nicht so laut, sonst hört sie uns noch!"
„Sag mal, wie kommst du bloß immer zu solchen Gästen?", feixte er.
Aber sie meinte nur: „Man nimmt was man kriegt!"

Nach dem Essen erzählte er ihr von Müssigs Festnahme.
„Das freut mich für dich!" Strahlend lächelte sie ihn an.
„Was wird nun?"
„Na wir werden ihn nach Strich und Faden ausquetschen um die Mordfälle endlich aufzuklären."

Libussa Sedlova beendete ihr Gastspiel in der Klinik.
Seit Dr. Botevs Abgang herrschte hier Aufbruchsstimmung. Zwei alte Mitarbeiter der Klinikverwaltung waren noch erwischt worden, wie sie wichtige Unterlagen verschwinden lassen wollten. Sie hatten nun bewachte Zeit darüber nachzudenken, ob sie der Polizei bei der Aufklärung behilflich sein wollten oder weiter schweigen. Ihre Familien hatten auf alle Fälle Polizeischutz bekommen. Die Klinikleitung war ausgetauscht und landesweit lief eine große Kontrolluntersuchung über Organentnahmen und deren Verwendung an.
Dr. Jelen bedauerte es sehr, dass die attraktive Schwesternhelferin Libussa aufhörte. In bunten Bildern malte er ihr seine Zukunft als Landarzt in Bayern aus und wie wichtig es wäre, ihn dabei zu unterstützen, nicht nur fachlich.

Libussa hörte nicht nur höflich zu. Sie konnte sich so eine Zukunft durchaus vorstellen.
Aber erst einmal nahm sie Urlaub. Ein wenig Abstand zum Überlegen war sicher nicht verkehrt.

Langer nahm Verbindung mit Pavel Studinka auf und berichtete von Müssigs Verhaftung.
„Ein amtliches Dankschreiben werdet ihr noch bekommen, aber ich möchte mich persönlich ganz herzlich bei dir bedanken, auch für den hochrangigen Personenschutz für meine Frau!"
Pavel lachte und berichtete von den letzten Entwicklungen.
Zum Schluss meinte er:„Ich finde es ganz prima, dass wir jetzt offene Grenzen haben, und deshalb ist es auch besonders wichtig, dass wir weiter gut zusammenarbeiten!"

37.

In den Nachrichten wurde seit Tagen nicht nur schlechteres Wetter angekündigt, sondern auch von einer neuen Bankenkrise gesprochen. Gegen beides war man machtlos.
Zahlreiche Politiker überboten sich im Vorschlagen immer neuer „hilfreicher" Maßnahmen und Auswege. Alles war besser als zuzugeben, wie hilflos man war. Diese Blöße durfte man sich nicht geben.
Wegen des Wetters wurde nicht soviel Trara gemacht.
Die Temperaturen sanken fast unmerklich langsam unter sommerliche Werte. Nur abends verschleierten sich nun die Senken mit fein gesponnenem Nebel. Sobald aber am Morgen die Sonne herauskam, verschwanden sie schnell wieder.
Nun zogen den westlichen Himmel entlang dicke blaugraue Wolkenbänke auf. Sie kamen langsam näher und wirkten immer bedrohlicher. Schon in der Nacht hatte es leicht geregnet. Die angekündigte Kaltfront mit Schnee um 1.000 m war es aber noch nicht.

In der Früh hatte das Thermometer noch 8 ° erreicht, wenn der Wald auch ein wenig nebelverhangen war, Ende September eben.

Amelie musste in die Schule und ihre Mutter zur Polizei. Sie verließen gemeinsam das Haus und die Mutter fuhr sie, ausnahmsweise, bis zum Schultor. Zu einer Aussprache war es wieder nicht gekommen, und die Oma riet Amelie zur Geduld.

Staudinger robbte brummend unter seinem Schreibtisch herum und prüfte die Kabelverbindungen seines Maxi, der heute einfach nicht aus dem Schlaf zu holen war. Dabei überhörte er das schüchterne Klopfen an der Türe.
Als er aus der Tiefe wieder auftauchte, stand die Besucherin schon vor ihm.
„Ja was verschafft uns denn die Ehre, Fräulein Anette?"
Sie sah ihn überrascht an. Dann holte sie das Kuvert aus der Handtasche.
„Ich wurde vorgeladen."
Staudinger warf einen Blick auf den Umschlag.
„Ja natürlich!"
Langer kam herein.
„Schau, wen wir uns da vorgeladen haben!"
„Ja das Fräulein Anette!"
Staudinger gab ihm den Umschlag.
„Aha, Sie sind also Vera Kieler?"
„Vera Anette Kieler, ja."
„So so. Nehmen Sie Platz."
Unbehaglich setzte sie sich auf die Vorderkante des Stuhles.
„Wir haben verschiedene Fragen an Sie. Sind Sie einverstanden, wenn wir das Gespräch aufzeichnen?"
Sie nickte.
Langer startete die Tonaufnahme mit den vorgeschriebenen Daten, dann begann er mit der Befragung:
„Frau Kieler, Sie sind hier in Bayern geboren und aufgewachsen?"
„Ja."

„Ihre Familie war mit der Familie Demlak befreundet?“
„Ja.“
„Seit wann?“
„Mein Gott, immer schon. Seit ich mich erinnern kann.“
„Sie trafen sich regelmäßig?“
„Ja, meine Eltern gingen gern mit den Demlaks aus. Sie verstanden sich sehr gut.“
„Wann kam es zum Bruch?“
„Papa hatte sich von Kurt“, sie verbesserte sich rasch, „von Herrn Demlak beraten lassen und eine Menge Geld angelegt. Und kurz darauf war fast alles weg. Ja und da kam es dann zum Krach.“
„Wie gut kannten *Sie* Herrn Demlak?“
Anette Kieler knetete verlegen ihre Hände.
„Ich kannte ihn sehr gut“, sagte sie leise.
„Hatten Sie ein Verhältnis mit ihm?“
Sie nickte.
„Ja.“
„Was war Kurt Demlak für ein Mensch?“
„Oh, er war sehr liebenswürdig und zuvorkommend“, schwärmte sie. „Er hat mich, im Gegensatz zu meinem Vater, für voll genommen. Kurt war sehr einsam. Seine Frau hat zu Hause geherrscht. Er musste immer machen, was sie wollte. Ständig hat sie ihn spüren lassen, dass sie das Geld in die Ehe mitgebracht hatte. Immer warf sie ihm vor, was für ein Versager er sei. Dabei war er so ein kluger, einfühlsamer Mensch! Wärme hat er von ihr nie erhalten“, schloss sie leise und senkte den Kopf.
„Und dass er wesentlich älter war als Sie, hat Sie nicht gestört?“
„Aber nein, wir haben uns wunderbar verstanden!“
Anette Kieler lächelte.
„Was sagte ihr Vater dazu?“
„Er hatte keine Ahnung von unserer Beziehung.“
„Wie hatten Sie sich ihre Zukunft vorgestellt?“
„Kurt wollte sich scheiden lassen und mit mir in Regensburg neu beginnen.“
„Wusste Frau Demlak von ihrem Verhältnis?“

„Aber nein!“, wehrte sie erschrocken ab.
„Und wie wollte sich Kurt Demlak nun aus der Affäre ziehen?“
„Naja, er erzählte mir, dass er etwas Großes plane, mit dem er soviel verdienen würde, um damit Papas Ausfälle zu ersetzen, und mit dem Rest hätten wir beide eine gute Zukunft auch ohne das Geld seiner Frau!“
„Hat er Ihnen Einzelheiten verraten?“
„Nein.“
„Hat er auch keine Andeutungen gemacht?“
„Nein. Er sagte nur, es lohne sich.“
„Und nach dem Banküberfall haben Sie sich getroffen?“
„Ja, kurz. Ich bin so erschrocken, als er zugab, er hätte das gedreht. Aber er sagte, es wäre alles gut gelaufen und ich solle mir keine Sorgen machen.“
„Wann haben Sie Kurt Demlak das letzte Mal gesehen?“
„An diesem Nachmittag. Er hat sich danach auch telefonisch nicht mehr gemeldet.
Ich war so verzweifelt, das Kind unterwegs und Kurt verschwunden!“
„Sie haben ein Kind?“
„Ja, eine Tochter.“
„Ist er der Vater ihres Kindes?“
„Ja.“ Sie nickte.
„Und dann sind Sie mit ihren Eltern nach Wiesbaden gezogen?“
„Ja, und ein paar Monate später kam Amelie zur Welt.“
„Wie ging es weiter?“
„Mit Papa war es nie leicht gewesen. Er war aufbrausend, schrie und schlug sofort zu. Aber nun machte er mir das Leben zur Hölle. Als es mir wieder einigermaßen gut ging, bin ich mit Amelie zur Omi heruntergezogen.“
„Omi?“
„Zu Frau Schwinger, sie hat schon auf *mich* aufgepasst und war immer da, wenn ich sie brauchte.“
„Und ihre Mutter? Hat sie Ihnen gar nicht geholfen?“
„Als sie noch nicht krank war, steckte sie mir stets Geld zu. Zeit hatte sie nie für mich. Sie hatte ständig irgendetwas vor, bloß das hatte

nichts mit der Familie zu tun. Als es dann mit ihrer Demenz immer schlimmer wurde, zog sie sich ganz in sich zurück", schloss sie verbittert.

„Sie lebten also bei Frau Schwinger. Wie ging das finanziell?", nahm Langer den Faden wieder auf.

„Es war eine schwere Zeit. Sie hatte nur eine kleine Rente. Ich habe in Abendkursen eine Ausbildung zur kaufmännischen Assistentin gemacht und auch Tschechisch gelernt. Omi kümmerte sich um Amelie. Nebenher habe ich geputzt und als Verkäuferin gearbeitet. Aber ich fand keine Stelle in meinem neuen Beruf."

„Wie kamen Sie zu Frau Demlak?"

„Sie hatte in der Zeitung inseriert und da habe ich mich vorgestellt. Zuerst hat sie mich gar nicht erkannt, seit dem Baby trug ich die Haare kurz und ich nannte mich nur noch Anette, nicht mehr Vera. Aber dann war sie sehr nett zu mir. Sie ist eine sehr einsame Frau und gar nicht so spröde, wie sie sich gibt.

Ich habe immer gehofft, über sie noch etwas von Kurt zu erfahren. Aber wenn ich das Gespräch auf ihn brachte, hat sie immer abgeblockt. Sie ist schon sehr verbittert. Nach und nach hat sie ja seine ganzen Schulden bezahlt.

Wir haben uns beide um denselben Mann gegrämt, ohne dass sie es wusste. Er hatte uns beide verlassen. Zumindest glaubten wir das damals noch."

Anette Kieler schwieg traurig.

„Sie verstehen sich gut mit Frau Demlak?", fragte Langer weiter.

„Ja, von Anfang an. Sie war auch großzügig mit dem Gehalt. Nur, sie ist sehr ängstlich. Als sie mich anstellte, verlangte sie, dass ich bei ihr im Haus übernachte. Sie hasst es nachts allein zu sein, weil sie dann nicht schlafen kann und auf jedes Geräusch horcht."

„Wusste Frau Demlak von ihrem Kind?"

„Ja, aber nicht, von wem es ist."

„Und trotzdem hat sie verlangt, dass Sie fast ständig bei ihr sind?"

„Frau Demlak ist der Mittelpunkt ihrer eigenen Welt, und so lange das so ist, ist alles in Ordnung." Sie räusperte sich.

„Aber seit ich mit Hans befreundet war, gab es immer wieder Ärger, weil ich wenigstens am Wochenende wegwollte."
Plötzlich begann sie haltlos zu schluchzen.
Langer unterbrach die Befragung.
„Möchtens einen Kaffee?"
Sie nickte.
Staudinger brachte auf einem Tablett drei Haferl und einen Teller mit frischen Nussbeugerln.
„Die gibts neuerdings beim Bäcker Dirndl, schmecken super!", schwärmte er.
Anette Kieler zupfte unschlüssig an dem nussgefüllten Hörnchen herum.
„Probieren Sie, die schmecken wirklich wunderbar!"
Sie lächelte schüchtern und biss dann ab. Der Kaffee munterte sie wieder ein wenig auf und nach einer Viertelstunde ging die Befragung weiter.

„Sie wollten uns etwas von ihrem Freund Hans erzählen. Handelt es sich dabei um Hans Greislinger?"
Anette Kieler schluckte und nickte.
„Woher kannten Sie sich?"
Sie holte tief Luft und begann entschlossen zu erzählen.
„Er hatte schon ewig Geschäftsverbindungen mit meinem Vater. Hans hat Möbel für ihn restauriert und auch nachgemacht", setzte sie leise hinzu.
„Vor drei Jahren ungefähr trafen wir uns zufällig beim Einkaufen und irgendwie hat es da sofort gefunkt. Er verstand sich recht gut mit Amelie. Wir waren fast so etwas wie eine kleine Familie. Hans hatte Freude daran, er war ja auch alleine. Er baute Amelie Spielzeug aus Holz und eine wunderbare Puppenküche mit kleinen Möbeln und sogar Rollos."
Sie holte ein Taschentuch heraus und wischte sich die Augen ab.
„Wenn er ihr leiblicher Vater gewesen wäre, er hätte nicht liebevoller sein können."
Wieder traten Tränen in ihre Augen.

„Mir hat er voriges Jahr ein kleines Auto geschenkt, damit ich schneller bei ihm sein konnte!"
„Hans ist", sie atmete durch, „ – war – ein sehr liebevoller herzlicher Mensch. Viele Wochenenden blieb ich auch nur bei ihm. Da lebte ja die Omi noch und Amelie war gut versorgt."

„Wussten Sie vom angeblich tödlichen Unfall ihres Vaters im Bodensee?"
„Nein, zu der Zeit nicht. Ich war die paar Monate in Wiesbaden gar nicht gemeldet und wahrscheinlich hat er mich im Pflegeheim von Mama nicht als Angehörige angegeben."
„Wann ist Ihr Vater hier aufgetaucht?"
„Ende letzten Jahres. Hans erzählte mir, dass er immer noch Verbindung mit ihm habe und dass er jetzt in Tschechien bei einem Freund wohne. Er hatte auch seine Nummer.
Aber ich wollte nichts mehr mit ihm zu tun haben.
Und seitdem, das ist mir dann aufgefallen, wollte Hans immer wissen, was bei Adele Demlak so los ist. Wie sie lebt, was sie sich leistet und ob sie wohl viel Geld ausgibt. Das hat ihn früher überhaupt nicht interessiert!
Ich habe ihn dann direkt darauf angesprochen, ob mein Vater das alles wissen wolle? Er hat eine Weile herumgedruckst und es dann zugegeben.
Und da hat er mir erzählt, Papa habe seinen eigenen Tod vorgetäuscht, um für Mutters Unterbringung in der Klinik nicht noch mehr Geld zu bezahlen!
Das muss man sich einmal vorstellen!
Jetzt war mein Vater hinter dem Geld aus dem Banküberfall her und da war ihm jedes Mittel recht. Darum kamen plötzlich auch diese ominösen Anrufe und dann der Brief. Er wollte Adele weichkochen und dann erpressen. Denn dass sie das Geld haben musste, davon war er überzeugt."
Anette Kieler war richtig in Fahrt gekommen. Und dann fiel ihr noch etwas ein.

„Kurz vor seinem Motorradunfall hat mir Hans noch Folgendes erzählt:
„Stell dir vor, erscheint doch da so ein abgerissener Kerl bei mir in der Werkstatt. Er muss zu Fuß aus der Stadt gekommen sein und war völlig fertig. Ich gab ihm was zu trinken und dann fragte er mich gleich, wo denn nun das Geld sei, für das er und sein Kumpel so lange im Knast gesessen hatten! Er hätte alle Unterlagen, wisse aber nicht, wie er es machen müsse, um dran zu kommen. Ich fuhr den Mann in die Stadt zurück. Als ich ihn dann fragte, wie er auf mich gekommen sei, sagte er nur: Er habe meinen Namen von Otto Würfl. Seine Frau habe ihm erzählt, dass wir beide etwas miteinander haben."
„Daraufhin hat Hans Papa angerufen und ihm von dem Kerl erzählt."
Anette Kieler schwieg.
Sie hatte wieder die schrecklichen Tage vor Augen, als plötzlich die Omi starb und sie sich immer wieder in Greislingers Armen ausheulen musste. Und kurz darauf verlor sie auch ihn durch diesen furchtbaren Unfall.
Sie schluckte, um nicht wieder loszuheulen.
Langer ließ ihr Zeit.
Das Türenklappen vom Gang holte Anette Kieler aus ihren schlimmen Erinnerungen zurück.
„Danach stand eines Tages plötzlich Papa vor meiner Tür. Er war verändert, nicht nur äußerlich", begann sie wieder.
„Ich hatte es noch nie von ihm erlebt, dass er sich für etwas entschuldigt. Und genau das tat er. Er entschuldigte sich bei mir, wie dumm er sich angestellt habe wegen des Babies und überhaupt!"
In Erinnerung an die Szene schüttelte sie den Kopf.
„Er bot mit eine Stelle in seiner Spedition an. Frau Demlak war abgereist und ich hatte ja das kleine Auto, also nahm ich an. Er hat auch ein anständiges Gehalt gezahlt, und ich konnte in der kleinen Wohnung über dem Büro schlafen. Der Haken waren nämlich die Arbeitszeiten. Sie dehnten sich oft bis in die späte Nacht, weil ich alleine war. Der Vorgänger hatte zwei Damen beschäftigt, die sich ablösten. Aber Papa wollte sonst niemanden einstellen, weil er keinem traute.

Alles lief ganz gut, bis ein neuwertiger Truck gestohlen wurde. Ab da fühlte ich mich nicht mehr sicher und fuhr spätestens um 20 Uhr nach Hause. Übernachten wollte ich nicht mehr da. Papa hat es tatsächlich eingesehen und es ging dann auch.
Aber am Wochenende ist er ausgerastet.
Da hat er einen der Fahrer zur Schnecke gemacht und ging auf ihn los. Der hat aber zurück geschlagen. Daraufhin wollte der Mann seine Papiere und plötzlich alle seine Kollegen auch. Papa hat alle Register gezogen, aber es half nichts. Sie gingen. Ich kündigte auch. Dann hat er seinen Kram gepackt und ist auf und davon. Jetzt habe ich frei, bis Frau Demlak zurück kommt."
Sie schwieg.
„Und wie war es sonst in der Spedition?", bohrte Langer vorsichtig.
„Wie meinen Sie das?"
„War das Betriebsklima gut? Kamen viele Geschäftspartner?"
„Na ja, die Fahrer waren sehr anständig, ein bisschen rau vielleicht, aber immer gut drauf. Mit dem Lohn waren sie zufrieden und zusammengehalten haben sie auch.
Aber Papa stand ständig unter Strom. Am Anfang dachte ich, es wäre die neue berufliche Herausforderung, die ihm zu schaffen machte. An manchen Tagen war er so angespannt, dass ich glaubte, er habe einfach Angst. Aber das war ja absurd.
Geschäftspartner habe ich eigentlich nie gesehen. Es ging alles telefonisch oder übers Internet. Nur die Kurierfahrer vom Krankenhaus, die habe ich kennengelernt."
„Was waren das für Kurierfahrten?", hakte Langer nach.
„Es ging immer um eilige Laboraufträge, Präparate in Kühlboxen, die wir kurzfristig mitnahmen.
Warum sie die nicht selbst das kurze Stück bis zum Flugplatz brachten, war mir ein Rätsel. Ich fragte dann mal einen Fahrer und der erklärte mir, dass sie mit den Klinikfahrzeugen nicht ins Ausland dürfen. Und auf dem Kleinflugplatz in ihrer Nähe hätte es immer Ärger gegeben, vor allem seien die Leute unzuverlässig gewesen.
Naja, die Klinik zahlte gut für diese Dienste und Papa hatte einen gewaltigen Kredit abzuarbeiten."

Draußen war es dunkel geworden und dann drang das Prasseln eines Graupelschauers herein.
Langer beendete die Befragung.

„Frau Kieler“, begann er vorsichtig, „Ihr Vater hatte einen Unfall, er liegt in Passau im Krankenhaus.“
„Was ist passiert?“ Anette Kieler sah ihn erschrocken an.
„Auf der Flucht vor der Polizei ist er auf das Bahngleis gestürzt.“
„Um Himmels Willen!“
Sie presste die Hände vor den Mund.
„Ist er schwer verletzt?“, fragte sie leise.
„Es ging anscheinend glimpflich ab. Hatte ihr Vater je psychische Probleme?“
„Aber nein! Warum?“
„Im Krankenhaus hat er sich sehr seltsam aufgeführt.“
„Wie – seltsam?“, wollte Anette Kieler wissen.
„Na ja, er versuchte aus dem Fenster zu springen.“
„Echt? So richtig?“
„Ja, man hat ihn gerade noch erwischt!“
Anette Kieler schüttelte den Kopf.
„Obwohl, nervlich angespannt war er schon die ganze Zeit, aber andererseits hat er immer gern übertrieben. An ihm ist ein Schauspieler verloren gegangen. Für seine Handelsschaften war das absolut ein Vorteil. Wenn etwas nicht so lief, wie er es sich vorstellte, spielte er gerne den Gekränkten oder zu unrecht Behandelten. Das machte er so gut, dass das Geschäft meist zu seinen Gunsten lief. Auch fraß er nichts in sich hinein. Alles perlte von ihm ab.
Darum hat es mich auch gewundert, dass er bei dem Vorfall in der Spedition so ausgerastet ist.“

38.

Das Thermometer sank auf kühle 5 ° und ein steifer Westwind brachte ständig neue Schauer. Überall wurden fleißig Zentralheizungen aufgedreht und Kachelöfen angeheizt.
Eingekeilt zwischen dicken LKWs, waren Langer und Staudinger auf der B 12 unterwegs nach Passau.
„Do is ja heit wieder überhaupt nix los“, lästerte Staudinger.
Der starke Gegenverkehr machte es unmöglich zu überholen. Endlich kamen sie am Krankenhaus an. Der behandelnde Arzt hatte ihnen nur ein paar Minuten zur Befragung zugestanden.

Müssig lag mit dick verbundenem Kopf im Krankenbett. Er machte einen apathischen Eindruck.
Plötzlich riss er die Augen auf. Angst flackerte darin.
„Was wollen Sie?“, schrie er laut und dann schrill: „Hilfe, Hilfe tun Sie mir nichts!“
Er zog die Beine an und krallte sich am Kopfende des Bettes fest. Dabei hörte er nicht auf zu schreien.
Ein Arzt und zwei Schwestern stürzten ins Zimmer.
Müssig kreischte hysterisch weiter und beruhigte sich erst wieder, als man ihm eine Spritze verpasste.

„Na, des hot se ja rentiert!“, moserte Staudinger, als sie wieder auf der B 12 waren.
„Für meinen Geschmack war das ein bisschen viel Trara“, war Langers Ansicht.
„Gell, der hot uns wos vorgmacht, genauso is mir a vorkemma. Der schindt Zeit und versucht dann zum verschwinden oder er macht auf narrisch. Wennst mi fragst, fehlts dem gar net so weit.“

Langer nickte. Dann zählte er auf:

„Also Kieler lebte in Streit mit Demlak, der sein Geld bei einer Anlage verbraten hat.
Dann ist der Banküberfall passiert, Demlak gerät in Verdacht, verschwindet und mit ihm, so wird angenommen, die Beute.
Wir finden Demlaks Leiche, aber kein Geld.
Kieler erinnert sich an die beiden beteiligten Bankräuber. Die Verurteilung stand ja in allen Zeitungen, die Haftdauer auch.
Eugen Berger wusste nicht, wo die Beute geblieben war und hat nach seiner Entlassung Würfl so schwer zugesetzt, bis der verriet, dass man seine Papiere braucht. Auch den Namen Greislinger hat er ihm gesagt.
Berger nimmt an sich, was er an Papieren bei Würfl findet und macht sich auf den Weg zu Hans Greislinger.
Der weiß aber von nichts und erzählt Kieler von Eugen Bergers Besuch bei ihm.
Kieler nimmt sich Berger vor, die Befragung geht tödlich aus.
Aber Kieler hat anscheinend nichts Hilfreiches erfahren. Er nimmt seltsamer Weise auch die Papiere nicht mit.
Kielers Überlegung nach musste Demlaks Frau etwas wissen.
Er beginnt sie zu bedrohen und einzuschüchtern, aber auch hier hat er keinen Erfolg.
Nun ist er mit seinem Latein am Ende.
Warum hat er Greislinger getötet, frage ich mich. Sie waren doch über Jahre so speziell?"
„Mei, er hot hoit sehr vui über den Kieler gwußt, a von seinem Bootsunfall zum Beispiel", überlegte Staudinger.
„Stell da vor, da Greislinger woit iatz a a wengerl wos vo dem Geld. Wenn an bedroht hätt, daß an auffliagn loßt?"
„Das wäre ein sauberes Motiv!
Kieler wusste, dass seine Tochter auch nicht gerade in üppigen Verhältnissen lebte, also hatte sie die Beute nicht."
Langer setzte seine Aufzählung fort.
„Durch den Verkehrsunfall mit Todesfolge musste Kieler nicht nur den beteiligten SUV verschwinden lassen. Er wechselte Aussehen und Identität und führte erfolgreich eine bereits verdächtige Spedition in Tschechien, bis zu diesem Wochenende."

„Genau, soweit samma“, bestätigte Staudinger.
„Aber beweisen kinna ma sovui wie gar nix!“
Langer nickte sorgenvoll.
„Selbst für den Unfall reichen unsere Beweise nicht aus. Die Zeugenaussage ist zu vage. Den Wagen könnte zum Unfallzeitpunkt auch ein anderer gelenkt haben.“
„Alles Kakalatorium“, stellte Staudinger betrübt fest.
„Aber das ist schon heftig! So wie's ausschaut, hat unser Kieler/Müssig beide Männer, die seiner Tochter nahe standen, auf dem Gewissen und sie weiß nichts davon!“
Sie stellten den Dienstwagen am Parkplatz ab.
„Komm, Nachdenken macht hungrig. Wo gehen wir denn heute essen?“
„Bei dera Käitn war i für a Pichelstoana, des gibts beim Bräu.“
Sie brachen auf.

Der Wind fegte heftig über den Stadtplatz. Die Menschen zogen die Köpfe ein und hielten ihre Hüte fest. Nach dem Kälteeinbruch hingen die Geranien traurig von den Blumenkästen und die Tische und Stühle vor der Eisdiele, letzte Woche noch voller Menschen, waren verwaist. Das Eisfähnchen schlotterte einsam im kalten Wind.
Die Autos stauten sich bis zur Grafenauer Straße.
„Do siehgst as wieder, „verkehrsberuhigte Zone“, grinste Staudinger in Anspielung auf das Hinweisschild in der Bahnhofsstraße und stellte seinen Mantelkragen hoch.
Im Bräustüberl roch es nach gerösteten Zwiebeln, altem Bier und heißer Brühe. Die ersten Landratsamtler saßen schon eifrig über der Nockerlsuppe. Geschäftig schleppte eine resche Bedienung Getränke und Essensplatten.
„Na es Zwoa, beehrts uns a wieda amo!“, wurden sie harsch von ihr begrüßt.
Staudinger schnitt ihr ein Gesicht und sie meinte darauf nur, „du wirst a nimma gscheider!“
Damit rauschte sie ab.

„Und dieses barsche Weib hob i amoi verehrt." Staudinger schüttelte sich.
„Wia se do manche Leit auswachsen!"
Langer lachte. Dann bestellte er Butternockerlsuppe und das Pichelsteiner.
Die Suppe wärmte angenehm und der Eintopf mit viel Gemüse schmeckte wunderbar.

„Wer kannt von dera ganzen Bankgschicht no wos wissen?", fragte Staudinger, als er behaglich zu verdauen begann.
„Die Martina Steiner war damals beim Überfall anwesend. Wurde nach Aktenlage aber im Schalterraum auf ihrem Sessel verschnürt, zusammen mit ihrer Kollegin Angela Wagner.
Andreas Kulz hatte Kurzurlaub wegen eines Todesfalles und hat bei der Konkurrenz Karriere gemacht. Anna Degner arbeitet heute noch in der Bank. Wir werden den Herrschaften noch einmal auf den Zahn fühlen müssen."
Sie zahlten und gingen.

Nachmittags begann es so heftig aus den schwarzen Wolken zu regnen, als müssten nun auf einmal die ganzen fehlenden Niederschläge des vergangenen Monats nachgeholt werden. Die Schneefallgrenze sank beträchtlich und über 800 m wurde es weiß.
Hier unten wurde der Wald dunkel und abweisend. Das nasse Wetter fegte Fluren und Gärten leer.
Dass der Oktober kühler werden würde, war klar, aber dass er es so krass packte?
Amelie stand am Fenster und sah in den Regen. Vom Heizkörper kam angenehme Wärme. Aus der Nachbarwohnung drangen Gepolter und laut streitende Stimmen.
Sie ging in die Küche und sah nach der Nudelsuppe, die leise vor sich hin köchelte.
Kurz darauf kam ihre Mutter vom Einkaufen nach Hause. Sie brachte frisches Obst und Gemüse mit.
„Na, wie war's in der Schule?"

Sie fuhr Amelie durch die blonden Locken.
„Ging schon, wie immer. Ich habe Suppe gekocht"
„Prima!"
„Wie war es bei dir?" Erwartungsvoll sah sie die Mutter an.
„Ging auch", war die erschöpfende Antwort.
Schweigend aßen sie.
„Nebenan gab es wieder Streit", erzählte Amelie.
„Und die Stromrechnung ist gekommen. Haben wir noch soviel Geld?", fragte sie ängstlich.
„Aber ja", beruhigte sie die Mutter.

39.

Kriminalrat Koller war an diesem verregneten Tag wieder äußerst „äh" ungnädig.
„Ihre ganzen äh Vermutungen helfen mir äh gar nichts!", brüllte er.
„Wir brauchen äh Beweise!" Damit waren sie entlassen.

„A selten aufmunternde Art hot der, a a a a a!", fasste Staudinger seinen Grant zusammen.
Sie holten sich Kaffee, und weil Mundl aus der Wachstube Geburtstag hatte, gab es dazu ein Stück Kirschtorte. Mit ihrer Hilfe verdrängten sie erst einmal erfolgreich ihren Ärger.
Da öffnete sich die Türe und Pavel Studinka trat ein.
„Hallo allerseits, ich habe frohe Kunde!"
Sie versorgten auch ihn mit Kaffee und Torte und dann berichtete er ausführlich von den erfolgreichen Ermittlungen der tschechischen Polizei.
„Ach, die ganze Sache ist gar nicht so einfach. Sie müssen wissen, bei uns in Tschechien kann jeder Organ- und Gewebespender werden, wenn er hirntot ist und einer Entnahme nicht ausdrücklich wider-

sprochen hat. Die Ärzte bemühen sich normalerweise trotzdem um den Kontakt mit den Angehörigen. Das ist aber hier nie geschehen.
Man hat im großen Stil Organe und Gewebe entnommen, um sie bestens zu vermarkten.
Diese Teile haben aber nur begrenzte Konservierungszeiten. Bei Herz und Lunge sind es etwa drei Stunden. Eine Leber kann schon 15 Stunden erhalten werden, eine Niere etwa 30 Stunden. Gewebeteile dagegen sind über Wochen und Monate lagerbar.
Auf alle Fälle müssen bei uns gespendete Organe schnellstens an Schwerkranke im eigenen Land verpflanzt werden. Es darf damit kein Handel getrieben werden. Aber genau das lief über Müssigs Spedition.
Aber das ist nicht alles.
Wir haben uns immer gewundert, dass soviel passiert ist in dieser Spedition, auffallend viel.
Wenn ich etwas verheimlichen will, verhalte ich mich doch ruhig.
Kollege Kovacs hat schließlich gemeint: „Wenn das nun Absicht wäre, um von etwas Anderem abzulenken?“
Und recht hat er gehabt.
Halten Sie sich fest. Dieser Betrieb und die Vorfälle dort, dienten nur als Ablenkmanöver.
Wichtige, Geld bringende Organe, lieferte das Krankenhaus im großen Stil heimlich an ein luxuriöses Wellness-Hotel ganz in der Nähe. Es wurde vor drei Jahren aus dem Boden gestampft. Der unterirdische Trakt ist zweistöckig. Dort hat man eine florierende Transplantationsklink aufgezogen, für zahlungskräftige, ausländische Kunden. Sie konnten sich dort ihr bestelltes, teuer bezahltes Organ, gleich einsetzen lassen. Manche reisten sogar mit einem kompletten Ärzteteam an. Alle waren illustre Gäste, nichts fiel auf. Die Genesungszeit verbrachten sie in den oberen, exklusiven Stockwerken.“
„Wie habt ihr das herausgefunden?“
„Nachdem Kovacs diese Idee hatte, habe ich bei den Vernehmungen gezielt gefragt. Ein Verwaltungsangestellter der Entnahme-Klinik, hat schließlich den Mund aufgemacht. Dafür wird er eine neue Identität erhalten.

Es gab weitere Verhaftungen, die maßgeblichen Leute hatten sich aber schon abgesetzt.
Wir haben nun Berge von Akten zu sichten. Alles werden wir nicht mehr aufklären können. Zumindest ist diese Klinik wieder sauber und das Hotel wieder nur ein mondäner Beherbergungsbetrieb.
Die ganze Sache hat bei uns großen Staub aufgewirbelt.
Ja, man kommt zum Nachdenken, wenn man sich mit diesen Dingen befassen muss.
Es ist schwer über Organentnahme zur Verlängerung des Lebens anderer, zu urteilen.
Die Frage ist: Darf man auch alles tun, was machbar ist?“ Pavel Studinka schwieg.
„Aber wo ständen wir heute, hätten nicht Wissenschaftler und Ärzte das immer wieder getan?“, warf Langer ein.
„Es hätte sich nichts weiter entwickelt!“
„Aber haben wir hier nicht eine Grenze erreicht?“, hielt Studinka dagegen.
„Ich glaube, diese Grenze ist überschritten. Vielleicht sind unsere Wissenschaftler in ein paar Jahren soweit, aus Stammzellen der Patienten die benötigten – Ersatzteile – anzufertigen. Fremde Organe wären dann unnötig. Der ganze kriminelle Markt würde austrocknen!“
„Ihr Wort in Gottes, wie sagt man…? Gehörgang?“
Die Kollegen grinsten.
„Auf alle Fälle hat unsere Zusammenarbeit wieder wunderbar geklappt.
Ich werde nachher persönlich den Dank der tschechischen Polizei bei ihrem Chef abladen? Nein, besser – abliefern.“
Sie lachten und erzählten von Müssigs bühnenreifem Krankenhausauftritt.
„Der Mann hat Talent, aber er lebt gefährlich. Er hat sich mit der russischen Mafia eingelassen und hat da noch beträchtliche Schulden. „Man“ ist da nicht besonders zimperlich!“
Sie nickten.
„Übrigens, in der Spedition haben wir noch wichtige Unterlagen über den Waffenschmuggel sicherstellen können. Da sind auch für Sie be-

merkenswerte Namen dabei. Und einen neuen Ordner, aus Müssigs Zeit, haben wir gefunden, mit dem Titel, Landmaschinenhandel."
Pavel Studinka zwinkerte Staudinger zu und der begann zu strahlen.
„Haben Sie Müssigs Laptop sicher gestellt?"
„Natürlich, die Passauer Kollegen arbeiten daran."
„Falls er Personen erwähnt, die für uns interessant sein könnten…!"
„Natürlich bekommt ihr dann das Material von uns."
„Danke. Na schledanou!"
„Servus."

„Ich hätte nicht gedacht, dass sich Pavel solche Gedanken macht", meinte Langer nachdem sich die Tür geschlossen hatte.
„Na ja, er hot ja iatz hautnah damit zdoa ghabt."

„Übrigens, ist Adele Demlak schon von ihrer ausgedehnten Reise zurück?"
Staudinger wusste, dass sie nach ihrer Kreuzfahrt den ganzen Sommer bei einer Freundin in England verbracht hatte, in den nächsten Tagen aber zurückkommen wollte.
„Da werden wir sie dann gleich einmal besuchen."

Zunächst nahmen sie sich aber noch einmal die die Bankangestellten vor.
Langer betrachtete die Liste der schon mehrmals Verhörten.
„Fang ma doch zur Abwechslung amoi vo hint o!", schlug Staudinger vor.
„Warum nicht?"

Wegen des heftigen Regens nahmen sie den Wagen.
Andreas Kulz schien nicht überrascht, sie zu sehen. Er bat sie in sein Büro.
„Iris, Sie können gehen!"
Die modisch gekleidete junge Dame verließ lächelnd das Büro.
„Bitte nehmen Sie Platz."

Sie setzten sich an einen nüchternen Verhandlungstisch mit Blick zum Kirchturm.
„Darf ich Ihnen etwas zu trinken anbieten?"
„Nein, danke."
Kulz selbst nahm sich eine kleine Flasche Mineralwasser und öffnete sie. Glucksend und perlend floss das klare Wasser ins kleine Glas.
Seine Hände bebten leicht, als er das Glas hochnahm und trank.
Der ganze Raum war plötzlich wie elektrisch aufgeladen.
Die beiden Beamten schwiegen beharrlich, und Kulz wurde noch nervöser.
Schließlich gab er sich einen Ruck, seufzte und begann:
„Eigentlich hat es mich gewundert, dass Sie nicht längst gekommen sind."

40.

Müssig zermarterte sich den Kopf, wie er der Mausefalle Krankenhaus entkommen könnte. Dabei hatte er höllische Kopfschmerzen.
Vor der Tür sitzt ein Polizist und eine Schwester kommt ständig nachsehen, ob ich nichts anstelle.
Die Tür ging schon wieder auf. Diesmal war es aber ein Pfleger. Ein kräftiger Pfleger.
Ehe er reagieren konnte, wurde Müssig niedergedrückt und mit der anderen Hand schob ihm der Grobian das Kissen übers Gesicht.
Panisch rang er nach Luft und schlug mit den Beinen heftig ans Bett.
Als ihm schon fast die Sinne schwanden, lockerte sich der Griff plötzlich. Das Kissen verschwand und er konnte wieder frei atmen.
Die kontrollierende Schwester war gerade rechtzeitig gekommen.
Auch der Polizist hatte etwas Verdächtiges gehört. Gemeinsam hatten sie eingegriffen.
Der kräftige „Pfleger" hing trotz massiver Gegenwehr schon mit Handschellen am Heizkörper.

Müssig war blass und zitterte heftig.
„Ich will hier raus“, sagte er geschockt mit heiserer Stimme.
Danach etwas kräftiger: „Ich will hier raus!“
Und dann begann er zu brüllen.
Nachdem er ruhig gestellt war, verlegte man ihn auf eine andere Station.

Am Nachmittag blies der Wind die dunklen Wolken zur Seite und der Himmel war wieder strahlend blau. Es wurde angenehm warm.
Amelie fuhr mit dem Rad zum Friedhof. Dann erzählte sie der Oma die letzten Neuigkeiten.
Die schwieg erst eine ganze Weile.
Schließlich sagte sie: „Deine Mutter ist schon in Ordnung, ihr müsst nur weiter fest zusammenhalten!“
Amelie zupfte braune Blätter aus der Blumenschale.
„Du hast doch noch etwas auf dem Herzen?“, fragte die Oma.
„Bist du sehr böse, wenn ich jetzt nicht mehr so oft komme?
Weißt du, der Paul aus meiner Klasse…!“ Amelie kam ins Stottern.
„Also, er hat Schwierigkeiten und seine Mama hat mich gefragt ob ich nicht mit ihm lernen würde, sogar gegen Bezahlung!“
„Das ist ja wunderbar! Natürlich machst du das! Ich bin dir gar nicht böse.“
Und nach einer kleinen Weile ein wenig leiser: „ Mach‘s gut, Amelie!“

In der Wachstube gab es schon wieder Torte.
„Wer hot denn heit Geburtstag?“, fragte Staudinger.
„Die Käsesahne ist vom Sender Wasching, für euer Škubánky-Rezept!“
„Ja prima!“
Erfreut balancierte er zwei Teller und zwei Haferl ins Büro und schloss unter allerlei Verrenkungen die Tür mit dem Fuß.

Zehn Minuten später war Andreas Kulz da. Sie hatten ihn vorgeladen, um seine Aussage zu protokollieren.
Er knetete nervös seine gepflegten Hände.
Nach den Formalitäten begann er zu berichten:

„Ich war ja während des Überfalles nicht in der Bank. Aber eine Woche später habe ich Herrn Demlak mit dem Auto mitgenommen."
„Warum?"
„Sein Auto war beim Kundendienst und es wurde bis Geschäftsschluss nicht mehr fertig.
Da habe ich ihm angeboten, ihn mitzunehmen, weil er noch einen Kunden besuchen wollte."
„Wer war dieser Kunde?"
„Er wollte zu Herrn Kieler.
Für mich war es kein Umweg, weil zu der Zeit an der B 12 gebaut wurde und die Umleitung ganz in der Nähe von Kielers Haus vorbeiführte.
Ich setzte Herrn Demlak also ab und kehrte um. Da entdeckte ich, dass er seine Aktenmappe bei mir im Auto vergessen hatte. Ich nahm sie und folgte ihm zum Haus hinauf, denn sehen konnte ich ihn nicht mehr.
Als ich fast oben war, da ist ja ewig weit hinauf, hörte ich die beiden Männer lautstark streiten. Ich ging um die Hausecke und weiter nach oben, da sah ich sie. Sie verließen eben das große Grundstück durch ein Gartentor und gingen Richtung Waldrand den Berg hinauf. Ich war völlig außer Atem und rannte hinterher. Es ging ein ganzes Stück steil bergauf und ich schnappte nach Luft. Damals habe ich noch geraucht.
Jedenfalls verschwanden sie vor mir im Wald und ich folgte ihnen, als ich wieder Luft bekam.
Als ich näher kam, hörte ich Kieler schreien: „Erst bringst du mich um mein Erspartes und dann machst du dich auch noch hinter meinem Rücken an meine Tochter ran!"
Er tobte und beschimpfte meinen Chef auf übelste Weise.
Ich war hinter den letzten Bäumen stehen geblieben.
Der Auftritt war mir peinlich, ich wollte schnell ungesehen wieder verschwinden.
Da sah ich, wie Demlak dem Wütenden eine schallende Ohrfeige verabreichte. Wie um ihn wieder zur Besinnung zur bringen

„Jetzt halt einmal für fünf Minuten die Luft an!", rief Demlak aufgebracht.
„Dein Geld bekommst du nächste Woche. Meine Versetzung nach Regensburg läuft, und wenn ich da bin, kann ich die Scheidung beantragen!"
„Was? Sag das noch mal! Du bist ja ein ganz Ausgekochter! Respekt. Aber die Ohrfeige bekommst du zurück!"
Damit holte Kieler aus und versetzte ihm einen gehörigen Schlag. Demlak fiel um wie ein Stein und rührte sich nicht mehr.
„Mensch Kurt, mach keinen Blödsinn! Stell dich nicht so an, steh wieder auf!"
Dann sah Kieler erst, dass etwas passiert war.
„Mein Gott, das wollt' ich doch nicht!" Er begann zu schluchzen und zu heulen und dann rannte er, wie von Furien gehetzt, hinunter zum Haus.
Erst stand ich wie gebannt hinter dem Baum. Doch kurz darauf lief ich hin und suchte an Demlaks Hals nach einem Puls. Aber ich fand keinen. Erschrocken und kopflos rannte ich quer durch den Wald wieder hinunter zur Straße. Eine gute Stunde bin ich wie wild durch die Gegend gefahren.
Was sollte ich machen?
Hätte ich doch einen Notarzt rufen sollen?
Aber da war ja kein Puls mehr.
Oder hatte ich ihn in der Aufregung nicht gefunden?
Diese Nacht werde ich nie vergessen!" Die letzten Worte hatte Andreas Kulz geflüstert.
„Und wie ging es weiter?"
„Ich hoffte, Kieler hätte doch noch den Notarzt gerufen und ich würde Demlak bald wieder in der Bank antreffen und das alles wäre nur ein böser Traum gewesen. Aber es war kein Traum. Demlak war und blieb verschwunden.
Sollte ich der Polizei sagen, was passiert war und mich als Zuschauer darstellen, der nicht eingegriffen und geholfen hatte?
Oder sollte ich nur erzählen, dass ich ihn mit dem Auto mitgenommen hatte?

Sie hätten doch weitergebohrt und mir alles entlockt!
Nein. Es war besser alles zu verschweigen, wenn auch Nacht für Nacht die schrecklichen Bilder wieder kamen."
Kulz saß zusammengesunken auf seinem Stuhl. Er blickte auf, verzweifelt und hilflos. Aber endlich hatte er ausgesprochen, was ihn schon so lange bedrückte.
Die Bürde war ihm aber nicht restlos abgenommen. Kein Mensch konnte sagen, ob man Demlak damals nicht vielleicht doch noch hätte helfen können. Damit musste er weiterleben.

41.

Nach dem letzten Vorfall im Krankenhaus, hatte man Müssig in U-Haft genommen.
Mit Medikamenten und in Sicherheit war er wieder zur Ruhe gekommen.
Nur ein großes Pflaster auf seiner Stirn erinnerte noch an seinen Unfall und den missglückten Ausflug aus dem Fenster. Er saß auf seiner Liege und dachte nach.
Ich habe unheimliches Glück gehabt.
Dabei hat Karel mich noch gewarnt, mit „ Denen" Geschäfte zu machen.
War es das, der Nervenkitzel, der mich gelockt hat?
Hatte Karel wegen seiner Flucht Schwierigkeiten bekommen? Immerhin war er es gewesen, der den Kontakt vermittelte.
Er hatte Karel in letzter Zeit vernachlässigt. Dabei hatten sie einen schwunghaften Handel mit landwirtschaftlichen Maschinen und forstwirtschaftlichen Geräten aufgezogen. Das Geschäft war interessant und abwechslungsreich, so wie er es mochte, und es sprang einiges für sie beide heraus. Er lachte bei der Erinnerung.
Es war relativ einfach. Er fuhr über Land und kundschaftete bestimmte Maschinen und ihre Unterbringung während der Nacht und am Wochenende aus. Zugegeben, es war ein wenig zeitaufwändig, aber es

lohnte sich. Dann brachte er Karel vor Ort und der saß im Handumdrehen am Steuer und tuckerte langsam auf Nebenstraßen in Richtung Grenze.
Dort gab es genügend gut gepflegte Forstwege, auf denen spezielle Maschinen gar nicht weiter auffielen. Der Grenzbach war nicht breit, die Geräte alle geländegängig und schon war man wieder daheim in Tschechien. Im nächsten Wäldchen die Kennzeichen ausgetauscht und schon konnte die „gebrauchte Maschine" an wartende Kundschaft in größerer Entfernung weitergegeben werden. Für die „Anmeldung" und die sonstigen Papiere hatte Karel schon gesorgt. Das war der Extraservice seiner Firma. Ansonsten handelte Karel mit Schrott und mit diesem und jenem. Ein weniger bekannter Sektor war sein Antiquitätenhandel. So hatten sie sich vor Jahren kennen- und schätzen gelernt.
Ach ja, der Karel, er ist wohl mein einziger echter Freund!
Er seufzte.

Der Sperrriegel seiner Zellentüre klappte geräuschvoll.
„Kommen Sie, Sie haben Besuch!"
Er folgte dem Beamten durch kahle Gänge, in denen es nach Trostlosigkeit roch.
Zusammenreißen!

Im überheizten Besprechungszimmer warteten Langer und Staudinger auf ihn.
„Na, wie geht's uns heute?", begrüßte ihn Langer.
„Danke, ich habe überlebt."
„Sie sind ein zäher Bursche. Den tödlichen Bodensee-Unfall haben Sie auch gut überstanden."
„Ach das." Müssig winkte ab.
„Wie sollen wir Sie nun eigentlich nennen? Kieler oder Müssig?"
„Das überlasse ich ganz Ihnen."

„Herr – Müssig, es ist wohl überflüssig zu erwähnen, dass Sie durch gute Zusammenarbeit mit uns Ihr Strafmaß verringern können."

Müssig nickte.
„Es wurde für Sie ein Pflichtverteidiger berufen. Sind Sie damit einverstanden?"
„Ja."
„Dr. Sperling wird gleich hier sein, warten wir noch einen Moment."
Staudinger schälte sich aus seinem dicken Pullover, den er unter dem Sakko trug und Langer öffnete seinen oberen Kragenknopf.
Müssig betrachtete die beiden Kriminalbeamten mit großem Interesse, wie ein Wissenschaftler ein soeben entdecktes, unbekanntes Insekt.

Was kann ich diesen beiden Provinzlern auftischen?

Dr. Sperling öffnete geräuschlos die Türe. Der zartgliedrige Mann um die Vierzig, im dezenten grauen Anzug, verbreitete sofort emsige Geschäftigkeit. Nach der Begrüßung begann er eifrig wispernd auf Müssig einzureden.
Staudinger verdrehte die Augen und widmete sich dem hitzespuckenden Heizkörper.
Langer ging auf und ab und überlegte sich genau, wie er beginnen wollte.

Nach ein paar Minuten eröffnete ihnen Dr. Sperling, dass es die Gesundheit seines Mandanten nicht erlaube, heute schon ein Verhör durchzuführen. Er werde in den nächsten Tagen ein ärztliches Gutachten vorlegen, nach dem sich die weiteren Schritte zu richten hätten.
Müssig hob wie entschuldigend die Schultern.
Wenn der Herr Rechtsanwalt meinte.

Langer presste die Lippen aufeinander, verkniff sich eine Bemerkung und verließ mit Staudinger den Raum.
„Seine Gesundheit erlaubt es nicht!", schnaubte Staudinger im Tonfall des Anwalts.
„Der is uns zu unserem Glick grod no obganga!"

„Wahrscheinlich arbeitet er auf einen Freispruch hin. Dann heißt es später, der Angeklagte hat die Tat zwar begangen, ist aber schuldunfähig", knurrte Langer.

Im Büro wartete eine Mitteilung auf sie.
Die Schweizer Kollegen hatten die Kurierfirma ermittelt und die Frankfurter Import-Exportfirma war ausgehoben worden, dabei ergaben sich neue Kontaktadressen von „Organlieferanten" aus aller Welt. Der geldgierigen Hydra waren zwar ein paar Köpfe abgeschlagen worden, andere würden aber schon bald wieder nachwachsen.
Dabei könnte man so einfach jeden zum Organspender machen, falls er nicht ausdrücklich widerspricht, und die Grundlage dieses „Marktes" wäre zerstört.

Eine stahlgraue Wolkenwand schob sich aus Westen langsam über den Abendhimmel und verschluckte die tiefrot untergehende Sonne.

42.

Zwei Tage später bat Müssig um den Besuch der beiden ermittelnden Beamten.
„Hört, hört. Wos hot a se denn iatz wieda ausdenkt?", lästerte Staudinger.
„Lassen wir uns überraschen."
Müssig erwartete sie bereits im Besprechungsraum. Er sah wirklich besser aus.
„Wo ist Ihr Anwalt?"
„Ach, *der* will mich am liebsten lebenslänglich in die Klapse bringen."
Müssig war aufgebracht.
Daher also der Gesinnungswandel.
„Sie sagten doch was von Strafverminderung bei guter Zusammenarbeit."

Langer nickte.
„Na gut, schalten Sie Ihren Kasten ein. Ich werde ihnen die ganze Geschichte erzählen.
Wo fange ich an?"
„Am besten von ganz vorne."
Müssig hustete.
„Also, ich hatte einen Laden in der Stadt, Antiquitäten und sowas. Fürs Finanzamt ging er nicht so gut, aber *nebenher* lief er prima. Und da Geld bekanntlich arbeiten soll, ließ ich es Kurt anlegen. Bestens, habe ich verlangt. Der Neue Markt, das war ja *die* Masche. Aber dann ist die Blase geplatzt und fast mein ganzes schönes Schwarzgeld war futsch!"
Die Erinnerung daran brachte ihn immer noch in Rage.
„Sie haben Demlak zur Rede gestellt?"
„Natürlich habe ich das! Er war mir persönlich dafür verantwortlich! Nebenbei hat sich der Kerl auch noch an meine minderjährige Tochter herangemacht. Das habe ich ihm besonders übel genommen. Das war ein Vertrauensbruch! Und nun war sie schwanger!"
Er schlug mit der Faust auf den Tisch, dass das Mikro hüpfte.
„Na, na!"
„Haben Sie Kinder?"
„Beruhigen Sie sich.
Wie ging es weiter?"
„Ja, das ist eine ganz dumme Geschichte." Müssig wand sich.
„Erzählen Sie!"
„Bei dem Streit, also ich habe mich furchtbar aufgeregt! Und wir haben uns angeschrien. Da hat mich der Demlak plötzlich geschlagen. Er hat *mir* eine Ohrfeige verpasst! Stellen Sie sich das vor, *mir*!
Ich war momentan völlig verblüfft, und dann hat er gesagt, dass ich mein Geld wieder kriege und dass er Vera heiraten wird. Aber den Schlag sollte er zurückkriegen."
Er steckte den Kopf ein.
„Und weiter?"
„Ja, ich hab ihm einen Kinnhaken gegeben", sagte er leise, „und er fiel um und war tot."

Er schwieg.
Dann holte er tief Luft und fuhr fort:
„Ich geriet in Panik, das hatte ich doch nicht gewollt! Im ersten Schrecken bin ich wie wild davongelaufen. Aber dann, kurz vor dem Haus, bin ich wieder umgekehrt. Kurt lag noch genauso da und es war Blut an seinem Hinterkopf. Ich habe an den Halsschlagadern keinen Puls mehr gefunden. Mein Gott, was sollte ich machen?"
Er schlug die Hände vors Gesicht.
Nach einer Weile fasste er sich und fuhr fort.
„Und dann habe ich beschlossen ihn sofort verschwinden zu lassen. Ich lief zum Haus um Werkzeug und habe ihn begraben. Zwei Stunden habe ich geschuftet wie ein Verrückter und dabei habe ich ihm gesagt, wie leid es mir tut. Wir waren doch Freunde!"
Er senkte den Kopf. Die Erinnerung nahm ihn sichtlich mit. Er schluchzte fast, dann fuhr er auf.
„Es war ein Unfall, ein bedauerlicher Unfall! Das müssen Sie mir glauben!"
„Wir glauben Ihnen. Unser Zeuge hat es genauso ausgesagt."
„Zeuge? Es gab einen Zeugen?" Müssig sah sie erschrocken an.
„Haben Sie nie darüber nachgedacht, warum Demlaks Auto nicht unten parkte?"
„Ach so!" Müssig schwieg.
„Sie sind dann sehr schnell nach Hessen gezogen?"
„Ja, die Erkrankung meiner Frau machte es notwendig."
„Hatten Sie da schon vor, wieder zurückzukommen?"
Müssig kramte nachdenklich in seinem Bart.
„Sagen wir mal so, es hat mir hier immer gut gefallen, die Leute, die Gegend. Wahrscheinlich habe ich da unversehens Wurzeln geschlagen. Bekanntenkreis hatte ich droben auch keinen mehr."
„Sie haben meine Frage nicht beantwortet", bohrte Langer.
„Verdammt ja!", fuhr Müssig auf.
„Da war ja noch die Beute aus dem Bankraub und ich hoffte, irgendwie wieder an mein Geld zu kommen."
„Wie kamen Sie zurück?"

„Na ja, als es oben finanziell immer enger wurde, inszenierte ich meinen Unfall im Bodensee.
Mein Freund Karel hat mich dann gleich mitgenommen nach Tschechien. Bei ihm konnte ich unterkriechen."
„Wovon haben Sie gelebt?"
„Ich hatte schon früher bei Karel Möbel untergestellt und etwas Zinn und Glas. Wir betrieben den Handel damit in Tschechien und Österreich weiter."
„Und weil das auf die Dauer nicht reichte, haben Sie modernere Ware ins Sortiment aufgenommen, land- und forstwirtschaftliche Maschinen?"
Müssig erschrak. *Verdammt, woher wissen die das?*
Langer bemerkte befriedigt diese Reaktion. Es gab ja bisher nur den vagen Hinweis auf einen dunkelblauen SUV in dem Zusammenhang. Die sichergestellte Akte hatten sie noch nicht.
„Na ja, wenn Sie es schon wissen", meinte Müssig lahm.
„Und wie wollten Sie wieder an *ihr* Geld kommen?"
„Nun ja, da war ja in erster Linie die liebe Adele. Als Demlaks Frau musste sie doch wissen, wo die Beute aus dem Bankraub blieb. Ich habe sie also ein wenig angerufen. Dabei habe ich sie nicht *bedroht,* das möchte ich ausdrücklich feststellen! Ich habe sie immer nur gefragt, wie es ihr geht. Das ist doch nicht strafbar, oder?"
„Und der Brief den Sie ihr geschrieben haben?", hakte Langer nach.
„Ach der", meinte Müssig wegwerfend.
„Das war mehr ein Scherz."
„So, so ein Scherz."
Langer machte sich Notizen.
„Und dann hat mich Hans Greislinger angerufen."
„Sie hatten Verbindung zu Hans Greislinger?"
„Ja, die ganze Zeit, sie ist nie abgerissen."
„Was wollte Greislinger?"
„Er erzählte mir, ein Penner sei bei ihm aufgetaucht und hätte sein Geld verlangt."
„Erinnern Sie sich etwas genauer?"
„Warten Sie."

Müssig bearbeitete mit Daumen und Zeigefinger intensiv sein linkes Ohr und dachte eine Weile nach.
„Ja, es ging ungefähr in die Richtung: „Stell dir vor, kommt da vorhin so ein Penner zu mir. Er sagte er sei Eugen Berger und er wolle jetzt sofort seinen Anteil haben. Ich hab' momentan gar nicht gewusst wovon der redet. Und dann hat es geklingelt. Das war doch einer von den Bankräubern damals, die man zu ein paar Jahren verknackt hatte. Ich hab' ihn dann gefragt, wie er auf mich komme. Und dann sagte er, der Otto Würfl hätte ihm meinen Namen genannt."
„Und weiter?"
„Hans hat Berger versprochen sich um die Sache zu kümmern. Dann hat er ihm eine Brotzeit gerichtet und ihn dabei ausgefragt. Und jetzt kommt es:
Der Berger hatte gar keine *Ahnung*, wo die Beute geblieben war. Als später dann groß in den Zeitungen stand, dass der Bankdirektor nach dem Raub verschwunden sei und mit ihm die Beute, hatte er Würfl wütend zur Rede gestellt. Das war schon in der JVA.
Er muss ihn ordentlich verprügelt haben, aber Würfl sagte nichts.
Später wollte Berger dann eine Wiederaufnahme des Verfahrens. Das wurde aber mangels neuer Erkenntnisse abgelehnt. Wegen schlechter Führung musste er dann auch noch das volle Strafmaß absitzen.
Würfl kam früher frei und versteckte sich irgendwo in München.
Berger fand ihn aber und wollte endlich wissen, was Sache ist. Schließlich sagte er ihm, dass er nur mit seinen Ausweispapieren an den Anteil für sie beide käme.
Das alles hätte er aus ihm herausgeprügelt, brüstete sich Berger.
Nur dann wurde Würfl bewusstlos und er konnte nichts Näheres mehr erfahren. Er packte also alles, was er an Papieren fand, in einen Koffer und fuhr in den Bayerischen Wald.
Viel Geld hatte er nicht, darum campierte er am Waldrand. Das machte ihm nichts aus.
Mit Würfls Papieren wollte er nun endlich seinen Anteil.
Hans hat ihn beruhigt und dann in die Stadt zurückgefahren.
Er hat mir noch erzählt, wie der Berger da in Schachteln hauste.

Und dann wollte Hans wissen, was *ich* von der ganzen Sache halte, ob wir das nicht für uns abziehen könnten. Er sagte – *uns*."
„Und das hat Sie geärgert", stellte Langer fest.
„Natürlich hat mich das geärgert!", fuhr Müssig auf.
„Ich habe immerhin einen Anspruch auf mein verlorenes Kapital!"
„Haben Sie das?", warf Langer ein.
Müssig sah ihn erstaunt an.
„Natürlich!"
„Und Greislinger war nur gierig?"
„Ja, gierig und geschäftstüchtig, das war er schon immer!"
Er hustete.
„Glauben Sie, ich könnte vielleicht eine Tasse Kaffee bekommen?"
Langer unterbrach die Befragung kurz.
Müssig rührte langsam im Kaffee.
Er wollte Zeit schinden, das war klar. Zeit, um das Folgende für sich so positiv wie möglich darzustellen.

„Können wir weitermachen?"
Müssig trank seinen Kaffee aus und nickte.
„Nach dem Telefongespräch bin ich gleich losgefahren. Das Pennernest war leicht zu finden. Berger war nicht da und das war mir recht. Ich wollte sowieso nur den Koffer. Mit dem Kerl selbst wollte ich nichts zu tun haben. Aber während ich sein Zeug durchsah, kam er zurück.
Ich hatte ihn nicht kommen hören. Er griff mich sofort an, packte mich und warf mich zu Boden.
Mein Gott, ich hatte Todesangst!
Waffe hatte ich keine, aber als ich verzweifelt hinter mich griff, fand ich einen Stein, und wie er mir den Hals zudrückte, schlug ich mit aller Kraft zu."
Er blickte auf und das Grauen, das er damals empfunden hatte, stand wieder in seinen Augen.
„Berger lag schwer auf mir, aber er rührte sich nicht mehr."

Müssig blickte zum Fenster und fügte leise hinzu: „Ich wollte nur noch weg. Wie ich nach Hause gekommen bin, ich weiß es nicht mehr."

Nach einer kleinen Weile fuhr er fort.

„Ich habe die ganze Nacht kein Auge zugebracht.

Hatte ich den Kerl nun umgebracht oder war er nur bewusstlos?

So stark war mein Schlag auch wieder nicht gewesen. Außerdem hatte ich in meiner Panik den Koffer mit den Papieren völlig vergessen.

So sehr es mir widerstrebte, ich *musste* noch einmal hin. Aber ich brauchte einen ganzen Tag um mich durchzuringen, außerdem war das Wetter miserabel.

Um es unverfänglicher zu machen, verkleidete ich mich als Jogger. Aber als ich hinkam, war fast nichts mehr da, nur die Polizeiabsperrung und ein paar Schachteln. Ich habe alles durchsucht.

Als es dann in der Zeitung stand, hat Hans mich angerufen.

Warum ich den Penner gleich umgebracht habe, wollte er wissen.

Ich stritt alles ab. Wie er überhaupt auf die Idee komme?

Oh, sagte er, er kenne mich lange genug und deshalb habe er sich auf die Lauer gelegt. Und dass es nun ein Foto gäbe und das werde er der Polizei zeigen, falls er nicht auch seinen Anteil bekäme!"

„Ich dachte im ersten Moment er hätte mich bei meinem Befreiungsschlag fotografiert, aber das Foto, das er mir zeigte, war von dem Joggermorgen.

„Das beweist doch gar nichts!", rief ich.

„Oh, meinte er nur, da gäbe es schon Mittel und Wege, das Foto ein wenig aufzuhübschen."

„Sie waren bei ihm?"

„Ja, ein paar Tage später. Ich wollte verhandeln, aber er wollte unbedingt die Hälfte.

Es bleibe ja alles in der Familie!

Außerdem wäre die Polizei sicher interessiert am wieder auferstandenen Herrn Kieler.

Er war kompromisslos und stur. Aber ich könne es mir ja noch eine Woche überlegen, bot er mir großspurig an."

„Und Sie haben es sich überlegt“, stellte Langer fest.
„Ja, ich wusste, dass er an diesem Tag am frühen Morgen einen Termin in Freyung hatte. Und da habe *ich* mich auf die Lauer gelegt. Ich wartete ein wenig verdeckt in der Nähe der B 12 Einfahrt Aigenstadl und da kam er dann auch, wie erwartet, mit dem Motorrad.“
„Sie geben also zu, Hans Greislinger absichtlich gerammt zu haben?“, hielt Langer fest.
„Ja, er war ein gemeiner Erpresser. Es war Notwehr!“
„Na, die Bewertung werden wir dem Gericht überlassen“, sagte Langer kalt.

„Ihr Auto hat Spuren davongetragen.“
„Ja und blöderweise kam ich auch noch in eine Polizeikontrolle. Jedenfalls habe ich den SUV sofort abgestoßen und mir auch eine neue Identität zugelegt, Hannes Müssig mit Bart und Brille.“

„Und Sie hatten eine neue Geschäftsidee.“
„Ja, da flog doch gerade diese tschechische Spedition auf. Karel hatte es in der Zeitung gelesen. Wir haben uns ausführlich darüber unterhalten, und was es da für Möglichkeiten gäbe. Und Karel hat dann den Kontakt hergestellt.“
„Wie heißt ihr Karel noch?“, wollte Langer wissen.
Müssig wand sich.
„Herr Kommissar, er ist mein einziger Freund!“
Langer bohrte momentan nicht weiter.
„Sie verhandelten also direkt mit – Denen?“
„Ja.“
„Würden Sie sie wiedererkennen?“
„Mein Gott, im Club war schummriges Licht, jeder trug eine Riesensonnenbrille.“
„Gab es Bedingungen?“
„Ja, der tschechische Staat verlangte für die Geschäftswiedereröffnung eine Garantiesumme im sechsstelligen Bereich und für Löhne und so weiter wollte ich ein Darlehen, bis alles lief.

Man streckte mir das alles vor. Dafür musste ich bestimmte Lieferungen auf eigenes Risiko übernehmen, die aber auch gut bezahlt würden. Nebengeschäfte musste ich absegnen lassen."
„Ist ihr Freund Karel auch ins Geschäft mit eingestiegen?"
„Nein, er sagte, das wäre ihm eine Nummer zur groß, aber er vermittelte mir Fuhren."
„Wie nahmen Sie Kontakt auf, wenn Sie etwas – absegnen lassen mussten?", wollte Langer wissen.
„Dafür bekam ich eine Handy-Nummer."
„Und was waren das für bestimmte Lieferungen, die Sie übernehmen mussten?"
„Sie sagten was von Medikamenten und Laborproben."
„Die ausgeführte Lieferung bekamen Sie bestätigt?"
„Ja."
„Warum per Fax?"
„Man hatte Angst, die Polizei überwache den Laden, und wer achtet dabei schon in Zeiten des Internets auf ein Fax."
„Und was war wirklich in den Transportbehältern, die Sie mitnehmen mussten?"
Müssig rieb nervös mit den Händen an seinen Hosenbeinen.
„Ich sagte doch schon…!"
„Ja, das sagten Sie. Aber stimmt das auch?"
„Warum sollte das nicht stimmen?" Müssig wurde aggressiv.
„Sie sind doch nicht dumm!", warf ihm Langer an den Kopf.
„Und dann der zynische Faxtext, der von „Ersatzteilen" spricht!"
Müssig schwieg.
In seinem Kopf schwirrte ein Karussell von widersprüchlichen Gedanken und der von der Strafminderung bei Geständigkeit überwog schließlich.
„Sie haben Recht", gab er mit leiser Stimme zu.
„Ich wusste, dass es sich um menschliche Organe handelte."
Er wurde lauter.
„Aber ich wusste nicht, woher sie sie nahmen!"
„Was bekamen Sie für eine Lieferung?"
„20.000 €."

„Für alle sechs bis acht Behälter?“
„Ja“.
„Und wohin mussten Sie liefern?“
„Immer zum Flugplatz Vilshofen.“
„Wie erhielten Sie ihr Geld?“
„Es wurde mir auf das Darlehen gutgeschrieben.“
„Haben Sie dafür Unterlagen?“
„Nein, nur meine eigenen Aufzeichnungen.“
Langer beendete die Befragung.
Als sie das Gebäude verließen, begegnete ihnen Dr. Sperling, der Pflichtverteidiger.
Er musterte sie erstaunt.
„Na, der Alleingang vom Müssig wird dem überhaupts net passen!“, grinste Staudinger schadenfroh.
„Was hältst du von Müssigs Darstellung?“, fragte Langer.
„Klingt oiß einigermaßen plausibel.“
„Die Organmafia machte dabei auf alle Fälle ihren Schnitt. Wenn man bedenkt, dass wohlhabende Empfänger auf dem grauen Markt 30.000 bis 250.000 € für *ein* Organ zahlen.“
„Bist narrisch!“

„Müssig war besessen davon, dass ihm sein verlorenes Kapital aus dem Bankraub zusteht. Seinen alten Geschäftspartner Greislinger hat er dafür – abserviert.“
„Na ja, er hatn erpresst!“, warf Staudinger ein.
„Stell‘ dir vor, jeder löst seine Probleme auf diese Weise.“
„Des stell a ma liaba net vor.“

Im Büro wartete schon Andreas Kulz auf sie, zur abschließenden Befragung.
Er wirkte gefasst und entschlossen.
„Herr Kulz“, begann Langer, „Sie hatten noch Demlaks Aktentasche.“
„Ja. Nach ein paar Tagen habe ich sie untersucht. Sein Laptop war darin und Unterlagen für seine Versetzung nach Regensburg. Der Laptop gefiel mir. Zu der Zeit waren die Geräte noch sehr teuer. Aber

ich brauchte eine Weile um das Passwort zu knacken. Dabei hätte ich gleich draufkommen können. Es war „Vera".
Und dann habe ich gestaunt.
Mein eigener Chef hatte den Banküberfall geplant und durchführen lassen. Seinen beiden Komplizen hätte er den geplanten Gefängnisaufenthalt mit einem ordentlichen Anteil versüßt."
„Haben Sie den Laptop noch?"
Kulz nickte.
„Ist ein gutes Gerät!"
„Und die Daten? Sind sie noch da?"
„Natürlich."
Kulz stand auf und holte ihn aus seiner Laptoptasche.
„Der ist hiermit beschlagnahmt!"
Staudinger nahm ihn an sich.

„Wie lange konnten Sie der Versuchung widerstehen das Geld anzutasten?", fragte Langer.
„Eine ganze Weile. Aber so im Schließfach, war es ja völlig nutzlos. Vor fünf oder sechs Jahren kaufte ich damit Gold. Der Preis war äußerst günstig. Mittlerweile habe ich das Kapital verdoppelt, Sie müssen sich die Goldpreise heute nur einmal ansehen!
Nach und nach habe ich es wieder kapitalisiert und Beteiligungen gemacht an Windparks und Voltaikanlagen. Das ist momentan die beste Verzinsung, bis zu 9 %!"

„Keine Kredite an Griechenland?", fragte Staudinger spitz.
„Ich bin doch kein Zocker!", wehrte Kulz empört ab.
„Es war für mich eine Herausforderung, aber auch eine Verpflichtung!"
„Das verstehe ich nicht ganz", hakte Langer nach.
„Na ja, durch meine Schuld, mein Nichteingreifen, ist doch das Leben von Demlaks Freundin völlig schief gelaufen. Noch dazu, wo sie ja noch ein Kind zu versorgen hatte. Ich habe mir gedacht, was der Bank zusteht, bleibt in den Schließfächern, bis auf den Cent genau. Was ich erwirtschaftet habe, sollte an sie gehen.
So hätte das Demlak auch gemacht", fügte er leise hinzu.

„Sie mochten ihn?“
„Ja, er war ein Superchef und menschlich war er auch in Ordnung. Der Reinfall mit dem Neuen Markt damals, als Kielers Kapital plötzlich fast nichts mehr wert war, hat ihn selbst tief getroffen. Demlak sagte immer: Bei Geldgeschäften darf die Moral nicht auf der Strecke bleiben!“
„Na, das sollten sich heutige Banker auch zu Herzen nehmen, die haben uns ja den jetzigen Schlamassel eingebrockt!“
Langer beendete die Befragung.

In Demlaks Aktentasche lag ein Sparbuch auf den Namen Otto Würfl. Außer dem Eröffnungsbetrag von 1.000 € waren noch keine Buchungen eingetragen.
„Aha, da is ja das berühmte Sparbuch!“, rief Staudinger.
Und dann fanden sich noch etliche Festgeld-Verträge auf den Namen Paul Kramer.
„Da schau her!“, rief Staudinger.
„Das Datum. Es liegt zwei Wochen vor dem Überfall.“
„Demlak hat also die Verträge ausgestellt, voll unterschrieben und geregelt, dass die Zinsen auf das bekannte Sparkonto von Würfl kamen.“
„Es war aber nichts gedeckt.“
„Na ja, vielleicht wollte er Geld aus dem Überfall als Bareinlage nehmen.“
„Geht des überhaupt? Ich meine wegen der 15.000 €-Grenze?“, warf Staudinger ein.
„Über alles was darüber geht, muss man doch nachweisen, dass das Geld nicht aus dunklen Kanälen kommt.“
„Er hat sich einfach nicht daran gehalten und keiner hat sich daran gestört. Jede Bank ist doch an fresh-money interessiert. Und dass man sich nie an die Spielregeln hält, das hören wir jetzt doch jeden Tag in den Nachrichten.“
„Aber wie hat er des buchungstechnisch gmacht?“
„Keine Ahnung.“

Wenn da Berger Ruhe geben hätt, hättns ausgsorgt ghabt, de zwoa!"
„Ja, aber Würfl wollte, wie mit Demlak besprochen, mit keinem Wort vorzeitig etwas verraten, nicht einmal Berger."

Auf dem Laptop fanden sie den Entwurf eines Briefes an einen Rechtsanwalt. Er hätte das Sparbuch nach zehn Jahren an Würfl aushändigen sollen, falls er bis dahin nichts verraten hätte. Nur gegen Vorlage seines Ausweises.
Andreas Kulz hatte alle seine Transaktionen genauestens belegt. Er hatte das „Grundkapital" wirklich mehr als verdoppelt.

„Aber i versteh immer no net, wia des glaufen is damals?", drängte Staudinger.
„Schau dir doch den Plan von Demlak an", forderte ihn Langer auf.
Er klickte die Datei mit dem Grundriss der Bank auf.
Minutiös stand da, wie das Ganze abzulaufen hatte:
Fünf Minuten vor Ende der Öffnungszeit mussten sie die große Halle unmaskiert betreten…

Dann stiegen sie sofort zielsicher die Treppe in den nächsten Stock hinauf. Dort zogen sie ihre Sturmhauben über. Würfl überraschte mit der Waffe in der Hand Willi Metzler in seinem Büro. Berger überwältigte Sabine Schleich, gleich nebenan. Das ging so schnell, dass keiner von beiden Alarm schlagen konnte. Man verschloss ihnen mit Klebeband den Mund und wartete, bis sich die Halle unten leerte und die Geschäftsräume für den Kundenverkehr geschlossen wurden.
Würfl forderte mit Waffengewalt beide auf, ihre Tresorschlüssel herauszuholen.
Berger schlich inzwischen hinunter in den großen Schalterraum. Das Licht war schon gedimmt, die große Halle leer und der Eingang mit einer großen Faltwand abgeschlossen.
Aus einem der verglasten Büroräume drang noch Licht. Berger überraschte die beiden noch anwesenden Damen und fesselte sie mit Klebeband an ihre Bürostühle. Auch sie konnten keinen Alarm schlagen.

Würfl scheuchte nun die beiden Überwältigten vom oberen Stock hinunter zum Tresorraum. Berger bewachte inzwischen die Damen im Büro.
Unten hatte man nun den Tresor-Vorraum erreicht. Die beiden Angestellten öffneten ohne Probleme zu machen die Spezialtür. Das Zeitfenster für die Tresoröffnung war noch offen, darum wurde hier der automatische Alarm nicht ausgelöst. Auch die Gittertür zum eigentlich Tresorraum war schnell überwunden. Im Tresorraum selbst, gaben die beiden zuerst ihre persönlichen Zahlenkombinationen ein und öffneten schließlich den Tresor mit ihren Schlüsseln.
Nun fesselte Würfl sie mit mitgebrachten Handschellen an die Gittertür. Er leerte die gebündelten Großscheine und Goldkleinbarren in einen dichten Leinensack. Mit der Beute kehrte er in den Schalterbereich zurück. Sie rollten die beiden auf ihre Stühle gefesselten Damen in das WC um die Ecke und stellten von außen einen Stuhl unter die Klinke.

Die beiden Männer mit den Sturmhauben liefen die kaum beleuchtete Treppe zum Personalausgang hinunter.
Nichts wie weg!
Da flammte unten am Gang Licht auf.
Es kommt jemand!
Am Treppenabsatz war eine Tür. Sie rissen sie auf und verbargen sich dahinter. Es war dunkel und roch intensiv nach Putzmitteln.
Sie hielten den Atem an und horchten.
Draußen ging jemand vorbei die Treppe hinauf. Die Schritte waren deutlich zu hören.
Das war knapp!
Sie horchten angespannt.
Die Schritte wurden leiser.
Würfl öffnete vorsichtig die Tür und sah hinaus. Dann winkte er und Berger folgte ihm. Sie liefen die Treppe hinunter und gleich darauf waren sie draußen bei den Autos. Würfl warf den Beutesack auf den Beifahrersitz seines Wagens und fuhr los. Berger verschwand mit seinem Golf schon um die Ecke.

„So hat das für Berger ausgesehen“, sagte Langer.
„Was er nicht wusste, war die Anweisung Demlaks für Würfl: Wenn ich unten das Licht anschalte, in Besenkammer flüchten, Sack austauschen! Dort hatte nämlich Demlak einen identischen Sack mit Papier deponiert.“
„Aha!“
„Als die beiden Räuber weg waren, konnte Demlak noch schnell in die Besenkammer eilen und den Beutesack verschwinden lassen. Es führt eine Tür direkt weiter in einen kleinen Lagerraum mit einem großen Wandschrank. Darauf lief er hinauf zu den Geschäftsräumen, „stellte den Überfall fest“, und befreite mit den Putzdamen die Gefesselten und erst jetzt, schlug er Alarm.“
„Mhhm.“
„In den nächsten Tagen konnte er in aller Ruhe die Beute auf ein paar Schließfächer verteilen.
Den Inhalt des „Beutesackes“ sollte Würfl in eine Papiertonne entsorgen. Passenderweise standen draußen überall die blauen Tonnen, weil am nächsten Tag Papiermüllabfuhr war.“
„Der Demlak hot an oiß denkt.“
„Berger konnte bei seiner Festnahme natürlich nichts über den Verbleib der Beute aussagen.“
„Aber hätt da Würfl den Berger ins Vertrauen zogen, hätt der vielleicht a Ruah geben.“
„Vertraglich hatte er sich aber verpflichtet, nichts zu verraten, sonst hätte er seinen Anteil aufs Spiel gesetzt! Demlak wollte nur einen Mitwisser, um das Risiko so gering wie möglich zu halten.“
„Er hätt aber doch mit der Gier vom Berger rechnen miaßn, zumindest an Vorschuss auf sein Anteil wenn er eam geben hätt!“
„Da war die Gefahr, dass Berger mit Geld um sich warf. Und das wäre aufgefallen.“

„A vertrackte Gschicht, oiß guat plant, nur den „Faktor Mensch“ hot a net gnua berücksichtigt“, kommentierte Staudinger.

„Es ist auch für Demlak nicht gut gelaufen“, meinte Langer sinnend.

„Hätte es die handgreifliche Auseinandersetzung an der Quelle nicht gegeben, wäre er als untadeliger Mann nach Regensburg gegangen. Er hätte sich in aller Ruhe scheiden lassen können und wäre heute glücklicher Familienvater. Dezent im Hintergrund gäbe es ein ordentliches Kapital, wahrscheinlich irgendwo gut verborgen im steuerlichen Nirgendwo."

„Jetzt haben wir vier Tote. Zwei davon aus Geldgier, dabei hat das Geld die Bank nie verlassen!"
„Ich fass es nicht!", Staudinger war tief betroffen.
„So wos vo bläd glaufa!"
„Das kannst du laut sagen."

„Was wird iatz mit dem ganzen Kapital? Wer hat Anspruch worauf?", wollte Staudinger wissen.
„*Das* müssen unsere Rechtsgelehrten entscheiden."

Amelie saß mit ihrer Mutter beim Abendessen.
„Weißt du, dass ich sehr stolz auf dich bin?" Die Mutter fuhr ihr über die Haare.
Amelie lächelte.
„Andere Kinder in deinem Alter wären nicht so gut alleine zurecht gekommen."
„Aber ich war doch nicht alleine!"
„So?" Die Mutter sah sie befremdet an.
„Die Oma war doch bei mir."
„Wieso? Die Omi ist doch tot, das weißt du doch!"
„Sie hat immer mit mir gesprochen, sogar bei Tschechisch hat sie mir geholfen!"
„Aber die Omi konnte doch gar nicht Tschechisch!"